见字如面

对话我们的时代

SEEING YOUR LETTERS

IS LIKE

SEEING YOU IN PERSON

人民美術出版社

北京

图书在版编目（CIP）数据

见字如面：对话我们的时代 / 李奕，高世屹主编
. -- 北京：人民美术出版社，2024.6
ISBN 978-7-102-09286-7

Ⅰ. ①见… Ⅱ. ①李… ②高… Ⅲ. ①书信集－中国
－当代 Ⅳ. ①I267.5

中国国家版本馆CIP数据核字(2023)第257265号

主　编：李　奕　高世屹
副主编：黄宗亮　魏旭斌
编　委：金萌萌　于　海　薛倩琳　田菲菲　赵国伟　臧晓菲
范　娜　刘亚刚

见字如面：对话我们的时代
JIAN ZI RU MIAN： DUIHUA WOMEN DE SHIDAI

编辑出版 人民美术出版社
（北京市朝阳区东三环南路甲3号　邮编：100022）
http://www.renmei.com.cn
发行部：（010）67517799
网购部：（010）67517743

主　　编　李　奕　高世屹
责任编辑　刘亚刚
装帧设计　翟英东　杨　慧
插　　画　马　颖　桑　子
责任校对　魏平远
责任印制　胡雨竹
制　　版　朝花制版中心
印　　刷　鑫艺佳利（天津）印刷有限公司
经　　销　全国新华书店

开　本：710mm×1000mm　1/16
印　张：30
字　数：221千
版　次：2024年6月　第1版
印　次：2024年6月　第1次印刷
印　数：0001—2000册
ISBN 978-7-102-09286-7
定　价：98.00元

序
对话我们的时代

“我，一个普通的小学生，虽不能改变昨天，但我可以决定今天；虽不能预知明天，但我可以珍惜今天。我们要向革命英雄学习，珍惜今天的幸福生活，认真学习，学好本领，长大后把我们的国家建设得更加美好！”这是北京一位小学生写给老红军的信中的一段话，其中包含着对前辈英雄的崇敬，也表达了对未来的憧憬。

“见字如面”书信征集活动缘起于2020年疫情期间，学生长期居家，使用手机电脑较多，交流交往减少。来自北京7所不同学校的中学生联合向全市发出《拿起纸笔·见字如面》倡议书。短短6天时间，就收到400余封手写信件。活动开展几年来，在市区两级教委的大力倡导下，博物馆、科技馆、剧院等社会力量广泛支持和参与，形成“见字如面·对话故宫”“见字如面·对话当代”等系列内容。本书集合了中小学生对话时代榜样、科技先锋、英雄烈士以及反映时代温情的百余封信件，是对此次活动的阶段性总结和呈现。

“见字如面”常用于古人书信中，写在书信开头的问候语之后。在电子信息遍布的时代，手写书信比讯息带来的感动更多，一位高铁工作者收到儿子的手写信后，感动地回复道：“很欣喜你能耐下心来一笔一画地写字。见字如面，通过文字，我感受到了你的成长。”纸上的一笔一画都充满着温情，打动人的不仅是字，更是写信的人。

看着这一封封志气昂扬的书信，笔者不禁惊叹于学生们的敏锐感受、深刻思考和远大理想。“这些英雄危难时刻挺身而出的原因，并不是因为对赢有多少把握，而是因为‘需要’两个字……”“现在中国制造才是最厉害的”“平凡造就伟大”“我也想去当一次英雄”……每个孩子都捧出胸中的小小星火，这不仅是他们对时代楷模的向往和学习，也是对我们的文化传统的继承和发扬。

一位中学生在给徐芑南院士的信中写道：“或许每一种理想都是殊途同归，所以，在今后的人生旅程上，我希望可以用文字向读者传达一种精神力量、一种生活态度和生活内涵，虽然我仍在跌跌撞撞地寻找着道路，但我相信我一定会收获某些思想果实，使人生更加丰富。”这些学生与时代楷模成长于不同的年代，有着不同的追求与理想，但是报效祖国的心是相通的。他们每个人都是中华民族伟大复兴的实现者，而他们今日的每一分努力，都将如涓涓细流般汇入我国“文化自信”的泱泱大河。

现如今，通信发达的现代生活中，手写书信似乎已悄然逝去，但关于优雅汉字的书写传统，将在一代代孩子握着笔的稚嫩小手里获得永恒的生命。重温书写不仅是为了让我们怀念旧日的时光，更是要传递纸上的声音与书写中的中国精神，延续对英雄、楷模的学习，对理念的坚守和对中华文明的思考。习近平总书记指出：“文化自信是一个国家、一个民族发展中最基本、最深沉、最持久的力量。向上向善的文化是一个国家、一个民族休戚与共、血脉相连的重要纽带。”中华民族的伟大复兴要依靠每一代人的努力，祖国的未来需要坚信“少年强则中国强”的有志青年。

拿起纸笔，写下你的感动、期许和坚守。见字如面，笔不胜意。

聂震宁　著名出版家、作家、全民阅读推广人，韬奋基金会理事长，中国出版集团公司原总裁

· 目录 ·
CATALOG

对话时代榜样

对话科技先锋

对话时代温情

对话英雄烈士

对话时代榜样

钟南山爷爷，您真勇敢

才若辰 / 北京市昌平区二毛小学一年级（3）班

指导老师：李海燕

敬爱的钟南山爷爷：

您好！

我是北京市昌平区二毛学校一年级三班的学生才若辰。我听妈妈给我讲了很多关于您的事迹。您真勇敢！武汉的疫情那么严重，您还冒着生命危险去解救人们。

爷爷，您知道这次疫情什么时候才能结束吗？我都很久没有见到我喜欢的大海了。我超想去看看，但我知道远离人群才能更好地保护自己。我盼望着疫情早日结束，人类永远不会受到病毒的侵略。

爷爷，我长大了，也要做您这样的人保护世界！

钟南山爷爷，谢谢您！

祝您：身体健康，万事如意！

才若辰

2021年1月30日

敬爱的钟南山爷爷：

您好！

我是北京市昌平区二毛学校一年级三班的学生才若辰。我听妈妈给我讲了很多关于您的事迹。您真勇敢！武汉的疫情那么严重，您还冒着生命危险去解救人们。

爷爷，您知道这次疫情什么时候才能结束吗？我都很久没有见到我喜欢的大海了。我超想去看看，但我知道远离人群才能更好地保护自己。我盼望着疫情早日结束，人类永远不会受到病毒的侵略。

爷爷，我长大了，也要做您这样的人保护世界！

钟南山爷爷，谢谢您！

祝您：

身体健康，万事如意！

才若辰

2021年1月30日

您就是我心中的英雄

刘丰瑞 / 北京小学通州分校五年级（3）班

指导老师：代　佳

尊敬的陈薇院士：

您好！

2020农历己亥年，注定是一个不平凡的一年，一场突如其来的疫情，打破了时间节奏，打乱了城市秩序，打碎了人们的正常生活。

2020年，有太多的回忆和难忘，有太多的感触和感悟，其中感触最深的一句话是："生活哪有什么岁月静好，只不过有人在为你负重前行！"让不少人热泪盈眶。从冬日冰封到春风十里，两个多月的时间里，病毒蔓延虽快，但快不过从全国各地奔赴湖北的救援队伍。他们不分昼夜，与时间赛跑。他们舍生忘死，与死神较量，把爱和希望带给更多人。难忘的是最美逆行者，他们始终坚守和奋斗在抗疫一线，与"疫魔"战斗、跟病毒搏击。

在这些英雄中，我认识了您。在新冠肺炎病毒阴影笼罩的黑夜中，看见您在寒气逼人的夜晚，站在负压帐篷式移动实验室前发出最耀眼最温暖的光芒。是您让我真切地体会到了什么是"科技兴国，科技强国"，您使用您手尊敬的陈薇院士：

您好！

2020农历己亥年，注定是一个不平凡的一年，一场突如其来的疫情，打破了时间节奏，打乱了城市秩序，打碎了人们的正常生活。

2020年，有太多的回忆和难忘，有太多的感触和感悟，其中感触最深的一句话是："生活哪有什么岁月静好，只不过有人在为你负重前行！"让不少人热泪盈眶。从冬日冰封到春风十里，两个多月的时间里，病毒蔓延虽快，但快不过从全国各地奔赴湖北的救援队伍。他们不分昼夜，与时间赛跑。他们舍生忘死，与死神较量，把爱和希望带给更多人。难忘的是最美逆行者，他们始终坚守和奋斗在抗疫一线，与"疫魔"战斗、跟病毒搏击。

在这些英雄中，我认识了您，在新冠肺炎病毒阴影笼罩的黑夜中，看见您在寒气逼人的夜晚，站在负压帐篷式移动实验室前发出最耀眼最温暖的光芒。是您让我真切地体会到了什么是"科技兴国，科技强国"，您使用您手中的中的科技武器，与病魔展开了殊死较量，让我领悟了知识能护佑人民安康。

我知道您曾经是一名清华的学霸，毕业后您穿上了军装。2003年，抗击非典时期，您研制出首个SARS预防生物新药，“重组人干扰素W”，保护了那些战斗在一线的医护人员。2014年，您支持研发的埃博拉疫苗，成功帮助西非疫区的无数生命打开了希望之门。2020年1月26日，您又带领团队在武汉最核心的区域与病毒赛跑，应用自主研发的检测试剂盒，配合核酸全自动提取技术，实现了新型冠状病毒快速检测。3月16日重组新冠疫苗，成为全球第一个进入临床研究阶段的新冠疫苗，而且还是完全具有自主知识产权的中国人的疫苗。

您就是我心中的英雄，您就是我心中的榜样。您让我看到了祖国的强大，我为我的祖国感到骄傲，我为有您这样负重前行、只为岁月静好的英雄感到自豪。

“科技兴国，科技强国”在我心里不再是高喊的口号，不再是空洞的标语，而是实实在在的行动准则。虽然我现科技武器，与病魔展开了殊死较量，让我领悟了知识能护佑人民安康。

我知道您曾经是一名清华的学霸，毕业后您穿上了军装。2003年，抗击非典时期，您研制出首个SARS预防生物新药，“重组人干扰素ω”，保护了那些战斗在一线的医护人员。2014年，您主持研发的埃博拉疫苗，成功帮助西非疫区的无数生命打开了希望之门。2020年1月26日，您又带领团队在武汉最核心的区域与病毒赛跑，应用自主研发的检测试剂盒，配合核酸全自动提取技术，实现了新型冠状病毒快速检测。3月16日重组新冠疫苗，成为全球第一个进入临床研究阶段的新冠疫苗，而且还是完全具有自主知识产权的中国人的疫苗。

您就是我心中的英雄，您就是我心中的榜样。您让我看到了祖国的强大，我为我的祖国感到骄傲，我为有您这样负重前行，只为岁月静好的英雄感到自豪。

“科技兴国，科技强国”在我心里不再是高喊的口号，不再是空洞的标语，而是实实在在只是五年级的小学生，有太多的未知，但我会勤奋学习，努力充实自己，为将来打下坚实的基础，将来的我也会向您一样，拿起手中的知识武器保卫我们的祖国，建设我们的祖国。少年强则国强！加油！

北京小学通州分校五（3）班　刘丰瑞

在的行动准则，虽然我现在只是五年级的小学生，有太多的未知，但我会勤奋学习，努力充实自己，为将来打下坚实的基础，将来的我也会向您一样，拿起手中的知识武器保卫我们的祖国，建设我们的祖国。少年强则国强！加油！

北京小学通州分校

五(3)班 刘丰瑞

做一个幸福的人

董雨宸 / 北京教育科学研究院通州区第一实验小学四年级（3）班

指导老师：郭宝影

尊敬的樊锦诗奶奶：

您好！

“舍半生，给茫茫大漠。从未名湖到莫高窟，守住前辈的火，开辟明天的路。半个世纪的风沙，不是谁都能经得起吹打。一腔爱，一洞画，一场文化苦旅，从青春到白发。心归处，是敦煌。——这就是‘敦煌的女儿’樊锦诗。”这是我在“感动中国”节目上第一次看见您。您是一位谦逊的老奶奶，还是一位著名的考古学家。好奇心促使我又观看了有关您的纪录片。

您对敦煌壁画的热爱促使您进行了一系列的研究和保护，您还为敦煌莫高窟的壁画建立了数字档案，给我留下了深刻的印象并令我深感敬佩。

您在初中时，看了一篇关于敦煌的文章，就下定决心学习考古专业，并考取了令无数学子仰慕的北京大学。您扎根大漠半个多世纪，坚守和保护敦煌壁画，一定不仅仅是因为您单纯的喜爱，一定是敦煌莫高窟特别的魅力吸引着您。我也很喜欢历史和科学，参观过很多博物馆，但还没有去过敦煌。等我长大些，我一定会去看看。

我在想，如果一个人从事的工作是自己的专业，是自己所热尊敬的樊锦诗奶奶：

您好！

“舍半生，给茫茫大漠。从未名湖到莫高窟，守住前辈的火，开辟明天的路。半个世纪的风沙，不是谁都能经得起吹打。一腔爱，一洞画，一场文化苦旅，从青春到白发。心归处，是敦煌。——这就是‘敦煌的女儿’樊锦诗。”这是我在“感动中国”节目上第一次看见您。您是位谦逊的老奶奶，还是一位著名的考古学家。好奇心促使我又观看了有关您的纪录片。

您对敦煌壁画的热爱促使您进行了一系列的研究和保护，您还为敦煌莫高窟的壁画建立了数字档案，给我留下了深刻的印象并令我深感敬佩。

您在初中时，看了一篇关于敦煌的文章，就下定决心学习考古专业，并考取了令无数学子仰慕的北京大学。您扎根大漠半个多世纪，坚守和保护敦煌壁画，一定不仅仅是因为您单纯的喜爱，一定是敦煌莫高窟特别的魅力吸引着您。我也很喜欢历史和科学，参观过很多博物馆，但还没有去过敦煌，等我长大些，我一定会去看看。

我在想，如果一个人从事的工作是自己的专业，是自己所热爱的事情，且学有所成、学有所用，一定是一件非常美妙、幸福的事。尽管您在那里住宿条件艰苦，交通闭塞，自然环境恶劣，但只有您一直初心不改——只要爬着蜈蚣梯进到洞窟里，临摹洞中壁画时，一定是享受的。

拥有梦想很容易，但保持初心、锲而不舍地努力，达成目标，并不是件轻松的事。有时我的作业会有点多，有些题目会难到我，我会有点气馁与沮丧，但当我学会了知识，克服了难题，我就会非常开心和有成就感。我了解了您不凡的故事，学习了您执着奉献的精神，我想我会爱的事情，且学有所成、学有所用，一定是一件非常美妙、幸福的事。尽管您在那里住宿条件艰苦，交通闭塞，自然环境恶劣，但只有您一直初心不改——只要爬着蜈蚣梯进到洞窟里，临摹洞中壁画时，一定是享受的。

拥有梦想很容易，但保持初心，锲而不舍地努力，达成目标，并不是件轻松的事。有时我的作业会有点多，有些题目会难到我，我会有点气馁与沮丧，但当我学会了知识，克服了难题，我就会非常开心和有成就感。我了解了您不凡的故事，学习了您执着奉献的精神，我想我会脚踏实地，用勤学、博爱、诚毅的校训践行我的梦想，做一个对社会有用的人，做一个幸福的人。我将来想成为一名出色的建筑师，设计、建造很多美观实用的建筑……我一定要坚持实现它！

祝

身体健康，万事如意！

北京教育科学研究院通州区第一实验小学四（3）班　董雨宸

脚踏实地，用勤学、博爱、诚毅的校训践行我的梦想，做一个对社会有用的人，做一个幸福的人。我将来想成为一名出色的建筑师，设计、建造很多美观实用的建筑……我一定要坚持实现它！

祝

身体健康，万事如意！

北京教育科学研究院通州区第一实验小学

四(3)班 董雨宸

汝本江南多情女，何故独身赴北疆

张嘉彤 / 北京市昌平区前锋学校高三（4）班
指导老师：郝海英

敬爱的樊锦诗先生：

您好！

今日此信，意为表达我心中对您崇高的敬意。

汝本江南多情女，何故独身赴北疆。您说，国家培养了我们，我们就要到祖国最需要的地方，就这样半个世纪以来，扎根大漠，致力于莫高窟的考古研究与石窟科学的保护和管理。

在您的带领下，敦煌研究院广泛开展国际合作，学习并引进世界文化遗产保护的先进理念、技术及管理模式。使莫高窟文化保护从过去的抢救性保护发展到现在的科学性保护，并初步建立了预防性保护科学技术体系；探索文物数字化技术，采用数字技术，制作数字电影，解决了兼顾文物保护与旅游开放的难题。您是数字敦煌的缔造者，（让）敦煌文化艺术走出莫高窟，并使之“活”了起来。或许正如您所说：千年之后，依旧能看到辉煌的莫高石窟。

您老说，“坚守大漠，甘于奉献，勇于担当，开拓进取”的“莫高精神”是敦煌研究院薪火相传、生生不息的动力源泉。我知道，以常书鸿、段文杰为代表的老一辈莫高窟人，怀着对敦煌艺术的无限热爱和历史使命感，在大漠戈壁极端艰难困苦的条件下，筚路蓝缕，献出了青春，一守就是一生。在他们的坚守中开创了莫高窟保护、研究、弘扬的事业，形成了“莫敬爱的樊锦诗先生：

您好！

今日此信，意为表达心中对您崇高的敬意。

汝本江南多情女，何故独身赴北疆。您说，国家培养了我们，我们就要到祖国最需要的地方。就这样半个世纪以来，扎根大漠，致力于莫高窟的考古研究与石窟科学的保护和管理。

在您的带领下，敦煌研究院广泛开展国际合作，学习并引进世界文化遗产保护的先进理念、技术及管理模式。使莫高窟文化保护从过去的抢救性保护发展到现在的科学性保护，并初步建立了预防性保护科学技术体系；探索文物数字化技术，采用数字技术，制作数字电影，解决了兼顾文物保护与旅游开放的难题。您是数字敦煌的缔造者，敦煌文化艺术走出莫高窟，并使之"活"了起来。或许正如您所说：千年之后，依旧能看到辉煌的莫高石窟。

您老说："坚守大漠，甘于奉献，勇于担当，开拓进取"的"莫高精神"是敦煌研究院薪火相传、生生不息的动力源泉。我知道，以常书鸿、段文杰为代表的老一辈莫高窟人，怀着对敦煌艺术的无限热爱和历史使命感，在大漠戈壁极端艰难困苦的条件下，筚路蓝缕，献出了青春，一守就是一生。在他们的坚守中开创了莫高窟保护、研究、弘扬的事业，形成了"莫高精神"。在他们的引领下，您也爱上了这个地方，莫高窟永远也读不完，它已经成为了您生命的全部，是您生命的归宿。您说：我躺下来是敦煌，醒来还是敦煌。

人道江南应不好，您却知道此心安处是吾乡。敦煌便是您心之所归，情之所系，您说过："我感觉自己是长在敦煌这棵大树上的枝条，我离不开敦煌，敦煌也需要我。"当众人都不理解钟芳蓉的选择时，是您告诉她："不忘初心，坚守自己的理想，做胸怀天下的新青年！"因为热爱，才会选择，高精神”。在他们的引领下，您也爱上了这个地方。莫高窟永远也读不完，它已经成为了您生命的全部，是您生命的归宿。您说：“我躺下来是敦煌，醒来还是敦煌。”

人道岭南应不好，您却知道此心安处是吾乡。敦煌便是您心之所归、情之所系，您说过：“我感觉自己是长在敦煌这棵大树上的枝条，我离不开敦煌。敦煌也需要我。”当众人都不理解钟芳蓉的选择时，是您告诉她：“不忘初心，坚守自己的理想，做胸怀天下的新青年！”因为热爱，才会选择，才会坚守。

今之世界，我辈深知：民族之复兴与国家之富强，离不开中华民族优秀文化。我定会努力学习，弘扬祖国的文化瑰宝，为实现中华民族伟大复兴的中国梦贡献力量。

坚守，初心，勇敢……从您身上我们所感受到的力量远不止这些，我们将牢记您的嘱托，不忘初心，坚守信念！

此致

敬礼

张嘉彤

才会坚守。

今之世界，我辈深知：民族之复兴与国家之富强，离不开中华民族优秀文化。我定会努力学习，弘扬祖国的文化瑰宝，为实现中华民族伟大复兴的中国梦贡献力量。

坚守，初心，勇敢……从您身上我们所感受到的力量远不止这些，我们将牢记您的嘱托，不忘初心，坚守信念！

此致

敬礼！

张嘉彤

北京市昌平区前锋学校

高三（4）班 张嘉彤

您瘦小的身躯中迸发出的巨大能量一直影响着我

郎鑫艺 / 北京市延庆区第三中学高三（3）班

指导老师：赵文娣

亲爱的张老师：

您好！

我是来自北京市延庆区的一名高中生，能有这次机会通过这封信向您表达我的心意，荣幸之至。在了解到您的事迹后，我的心灵被深深地触动了。您克服万难成立了全国唯一一所免费的女子高中，专门供贫困家庭的女孩读书，纵使身染疾病，也从不言弃。这让我不得不由衷感到仰慕与敬佩。

您让一个个渴望更大世界的女孩们走出大山，去追逐梦想。您让一个个家庭乃至后几代人得到救赎，使她们的未来充满希望。但在我看来，您最伟大之处是给了他们独立的人格、自由选择的权利，给了她们不一样的未来。

“我生来就是高山而非溪流，我欲于群峰之巅俯视平庸的沟壑。我生来就是人杰而非草芥，我站在伟人之肩藐视卑微的懦夫。”这是入校誓词。无论再看多少遍，我的心灵还是会被触动。在“时代楷模”表彰大会上，那些走出深山，改变了自己命运的女孩子们都给了您一个深深的拥抱。正如校训所说，她们生而就是高山，而非沟壑，她们缺少的，只是认清自己能力的机会。通过读书学习，让这些孩子们敢在闲言碎语中站起来，直面摔倒后的血迹斑斑；理解自己的苦痛，与自己的无知、狭隘和偏见，见招拆招。是您给了她们第二次生命。

您瘦小的身躯中迸发出的巨大能量一直影响着我。我想，每一个人都是独立的、能思辨的个体，未来是我们努力缔造的！

祝：

顺颂时祺，薪火相传

北京市延庆区第三中学高三(3)班　郎鑫艺

亲爱的张老师：

您好！

我是来自北京市延庆区的一名高中生，能有这次机会通过这封信向您表达我的心意，荣幸之至。在了解到您的事迹后，我的心灵被深深地触动了。您克服万难成立了全国唯一一所免费的女子高中，专门供贫困家庭的女孩读书，纵使身染疾病，也从不言弃，这让我不得不由衷感到仰慕与敬佩。

您让一个个渴望更大世界的女孩们走出大山，去追逐梦想。您让一个个家庭乃至后几代人得到救赎，使她们的未来充满希望。但在我看来，您最伟大之处是给了她们独立的人格，自由选择的权利，给了她们不一样的未来。

“我生来就是高山而非溪流，我欲于群峰之巅俯视平庸的沟壑，我生来就是人杰而非草芥，我站在伟人之肩藐视卑微的懦夫。”这是入校誓词。无论再看多少遍，我的心灵还是会被触动。在“时代楷模”表彰大会上，那些走出深山、改变了自己命运的女孩子们都给了您一个深深的拥抱。正如校训所说，她们生而就是高山，而非沟壑，她们缺少的，只是认清自己能力的机会。通过读书学习，让这些孩子们敢在闲言碎语中站起来，直面摔倒后的血迹斑斑；理解自己的苦痛，与自己的无知、狭隘和偏见见招拆招。是您给了她们第二次生命。

您瘦小的身躯中迸发出的巨大能量一直影响着我，我想，每一个人都是独立的、能思辨的个体，未来是我们努力缔造的！

祝：

顺颂时祺，薪火相传

北京市延庆区第三中学

高三（3）班 郎鑫艺

看似瘦弱实则如山般高大

阮凌枫 / 中国人民大学附属中学通州校区高三（4）班

指导老师：王大军

敬爱的张桂梅校长：

您好！

我是一名高中生，此刻，我怀着崇高的敬意写下这封信。因为您创建华坪女子高中的壮举深深震撼了我！作为一名“00后”，我未曾经历过90年代的山村的贫穷与落后，但我还是可以从报道中想象出90年代华坪小县城的荒僻与穷困。如果说90年代的华坪是一座被贫穷和落后阴影笼罩的大山，那么您就是带着光明与希望走进大山的先行者，是举着梦想的火把带领每一个渴望知识的山区女孩儿走出大山的领路人。

置身深山执教，您为摸清山区女孩儿辍学原因以便更好地帮助她们，毅然踏上了家访之路。山路崎岖而坎坷，却未能使您停下执着的脚步。十二年来，您步行长达十万余里！

每当我想起这些数字都会情不自禁眼眶湿润。无数次翻山越岭，您带着一颗赤诚之心，一步步驱散大山深处的愚昧，避免了多少因无知造成的悲剧！

面对着一个个因贫穷而被迫辍学的女孩，您无比敬爱的张桂梅校长：

您好！

我是一名高中生，此刻，我怀着崇高的敬意写下这封信。因为您创建华坪女子高中的壮举深深震撼了我！作为一名"00后"，我未曾经历过90年代的山村的贫穷与落后，但我还是可以从报道中想象出90年代华坪小县城的荒僻与穷困。如果说90年代的华坪是一座被贫穷和落后阴影笼罩的大山，那么您就是带着光明与希望走进大山的先行者，是举着梦想的火把带领每一个渴望知识的山区女孩儿走出大山的领路人。

置身深山执教，您为摸清山区女孩儿辍学原因以便更好地帮助她们，毅然踏上了家访之路。山路崎岖而坎坷，却未能使您停下执着的脚步。十二年来，您步行长达十万余里！

每当我想起这些数字都会情不自禁眼眶湿润。无数次翻山越岭，您带着一颗赤诚之心，一步步驱散大山深处的愚昧，避免了多少因无知造成的悲剧！

面对着一个个因贫穷而被迫辍学的女孩，

痛心。一个念头浮现，您做出了一个在旁人看来近乎疯狂的决定——创办一所全免费的女子高中！

毫不理会别人的否定与质疑，您坚定地选择了这条艰难而又充满辛酸的办学之路。在路边，您举着证书向路人募集资金；在山间，您挨家挨户劝说辍学女孩儿返回校园。终于，在十七大召开后，在党和社会各界爱心人士的支持帮助下，华坪女子高中于2008年正式建成。

您开创了奇迹，却依然谦卑；您膝下无子女，却尽显母爱光辉。即使多种疾病缠身，您仍毫无保留地将心血倾注到女高的孩子们身上。夜里十二点睡，早上五点钟起。日出前的教学楼漆黑一片，您逐层亲手点亮每一盏灯。“姑娘们怕黑，提前把灯打开让她们更安心。”您说。

我曾看过华坪女高的专访视频，最令我难以忘却的是您忙碌的单薄的身影，看似瘦弱实则如山般高大。

如今，华坪女高不仅在丽江市的本科上线率远超百分之四十，更是当地学生向往的学校。几十年的心血倾注，您帮助一个您无比痛心。一个念头浮现，您做出了一个在旁人看来近乎疯狂的决定——创办一所全免费的女子高中！

毫不理会别人的否定与质疑，您坚定地选择了这条艰难而又充满辛酸的办学之路。在路边，您举着证书向路人募集资金；在山间，您挨家挨户劝说辍学女孩儿返回校园。终于，在十七大召开后，在党和社会各界爱心人士的支持帮助下，华坪女子高中于2008年正式建成。

您开创了奇迹，却依然谦卑；您膝下无子女，却尽显母爱光辉。即使多种疾病缠身，您仍毫无保留地将心血倾注到女高的孩子们身上。夜里十二点睡，早上五点钟起。日出前的教学楼漆黑一片，您逐层亲手点亮每一盏灯。"姑娘们怕黑，提前把灯打开让她们更安心。"您说。

我曾看过华坪女高的专访视频，最令我难以忘却的是您忙碌的单薄的身影，看似瘦弱实则如山般高大。

如今，华坪女高不仅在丽江市的本科上线率远超百分之四十，更是当地学生向往的学校。

又一个女孩儿实现了“飞出大山”的梦想。

您的事迹就像那首歌中所唱的一样：“红梅花儿开，朵朵放光彩，昂首怒放花万朵，香飘云天外……”以身为烛，您光耀深山；呕心沥血，您桃李满园！

张校长，请允许我再次向您表达敬意，为您的勇气，为您的无私，为您数十年如一日的执着。坚信今后，无数青年定会传承并弘扬您的精神，无私奉献，坚韧执着，砥砺前行，努力将光明和希望洒遍祖国的每个角落！

祝

万事顺心　身体健康

阮凌枫

几十年的心血倾注，您帮助一个又一个女孩儿实现了“飞出大山”的梦想。

您的事迹就像那首歌中所唱的一样：“红梅花儿开，朵朵放光彩，昂首怒放花万朵，香飘云天外……”以身为烛，您光耀深山；呕心沥血，您桃李满园！

张校长，请允许我再次向您表达敬意，为您的勇气，为您的无私，为您数十年如一日的执着。坚信今后，无数青年定会传承并弘扬您的精神，无私奉献，坚韧执着，砥砺前行，努力将光明和希望洒遍祖国的每个角落！

祝

万事顺心　身体健康

阮凌枫

你们的善举撑起了北京的半边天

王新维 / 北京市顺义牛栏山第一中学高一（10）班
指导老师 ：魏春节

北京榜样：

你们好！我是一名北京高中生，从小生活在北京，感受着北京带给我的温暖和爱，北京和谐美好的一切都离不开你们的奉献精神，你们坚持环境保护、帮助乘客、服务居民的行为深深地打动着我。

贺玉凤奶奶，您从小生活在妫水河旁，一方水土寄托一份情，您用自己每天捡垃圾的行动填补着妫水河不再清澈的创伤。小河的污染是每一个北京人留在心底的泪，一条河就是一条心，周围的邻居甚至丈夫的不理解都没能阻挡您的步伐。这条河的背后是北京这座城，义务劳动23年，您捡起的不是垃圾，是美德。您用自己的行动证明了北京蓝天到来的必然和流淌在北京人血液里的自强。

刘宝中叔叔，作为一名公交车司机的您，313路坚持十年之久，您将乘客当作亲人，将巴士变为了充满温情的四合院。您用温情温暖着北京，感染着身边的每一个人。

殷金凤阿姨，您说谁都会遇到困难，您体会过难事中的无奈和无助，所以希望可以用自己的力量帮助居民。是啊，您自己成为北京榜样：

你们好！我是一名北京高中生，从小生活在北京，感受着北京带给我的温暖和爱，北京和谐美好的一切都离不开你们的奉献精神，你们坚持环境保护、帮助乘客、服务居民的行为深深地打动着我。

贺玉凤奶奶，您从小生活在妫水河旁，一方水土寄托一份情，您用自己每天捡垃圾的行动填补着妫水河不再清澈的创伤。小河的污染是每一个北京人留在心底的泪，一条河就是一条心，周围的邻居甚至丈夫的不理解都没能阻挡您的步伐。这条河的背后是北京这座城，义务劳动23年，您捡起的不是垃圾，是美德。您用自己的行动证明了北京蓝天到来的必然和流淌在北京人血液里的自强。

刘宝中叔叔，作为一名公交车司机的您，313路坚持十年之久，您将乘客当作亲人，将巴士变为了充满温情的四合院。您用温情温暖着北京，感染身边的每一个人。

殷金凤阿姨，您说谁都会遇到困难，您体会过难事中的无奈和无助，所以希望可以用自己的力量帮助居民。是啊，您自己成为火焰，照亮了

火焰，照亮了北京城这个温暖的大家庭。

2021年辛丑年，北京仍然在疫情的防控之中，我不会忘记2020年，那些像您一样的社区工作者，他们用毅力架起了一座座钢铁长城，作为新时代高中生，我会锐意进取，践行北京榜样精神。北京的每一片蓝天，每一张笑脸，每一份安心，都有你们的力量，因为你们背后都有一个共同的名字：北京榜样。

这封信很短，但我想写给在北京榜样大家庭里的每一个你们，你们的善举撑起了北京的半边天。我身上流淌的是北京的血液，我的热血会和你们一起沸腾。或许这是一封难以送达的书信，但我知道，看到其中的你们，也就看到了所有人。

此致

敬礼

北京市顺义牛栏山第一中学

高一(10)班　王新维

北京城区个温暖的大家庭。

2021年辛丑年，北京仍然在疫情的防控中，我不会忘记2020年，那些像您一样的社区工作者，他们用毅力架起了一座座钢铁长城，作为新时代高中生，我会锐意进取，践行北京榜样精神。北京的每一片蓝天，每一张笑脸，每一份安心，都有你们的力量，因为你们背后都有一个共同的名字：北京榜样。

这封信很短，但我想写给在北京榜样大家庭里的每一个你们，你们的善举撑起了北京的半边天。我身上流淌的是北京的血液，我的热血会和你们一起沸腾。或许这是一封难以送达的书信，但我知道，看到其中的你们，也就看到了所有人。

此致

敬礼

北京市顺义牛栏山第一中学

高一(10)班　王新维

您是那样的大爱无言

刘雨萱 / 北京市朝阳区实验小学二年级（8）班

指导老师：赵京淑

敬爱的张富清爷爷：

展信佳！

我是北京市朝阳区实验小学二年级八班的学生刘雨萱。听到、读到、看到好多关于您的事迹，我真的无比激动，怀着十分崇敬的心情给您写信。

您是那样的大义无畏，在战火的洗礼中，浴血沙场，冲锋在前。

您是那样的大公无私，在赫赫的战功前，深藏功名，克己奉公。

您是那样的大爱无言，在平凡的岗位上，心系群众，为民尽责。

走近您之后，我更加体会到我们今天的美好生活是多么地来之不易。作为一名小学生，我一定要努力学习，不断进取，长大后成为那个像您一样，外表平静如水，内心坚定如山的人，我也愿意为祖国更加强大，人民更加幸福尽一份自己的力量！

祝您身体健康，万事如意。

此致

敬礼

2021年2月5日

北京市朝阳区实验小学

二年级（8）班　刘雨萱

敬爱的张富清爷爷：

展信佳！

我是北京市朝阳区实验小学二年级八班的学生刘雨萱。听到、读到、看到好多关于您的事迹，我真的无比激动，怀着十分崇敬的心情给您写信。

您是那样的大义无畏，在战火的洗礼中，浴血沙场，冲锋在前。

您是那样的大公无私，在赫赫的战功前，深藏功名，克己奉公。

您是那样的大爱无言，在平凡的岗位上，心系群众，为民尽责。

走近您之后，我更加体会到我们今天的美好生活是多么地来之不易。作为一名小学生，我一定要努力学习，不断进取，长大后成为那个像您一样，外表平静如水、内心坚定如山的人，我也愿意为祖国更加强大，人民更加幸福尽一份自己的力量！

祝您身体健康，万事如意。

此致

敬礼

2021年2月5日

北京市朝阳区实验小学

二年级(8)班刘雨萱

干一行，爱一行

潘伟铭 / 北京市朝阳区白家庄小学东辰分校定辛校区六年级（1）班

指导老师：李　巍

亲爱的方秋子阿姨：

您好！

此时此刻，我怀着激动的心情提笔给您写这封信。说实话，刚开始我对您非常的陌生。在一次偶然中我读到了一篇有关于您的报道，渐渐地，我被文章中您的种种事迹感动了，尤其是您的“秋子服务”品牌精神使我对您肃然起敬，您的匠心精神也在我的心里烙下了深深的印记！

数曲怡神吹落日，时光荏苒逝年华。情景变迁谱春调，不变的是平凡的美丽。方阿姨，您就是这许许多多平凡花簇中那朵最灿烂的花儿！您对工作兢兢业业，严格律己，您精益求精的精神着实令我钦佩不已！当您刚踏入工作岗位，因为工作经验不足而导致频频失误时，面对困难，您并没有退缩而是勇于面对自己工作经验上的短板，以匠心精神不断提升业务能力。为了练习快速准确找零，您经常往人多喧闹的菜市场跑，观察商户怎么收钱……为了快速点钞，您练习夹钱的手磨破了，裹上创可亲爱的方秋子阿姨：

您好！

此时此刻，我怀着激动的心情提笔给您写这封信。说实话，刚开始我对您非常地陌生。在一次偶然中我读到了一篇有关于您的报道，渐渐地，我被文章中您的种种事迹感动了，尤其是您的"秋子服务"品牌精神使我对您肃然起敬，您的匠心精神也在我的心里烙下了深深的印记！

数曲怡神吹落日，时光荏苒逝年华。情景变迁谱春调，不变的是平凡的美丽。方阿姨，您就是这许许多多平凡花簇中那朵最灿烂的花儿！您对工作兢兢业业，严格律己，您精益求精的精神着实令我钦佩不已！当您刚踏入工作岗位，因为工作经验不足而导致频频失误时，面对困难，您并没有退缩而是勇于面对自己工作经验上的短板，以匠心精神不断提升业务能力。为了练习快速准确找零，您经常往人多喧闹的菜市场跑，观察商户怎么收钱……为了快速点钞，您练习夹钱的手磨破了，裹上创可贴贴继续练，最后点钱的拇指指纹都磨平了……为了准确识别车型种类提高收费速度，您阅读了很多相关书籍，上网查资料，跑汽车市场，请师傅指点车型特点差异，并分类强化记忆……经过这样一系列努力，您练就了：判别车型一眼准，打票收费一手快，唱收唱付一口清，点钞识钞一指明的精湛业务技能！

您不仅在工作上严格律己，对待车户您也同样怀揣着一颗朴实而又炙热的心！当车户在服务区遗落贵重物品时，您第一时间联系失主并主动归还物品。当车户在服务过程中突发疾病时，您第一时间伸出援手拨打120，并安慰一位因父亲突发疾病而惊慌失措的女儿。您助人为乐的精神是亿万中华人民的榜样，更是我成长道路上的榜样。

方阿姨，您干一行爱一行、干一行专一行的匠心精神让我深深地领悟到：世上无难事，只怕有心人。只要有继续练，最后点钱的拇指指纹都磨平了……为了准确识别车型种类提高收费速度，您阅读了很多相关书籍，上网查资料，跑汽车市场，请师傅指点车型特点差异，并分类强化记忆……经过这样一系列努力，您练就了：判别车型一眼准，打票收费一手快，唱收唱付一口清，点钞识钞一指明的精湛业务技能！

您不仅在工作上严格律己，对待车户您也同样怀揣着一颗朴实而又炙热的心！当车户在服务区遗落贵重物品时，您第一时间联系失主并主动归还物品。当车户在服务过程中突发疾病时，您第一时间伸出援手拨打120，并安慰一位因父亲突发疾病而惊慌失措的女儿。您助人为乐的精神是亿万中华人民的榜样，更是我成长道路上的榜样。

方阿姨，您干一行爱一行，干一行专一行的匠心精神让我深深地领悟到：世上无难事，只怕有心人。只要有耐心，有恒心，你终将走上成功的道路。世界如此灿烂，生活如此美丽，就是因为有许多像您这样辛苦劳动的人为之奉

耐心，有恒心，你终将走上成功的道路。世界如此灿烂，生活如此美丽，就是因为有许多像您这样辛苦劳动的人为之奉献、付出。在未来的成长道路上，我一定以您为榜样，好好学习，做更好的自己，长大后为我们祖国做贡献！

祝：

身体健康，工作顺利！

潘伟铭

献、付出。在未来的成长道路上，我一定以您为榜样，好好学习，做更好的自己，长大后为我们祖国做贡献！

祝：

身体健康，工作顺利！

潘伟铭

您是一位很伟大很伟大的父亲

李　婧 / 北京市第八十中学温榆河分校初一（2）班
指导老师：王　炎　张小燕

敬爱的十九大代表、我的父亲李国栋同志：

您好！

不得不先说，您是一位很伟大很伟大的父亲，您爱我胜过爱您自己。虽然您从未对我说过“我爱你”，但您的爱是无声的，雄厚的。一盘饺子，您总是会先把煮烂的吃掉，好的留给我。当我生病时，您一通通电话打给母亲，都是询问我的病好些了吗？把药吃了吗？下雨时的大部分伞面也都留给了我……亲爱的父亲，正因为您才让我们这个小家变得安全，正因为您的爱使我们这个家温馨而又甜蜜。

在我看来，您不仅是位伟大的父亲，也是一位受人尊敬的环卫工人。人们常常说您是城市的美容师。我从不为我是一名环卫工人的女儿感到羞怯，每当在路上遇到环卫垃圾车时，我都会兴奋地和身边的小伙伴说：“看，这是我爸爸公司的车！”那一刻我是发自内心的自豪。

打我记事起，您就是单臂吊压缩车班班长。每天要接数不清的电话，还要分配班里员工的工作任务。每天大大小小的事务我敬爱的十九大代表、我的父亲李国栋同志：

您好！

不得不先说，您是一位很伟大很伟大的父亲，您爱我胜过爱您自己。虽然您从未对我说过"我爱你"，但您的爱是无声的，雄厚的。一盘饺子，您总是会先把煮烂的吃掉，好的留给我。当我生病时，您一通通电话打给母亲，都是询问我的病好些了吗？把药吃了吗？下雨时的大部分伞面也都留给了我……亲爱的父亲，正因为您才让我们这个小家变得安全，正因为您的爱使我们这个家温馨而又甜蜜。

在我看来，您不仅是位伟大的父亲，也是一位受人尊敬的环卫工人。人们常常说您是城市的美容师。我从不为我是一名环卫工人的女儿感到羞怯，每当在路上遇到环卫垃圾车时，我都会兴奋地向身边的小伙伴说："看，这是我爸爸公司的车！"那一刻我是发自内心的自豪。

打我记事起，您就是单臂吊压缩车班班长。每天要接数不清的电话，还要分配班里员工的工作任务。每天大大小小的事务我听着都烦，

听着都烦，但您却在环卫这个岗位上一干就是24年，我很想问问您："您是怎么做到的？"

除了困惑，您还有很多事是我不曾知道的。当我看完北京卫视播出的"新时代，新担当，新作为"栏目，感觉您似乎不再属于我们这一个小家，更属于整个环卫行业。2003年非典时期，您主动请战到疫情前线小汤山医院清运医疗垃圾，更是签下了请战书，盖了手印。听到这里我感觉您就像去年抗击新冠肺炎的逆行者一样，身上背负着无私与大爱，值得我们每一个人尊敬。2012年北京的"7・21"暴雨使北京多年污水厂浮渣告急，如果不及时清运，下水道的污水就会堆积，后果不堪设想。深夜，您接到紧急电话，要求立即出发。那时我还小，只知道您几天几夜都没有回家。母亲说您去工作了。但我不知道的是：那一夜，您一人清运浮渣15车，共计70多吨，连续奋战了36个小时，刷新了清运垃圾的记录。当我以为您终于可以休息时，母亲却说那次您回来后只眯了一会儿，第二天五点起床继续上班。听到这句话，我的内心久久不能平静，但您却在环卫这个岗位上一干就是24年。我很想问问您："您是怎么做到的？"

除了困惑，您还有很多事是我不曾知道的。当我看完北京卫视播出的"新时代，新担当，新作为"栏目，感觉您似乎不再属于我们这一个小家，更属于整个环卫行业。2003年非典时期，您主动请战到疫情前线"小汤山"医院清运医疗垃圾，更是签下了请战书，盖了手印。听到这里我感觉您就像去年抗击新冠肺炎的逆行者一样，身上背负着无私与大爱，值得我们每一个人尊敬。2012年北京的"7·21"暴雨使北京多年污水厂浮渣告急，如果不及时清运，下水道的污水就会堆积，后果不堪设想。深夜，您接到紧急电话，要求立即出发。那时我还小，只知道您几天几夜都没有回家。母亲说您去工作了。但我不知道的是：那一夜，您一人清运浮渣15车，共计70多吨，连续奋战了36个小时，刷新了清运垃圾的记录。当我以为您终于可以休息时，母亲却说那次您回来后只眯了一会儿，第二天五点起床继续上班。听到这句话，我的看着平日里和蔼亲切的您，眼泪再也止不住了。

每一份努力都不会被忘记，每一份付出都会得到回报。2010年，您被评为“北京市劳动模范”，2017年您光荣地当选为党的十九大代表。看着您发来的人民大会堂照片，我不禁感叹道：“真庄严！”自从您开完代表会后，比平日里更忙了，您要去做访谈，去演讲。作为一名优秀党员，您要向民众宣扬十九大精神。最高兴的是，去年您被评为了“全国劳动模范”。看到您的辛苦付出得到回报，我由衷地感到高兴，您一定十分热爱这份职业吧。

老师们都说要给自己找一个榜样，并朝着他努力前行。我想说：“榜样就在我身边。”您是一名优秀的中共党员、十九大代表、全国劳模车队的“百事通”，更是我伟大又可爱的父亲。我的朋友常说：“你有这样的父亲一定很骄傲吧。”当然骄傲，不仅骄傲，还羡慕。羡慕您无私奉献的品质、责任感和舍小家为大家的精神。您经常在半夜接到电话，紧急起身要去工作，母亲毫无怨言，因为她知道，她的丈夫是一位伟大的劳动者。

经过您的熏陶，我也喜欢上了帮助别人。无论困难与否，我内心久久不能平静，看着平日里和蔼亲切的您，眼泪再也止不住了。

每一份努力都不会被忘记，每一份付出都会得到回报。2010年，您被评为"北京市劳动模范"，2017年您光荣地当选为党的十九大代表。看着您发来的人民大会堂照片，我不禁感叹道："真厉害！"自从您开完代表会后，比平日里更忙了，您要去做访谈，去演讲。作为一名优秀党员，您要向民众宣扬十九大精神。最高兴的是，去年您被评为了"全国劳动模范"。看到您的辛苦付出得到回报，我由衷地感到高兴，您一定十分热爱这份职业吧。

老师们都说要给自己找一个榜样，并朝着他努力前行。我想说："榜样就在我身边。"您是一名优秀的中共党员，十九大代表，全国劳模，车队的"百事通"，更是我伟大又可爱的父亲。我的朋友常说："你有这样的父亲一定很骄傲吧"。当然骄傲，不仅骄傲，还羡慕。羡慕您无私奉献的品质、责任感和舍小家为大家的精神。您经常在半夜接到电话，紧急起身要去工作，每都会尽我所能地贡献力量。我一直都想成为像您一样的人，我相信将来的某一天，我一定能让您身边的朋友对您说："你有这样的女儿一定很骄傲吧。"

您是环卫行业的优秀代表，您甘于平凡却不甘于平庸，在平凡的工作岗位上做出了不平凡的业绩，在我们看见或看不见的地方，您和您的同事们为北京市民的生活及城市的正常运转奉献着青春，挥洒着汗水。

爸爸，我爱你。

此致

敬礼

您的女儿：李婧

亲毫无怨言，因为她知道，她的丈夫是一位伟大的劳动者。

经过您的熏陶，我也喜欢上了帮助别人。无论困难与否，我都会尽我所能地贡献力量。我一直都想成为像您一样的人，我相信将来的某一天，我一定能让您身边的朋友对您说："你有这样的女儿一定很骄傲吧。"

您是环卫行业的优秀代表，您甘于平凡却不甘于平庸，在平凡的工作岗位上做出了不平凡的业绩，在我们看见或看不见的地方，您和您的同事们为北京市民的生活及城市的正常运转奉献着青春，挥洒着汗水。

爸爸，我爱你。

此致

敬礼

您的女儿：李婧

榜样

陈云杉 / 北京市昌平区城关小学三年级（5）班

指导老师：黄立红

敬爱的北京榜样们：

你们好！

我是北京市昌平区城关小学三年级的一名小学生，看了你们的事迹，我特别感动，也特别自豪。你们是一群普通人，但你们在平凡的生活和工作中，无私地传递着温暖和善良，你们是我们学习的榜样，你们是美好生活的建设者，是创新时代的领跑者，是社会和谐的维护者，是优秀文化的传承者。

环保奶奶贺玉凤，让我感觉最为亲切。您的年纪和我姥姥相仿，姥姥家也在延庆，我节假日常去妫水河畔玩耍。您每天清晨都早起去捡拾白色垃圾，您数十年如一日的坚持，23年，三十多万个，多么惊人的数字。由一个人到一个组织，一代人到三代人，您用自身的行动号召了身边的人，感染着身边的人。您与志愿者们一同守护这一河清水，才让我们看到了妫水河畔蓝的天、碧的水以及快活的鱼儿们。我也要加入您的队伍，做“环保小卫士”，保护祖国的绿水青山，造福子孙万代。

敬爱的北京榜样们：

你们好！

我是北京市昌平区城关小学三年级的一名学生，看了你们的事迹，我特别感动，也特别自豪。你们是一群普通人，但你们在平凡的生活和工作中，无私地传递着温暖和善良，你们是我们学习的榜样，你们是美好生活的建设者，是创新时代的领跑者，是社会和谐的维护者，是优秀文化的传承者。

环保奶奶贺玉凤，让我感觉最为亲切。您的年纪和我姥姥相仿，姥姥家也在延庆，我节假日常去妫水河畔玩耍。您每天清晨都早起去捡拾白色垃圾，您数十年如一日的坚持，23年，三十多万个，多么惊人的数字。由一个人到一个组织，一代人到三代人，您用自身的行动号召了身边的人，感染着身边的人。您与志愿者们一同守护这一河清水，才让我们看到了妫水河畔蓝的天、碧的水以及快活的鱼儿们。我也要加入您的队伍，做"环保小卫士"，保护祖国还有同样热心环保的廖理纯叔叔，您的梦想是让所有沙漠都变成绿洲，所有天空都变得湛蓝。为了改善环境您毅然辞去董事长职务，带领多批志愿者栽种树苗一百三十多万棵，为北京蓝天种下了绿色防护带。原来忙忙碌碌的人群中竟有像你们一样不顾个人得失、如此热心志愿服务的人。

我骄傲，我生活在这样一个景美人更美的城市。当我面对危险时，我会想到有像张少康大哥哥一样敢于见义勇为的人来守护；日常生活中，会有像刘宝中爷爷一样待客热情可亲的司机爷爷，像张晓艳阿姨一样一心为患者服务的医生，还有像殷金凤书记一样的社区工作者为百姓办实事；当我遇到困难时，我会想到像夏虹阿姨、宋玺姐姐、夏伯渝爷爷一样的人，他们是如何顽强拼搏，永不言弃的；学有余力时，我会想到手风琴演奏家任士荣爷爷是怎样践行雷锋精神的，也会想到王晓旌阿姨是如何孝敬长辈；我也要努力学习，像谢良志、程京叔叔一的绿水青山，造福子孙万代。

还有同样热心环保的廖理纯叔叔，您的梦想是让所有沙漠都变成绿洲，所有天空都变得湛蓝。为了改善环境您毅然辞去董事长职务，带领多批志愿者栽种树苗一百三十多万棵，为北京蓝天种下了绿色防护带。原来忙忙碌碌的人群中竟有像你们一样不顾个人得失、如此热心志愿服务的人。

我骄傲，我生活在这样一个景美人更美的城市。当我面对危险时，我会想到有像张少康大哥哥一样敢于见义勇为的人来守护；日常生活中，会有像刘宝中爷爷一样待客热情可亲的司机爷爷，像张晓艳阿姨一样一心为患者服务的医生，还有像殷金风书记一样的社区工作者为百姓办实事；当我遇到困难时，我会想到像夏虹阿姨、宋玺姐姐、夏伯渝爷爷一样的人，他们是如何顽强拼搏，永不言弃的；学有余力时，我会想到手风琴演奏家任士荣爷爷是怎样践行雷锋精神的，也会想到王晓旗阿姨是如何孝敬长辈；我也要努力学习，像谢良志、程京样，勇攀科技高峰……

我想起妈妈给我读过魏巍先生在《谁是最可爱的人》里写到的内容："亲爱的朋友们，当你坐上早晨第一列电车走向工厂的时候，当你扛上犁耙走向田野的时候，当你喝完一杯豆浆提着书包走向学校的时候，当你安安静静坐到办公桌前计划这一天工作的时候，当你向孩子嘴里塞着苹果的时候，当你和爱人悠闲散步的时候……朋友，你是否意识到你是在幸福之中呢？"

此时此刻，我感到由衷的幸福。我的幸福源自你们默默的守护和不懈的奋斗，你们平凡又伟大，你们是新时代最可爱的人！我也要向你们学习，以你们的精神为指引，做一个热情开朗、积极向上、助人为乐的北京人！

此致

敬礼

北京市昌平区城关小学

三（5）班　陈云杉

叔叔一样，勇攀科技高峰……

我想起妈妈给我读过魏巍先生在《谁是最可爱的人》里写到的内容：“亲爱的朋友们，当你坐上早晨第一列电车走向工厂的时候，当你扛上犁耙走向田野的时候，当你喝完一杯豆浆提着书包走向学校的时候，当你安安静静坐到办公桌前计划这一天工作的时候，当你向孩子嘴里塞着苹果的时候，当你和爱人悠闲散步的时候……朋友，你是否意识到你是在幸福之中呢？”

此时此刻，我感到由衷的幸福。我的幸福源自你们默默的守护和不懈的奋斗，你们平凡又伟大，你们是新时代最可爱的人！我也要向你们学习，以你们的精神为指引，做一个热情开朗、积极向上、助人为乐的北京人！

此致

敬礼

北京市昌平区城关小学

三(5)班 陈云杉

岗位不分高低贵贱

裴思佳 / 北京市朝阳区白家庄小学（本部北校）六年级（5）班
指导老师：崔艳霞

尊敬的薛振义叔叔：

您好。我是白家庄小学本部北校六年级五班的裴思佳。虽然我们未曾谋面，但我从妈妈那里和在网上了解了很多您的事迹。您在平凡的岗位上，保持初心、潜心工作，取得了令人瞩目的成绩。2016年，您获得首都劳动奖章、朝阳区农村地区第四届“践行社会主义核心价值观十佳人物”等荣誉；2020年，您被授予北京市劳动模范。您的事迹让我感动，更在学习的道路上激励我前行。

我了解到，您是朝坝环卫服务中心的一名环卫工人，您的主要工作是保一方洁净。我原以为，环卫工人这个职业很容易，不就是扫扫地，捡捡垃圾吗？出点苦力就行了，谁都能干且谁都能干好，这么简单的岗位干不出业绩！

但是您用实际行动告诉我，岗位不分高低贵贱，任何岗位只要用心经营，付出努力，就一定能够取得优异的成绩！您悉心钻研、业务精湛。您熟悉管片内的每一条街道，能从环境检查的照片中很快分辨出具体点位。您知道夏天哪个地方易积水，秋天哪棵树先落叶，冬天哪个路段易结冰，平常哪些地方易形成卫生死角。您率先垂范，敢于担当。面对清理硕大的垃圾堆任务，您主动请缨，忍受着刺鼻的味道，一干就是三天三夜。您无私奉献，不求回报。您说过，做事要保持初心，不能总想着要回报，不能心存功利之心，所有的成绩、荣誉不是争来的，而是顺其自然干出来的。您孜孜不倦、勤奋好学。每天劳累的工作过后，您还利用休息时间坚持背古诗、学数学。以前我认为古诗很难背，即便是当时背下来了，过后也会忘记，于是对背诵古诗毫无兴致。而尊敬的薛振义叔叔：

您好。我是白家庄小学本部北校六年级五班的裴思佳。虽然我们未曾谋面，但我从妈妈那里和在网上了解了很多您的事迹。您在平凡的岗位上，保持初心、潜心工作，取得了令人瞩目的成绩。2016年，您获得首都劳动奖章、朝阳区农村地区第四届"践行社会主义核心价值观十佳人物"等荣誉；2020年，您被授予北京市劳动模范。您的事迹让我感动，更在学习的道路上激励我前行。

我了解到，您是朝坝环卫服务中心的一名环卫工人，您的主要工作是保一方洁净。我原以为，环卫工人这个职业很容易，不就是扫扫地，捡捡垃圾吗？出点苦力就行了，谁都能干且谁都能干好，这么简单的岗位干不出什么业绩！

但是您用实际行动告诉我，岗位不分高低贵贱，任何岗位只要用心经营，付出努力，就一定能够取得优异的成绩！您悉心钻研、业务精湛。您熟悉管片内的每一条街道，能从环境检查的照片中很快分辨出具体点位。您知道夏天哪个地方易积水，秋天哪棵树先落叶，冬天哪个路段易结冰，平常哪些地方易形成卫生死角。您率先垂范，敢于担当。面对清理硕大的垃圾堆任务，您主动请缨，忍受着刺鼻的味道，一干就是三天三夜。您无私奉献，不求回报。您说过，做事要保持初心，不能总想着要回报，不能心存功利之心，所有的成绩、荣誉不是争来的，而是顺其自然干出来的。您孜孜不倦、勤奋好学。每天劳累的工作过后，您还利用休息时间坚持背古诗、学数学。以前我认为古诗很难背，即便是当时背下来了，过后也会忘记，于是对背诵古诗毫无兴致。而您已近花甲之年，记忆力肯定没有我好，您没有知难而退，而是一丝不苟、坚持不懈，以至于现在的您对古诗您已近花甲之年，记忆力肯定没有我好，您没有知难而退，而是一丝不苟、坚持不懈，以至于现在您对古诗词的运用已驾轻就熟。您活到老学到老的精神让我佩服。

薛叔叔，我有几个问题想不明白，为什么在艰苦工作面前您能挺身而出呢？为什么在烦劳的工作过后，您不去看抖音，刷微博，打游戏，而是选择不断学习呢？为什么别人觉得没技术含量的工作您却做得精益求精呢？您能帮我解答一下吗？

最后，我想说在您身上我学到无私、勤奋、坚持和担当，相信这些品质会让我受益终生！

此致

敬礼

裴思佳

词的运用已驾轻就熟，您活到老学到老的精神让我佩服。

薛叔叔，我有几个问题想不明白，为什么在艰苦工作面前您能挺身而出呢？为什么在烦劳的工作过后，您不去看抖音、刷微博、打游戏，而是选择不断学习呢？为什么别人觉得没技术含量的工作您却做得精益求精呢？您能帮我解答一下吗？

最后，我想说在您身上我学到无私、勤奋、坚持和担当，相信这些品质会让我受益终生！

此致

敬礼

裴思佳

白家庄小学本部北校六年级五班的裴思佳同学：

你好！春节前收到你的来信，心里很高兴，我没有你说的那么好，比起老一辈环卫工人时传祥，差得好远，云壤之别。他的“工作无贵贱，行业无尊卑，宁愿一人脏，换来万家净”的环卫精神铭记在心。刘少奇主席说过：“职位不同，价值同在。”我当劳模不是我做得好，我只是环卫工人中的一个代表而已，思想上要深化自己、认识自己，感恩社会和领导给我发挥能力的舞台，感恩老师对我的谆谆教诲，感谢多年来领导对我的关爱和教导，感谢同事们的支持和帮助，感谢家人的理解和安慰。不要总是想着你的付出而无视了别人给你的舞台，千万不要错把平台当本事。

劳动是一切幸福的源泉，懂得劳动的人就能追求到幸福，追求到幸福的人一定要好好学习，这样得到的幸福才是踏实、真正的幸福。苏轼诗曰：“腹有诗书气自华。”子曰：“知之者不如好之者，好之者不如乐之者。”

人生命的长度终是有限的，但我们可以无限拓宽生命的宽度和厚度。学会自律，你就拥有了两倍的人生。哲学家康德说：“真正的自由不是随心所欲，而是自我主宰。”自律即自由。

白家庄小学本部北校六年级五班的裴思佳同学：

你好！春节前收到你的来信，心里很高兴。我没有你说的那么好，比起老一辈环卫工人时传祥，差得好远，天壤之别。他的"工作无贵贱，行业无尊卑，宁愿一人脏，换来万家净"的环卫精神铭记在心。刘少奇主席说过："职位不同，价值同在。"我当劳模不是我做得好，我只是环卫工人中的一个代表而已，思想上要深化自己，认识自己；感恩社会和领导给我发挥能力的舞台，感恩老师对我的谆谆教诲，感谢多年来领导对我的关爱和教导，感谢同事们的支持和帮助，感谢家人的理解和安慰。不要总是想着你的付出而无视了别人给你的舞台，千万不要错把平生当本事。

劳动是一切幸福的源泉，懂得劳动的人就能追求到幸福，追求到幸福的人一定要好好学习，这样得到的幸福才是踏实、真正的幸福。苏轼诗曰："腹有诗书气自华"。子曰："知之者不如好之者，好之者不如乐之者"。

人生命的长度终是有限的，但我们可以无限拓宽生命的宽度和厚度。学会自律，你就拥有了两倍的人生。哲学家康德说："真正的自由不是随心所欲，而是自我主宰。"自律即自由。

人最宝贵的是生命，它给予我们只有一次。人的一生应该这样度过：当他回首往事时不因虚度年华而

人最宝贵的是生命，它给予我们只有一次。人的一生应该这样度过：当他回首往事时不因虚度年华而悔恨，也不因碌碌无为而羞愧，这样在他临死的时候就能说："我已把我整个的生命和全部的精力都献给最壮丽的事业——为人类的解放而斗争。""作为一名党员今后要发扬为民服务孺子牛、创新发展拓荒牛、艰苦奋斗老黄牛的精神……在全面建设社会主义现代化国家新征程上建设美丽的家乡奋勇前进。"

韩愈的《进学解》这样写道："业精于勤，荒于嬉，行成于思，毁于随。"意思是说学业由于勤奋而精通，但它却荒废在嬉笑中，事情由于反复思考而成功，但它却因随随便便毁坏。古往今来，多少成就事业的人来自业精于勤。

最后送你几句《少年中国说》里的话："少年智则国智，少年强则国强，少年独立则国独立，少年自由则国自由，少年进步则国进步……"

此致

敬礼

薛振义

悔恨，也不因碌碌无为而羞愧，这样在他临死的时候就能够说："我已把我整个的生命和全部的精力都献给最壮丽的事业——为人类的解放而斗争""作为一名党员今后要发扬为民服务孺子牛、创新发展拓荒牛、艰苦奋斗老黄牛的精神……在全面建设社会主义现代化国家新征程上建设美丽的家乡奋勇前进。"

韩愈的《进学解》这样写到："业精于勤，荒于嬉，行成于思，毁于随"。意思是说学业由于勤奋而精通，但它却荒废在嬉笑中，事情由于反复思考而成功，但它却因随随便便毁坏。古往今来，多少成就事业的人来自业精于勤。

最后送你几句《少年中国说》里的话："少年智则国智，少年强则国强，少年独立则国独立，少年自由则国自由，少年进步则国进步……"

此致

敬礼

薛振文

您是一位开拓创新的“蓝领工匠”

王语婷 / 北京市第九中学高二（1）班

指导老师：陈　述

尊敬的张黎明先生：

您好！

我是一名来自北京市第九中学的普通高中生，很荣幸能给您写这封信。

曙光破开云层，黎明带来希望。正同您的名字一样，在从事电力抢修工作30多年来，您尽职尽责，勇于担当，为他人送上了光亮，保证了万家灯火亮彻天空。虽平凡，却伟大！

您是一位实干巧干的“一线头兵”。工作以来，您累计巡线8万多公里，对所辖线路的情况了然于胸，被誉为电力抢修“活地图”。经过长期实践，根据停电范围、天气情况和线路状况等，您就可以迅速准确地判断出故障成因和故障点，做到事故诊断“一手准”。从“活地图”“一手准”这些光鲜亮丽的称号背后，我感受到您在几十年中对自身职业使命的坚守，无比赞叹您丰富的经验和优秀的实干能力！

您是一位开拓创新的“蓝领工匠”。了解到您带领团队累计开展电力技术革新400多项，获国家专利158项，20余项成果填补了智能电网建设空白。敢于创新突破，追求极致，您用亲身实践获得了丰硕成果。在您身上，我体会到了新时代产业人“蓝领工匠”的优秀品质，也改变了我一直以来认为的“科研只发生在实验室”的观念。

尊敬的张黎明先生：

您好！

我是一名来自北京市第九中学的普通高中生，很荣幸能给您写这封信。

曙光破开云层，黎明带来希望。正同您的名字一样，在从事电力抢修工作30多年来，您尽职尽责，勇于担当，为他人送上了光亮，保证了万家灯火亮彻天空。虽平凡，却伟大！

您是一位实干巧干的"一线头兵"。工作以来，您累计巡线8万多公里，对所辖线路的情况了然于胸，被誉为电力抢修"活地图"。经过长期实践，根据停电范围、天气情况和线路状况等，您就可以迅速准确地判断出故障成因和故障点，做到事故诊断"一手准"。从"活地图""一手准"这些光鲜亮丽的称号背后，我感受到您在几十年中对自身职业使命的坚守，无比赞叹您丰富的经验和优秀的实干能力！

您是一位开拓创新的"蓝领工匠"。了解到您带领团队累计开展电力技术革新400多项，获国家专利158项，20余项成果填补了智能电网建设空白。敢于创新突破，追求极致，您用亲身实践获得了丰硕成果。在您身上，我体会到了新时代专业人"蓝领工匠"的优秀品质，也改变了我一直以来认为的"科研只发生在实验室"的观念。

您是一位甘于奉献的"光明使者"。面对居民眼中的小事，您您是一位甘于奉献的“光明使者”。面对居民眼中的小事，您不仅看得到，更想得到，做得到。您捐出奖金成立基金，对老旧小区的楼道改造换灯，使千户居民受益。这些暖心的活动瞬间把您原来“只可远观不可近闻”的形象变得和蔼可亲起来。积善成德，而神明自得，圣心备焉。您是光明的使者，身负重任却又向我们传送温暖。

很难想象这些优秀的品质都集于一人身上。您说，您是一位平凡的人，或许是这样的吧，但是平凡铸就伟大，英雄来自人民。就是因为有着许许多多像您一样平凡的人，他们没有名人光环，却踏踏实实，勤勤恳恳，在各自的工作领域内努力地发光发热，用自身优秀的品质点燃个体生命之火，照亮国家发展之路。我想，在这个世界上，那些名人、伟人终是凤毛麟角，大多数的人，亦如我都是普通的平凡人，这样的认知让我不时迷茫。而您在岗位上不断奋斗的事迹深刻感染了我，让我坚定了未来也要在自己岗位上努力实现自己人生价值的决心。

敬祝

身体健康，工作顺利！

王语婷

2021 年 2 月 5 日

不仅看得到，更想得到，做得到。您捐出奖金成立基金，对老旧小区的楼道改造换灯，使千户居民受益。这些暖心的活动瞬间把您原来“只可远观不可近闻”的形象变得和蔼可亲起来。积善成德，而神明自得，圣心备焉。您是光明的使者，身负重任却又向我们传送温暖。

很难想象这些优秀的品质都集于一人身上。您说，您是一位平凡的人，或许是这样的吧，但是平凡铸就伟大，英雄来自人民。就是因为有着许许多多像您一样平凡的人，他们没有名人光环，却踏踏实实，勤勤恳恳，在各自的工作领域内努力地发光发热，用自身优秀的品质点燃个体生命之火，照亮国家发展之路。我想，在这个世界上，那些名人、伟人终是凤毛麟角，大多数的人，亦如我都是普通的平凡人，这样的认知让我不时迷茫。而您在岗位上不断奋斗的事迹深刻感染了我，让我坚定了未来也要在自己岗位上努力实现自己人生价值的决心。

敬祝

身体健康、工作顺利！

王语婷

2021年2月5日

一起向未来

刘亦恬 / 北京市东城区史家胡同小学二年级（15）班
指导老师：徐　虹

尊敬的张艺谋导演：

您好！

我是来自北京市东城区史家胡同小学的小学生，昨晚我和家人一起观看了由您总导演的北京2022年冬奥会开幕式。我想对您说，谢谢您，您为全国人民乃至世界带来了一场美轮美奂的视觉盛宴，让世界更全面地认识了自信与浪漫的中国！

开幕式中有太多让人印象深刻的场景。开场视频中双语农历二十四节气，让我对寒假阅读计划之一的《二十四节气故事》有了更为直观的认识。昨天正好是虎年的第一个节气立春，看着一帧一帧色彩鲜明并饱含中国韵味的画面，我的心中油然升起对自然的敬畏和对中华文明的自豪，还有冰雪融化中，黄河之水天上来，紧接着冰雪五环从冰立方中雕刻出来，真是太美了，景象之壮观，让我以为您导演了一场奇幻的魔术。再有由红领巾小学生、56个民族代表以及人民解放军手连手传递五星红旗的场景让我的心久久不能平静，伴随着《我和我的祖国》号声响起，我的内心汹涌澎湃。谢谢您，让我心怀感恩与自豪——我生在盛世中国！

观看开幕式的过程中，我发现“雪花”无处不在。在妈妈的帮助下，我查阅了一些有关您对开幕式主题的解释。您说：“全世界不同的雪花汇聚在北京，成为一朵人类共同的雪花。”重新回看开幕式就会发现，人尊敬的张艺谋导演：

您好！

我是来自于北京市东城区史家胡同小学的小学生，昨晚我和家人一起观看了由您总导演的北京2022年冬奥会开幕式。我想对您说，谢谢您，您为全国人民乃至世界带来了一场美轮美奂的视觉盛宴，让世界更全面地认识了自信与浪漫的中国！

开幕式中有太多让人印象深刻的场景。开场视频中双语农历二十四节气，让我对寒假阅读计划之一的《二十四节气故事》有更加直观的认识。昨天正好是虎年的第一个节气立春，看着一帧一帧色彩鲜明并饱含中国韵味的画面，我的心中油然升起对自然的敬畏和对中华文明的自豪，还有冰雪融化中，黄河之水天上来，紧接着冰雪五环从冰立方中雕刻出来，真是太美了，景象之壮观，让我以为您导演了一场奇幻的魔术。再有由红领巾小学生、56个民族代表以及人民解放军手连手传递五星红旗的场景让我的心久久不能平静，伴随着《我和我的祖国》号声响起，我的内心汹涌澎湃。谢谢您，让我心怀感恩与自豪——我生在盛世中国！

观看开幕式的过程中，我发现“雪花”无处不在。在妈妈的帮助下，我查阅了一些有关您对开幕式主题的解释。您说：“全世界不同的雪花汇聚在北京，成为一朵人类共同的雪花。”重新回看开幕式就会发现，入场仪式上，每一片引导牌雪花都是不一样的。我懂了，每个国家和民族都各有不同，但最终又能汇聚成一片大雪花，我们应该尊重和而不同。仔细看去，引导牌的“雪花瓣”融入了“中国结”的设计，一根线首尾串联，寓意着团结与吉祥。我知道，您希望人们早日战胜疫情，世界恢复生机，以此寄托中国人对友谊和和平的美好希望。谢谢您，让我领悟中国文化的博大精深和中华民族的开放包容。

场仪式上，每一片引导牌雪花都是不一样的。我懂了，每个国家和民族都各有不同，但最终又能汇聚成一片大雪花，我们应该尊重和而不同。仔细看去，引导牌的“雪花瓣”融入了“中国结”的设计，一根线首尾串联，寓意着团结与吉祥。我知道，您希望人们早日战胜疫情，世界恢复生机，以此寄托中国人对友谊和和平的美好希望。谢谢您，让我领悟到中国文化的博大精深和中华民族的开放包容。

在查阅资料的过程中，我观看了您和工作人员的幕后工作视频。我想对您说，你们辛苦了！“为国争光的时候到了”“人生能有几回搏，不吃饭不睡觉也要做好”……这样的豪情壮语，让我心生敬佩！通宵达旦地忘我工作，让我备受鼓舞，您和所有工作人员为我们展现了一幅绿色、科技、自信与力量的现代中国画卷，更凝聚起了全世界中华儿女“一起向未来”的中国心！作为新时代的少年儿童，我们何其幸福。生在红旗下，长在春风里，我辈当自强！

谢谢您！

此致

敬礼

史家胡同小学二年级 15 班　刘亦恬

在查阅资料的过程中，我观看了您和工作人员的幕后工作视频。我想对您说，你们辛苦了！“为国争光的时候到了”“人生能有几回搏，不吃饭不睡觉也要做好”……这样的豪情壮语，让我心生敬佩！通宵达旦地忘我工作，让我备受鼓舞。您和所有工作人员为我们展现了一幅绿色、科技、自信与力量的现代中国画卷，更凝聚起了全世界中华儿女“一起向未来”的中国心！作为新时代的少年儿童，我们何其幸福。生在红旗下，长在春风里，我辈当自强！

谢谢您！

此致

敬礼

史家胡同小学 二年级15班 刘亦悟

普通的工作也能做得那么精彩

刘立慈 / 北京市第一六五中学高二（2）班

指导老师：李春莹

尊敬的赵小龙：

农历新年前夕，读到了您的事迹报道，我很震惊，震惊之余，我特别佩服您面对困境时的干劲。

没想到普通的工作也能做得那么精彩！在我心中，钢铁切割是个单调乏味的的工作，但您却从一个普通的钢铁切割工，做到各条钢铁厚板产线上的“火切王”，再做到解决各项技术难题，获得“上海市劳动模范”称号，我实在难以想象您这一路是如何走来的。

2020年，我国钢产量13.25亿吨，而您完成的火切钢板多达6500块，总重量约4.5万吨，连在一起的总长度约为6万米。您每天都要用重约30斤的火焰切割机，围着平均长度为10米的钢板来回“跋涉”，仅仅是测量、画线、观察火焰强度等，每天需要下蹲294次，在钢板的“方寸之间”累计徘徊20千米以上。拿着这么重的机器还要完成各种工作，这可不是一般人能坚持的。可想而知这是多么艰难的事。

更让我佩服的是，在每天辛苦的工作中，您还是整个公司的“智慧大脑”。在一次特殊钢材切割的任务中，尺寸要求控制在10mm以内，又因为材料切割起来十分困难，当时火切生产一度陷尊敬的赵小龙：

农历新年前夕，读到了您的事迹报道，我很震惊，震惊之余，我特别佩服您面对困境时的干劲。

没想到普通的工作也能做得那么精彩！在我心中，钢铁切割是个单调乏味的工作，但您却从一个普通的钢铁切割工，做到各条钢铁厚板产线上的"火切王"，再做到解决各项技术难题，获得"上海市劳动模范"称号！我实在难以想象您这一路是如何走来的。

2020年，我国钢产量13.25亿吨，而您完成的火切钢板多达6500块，总重量约4.5万吨，连在一起的总长度约为6万米。您每天都要用重约30斤的火焰切割机，围着平均长度为10米的钢板来回"跋涉"，仅仅是测量、画线、观察火焰强度等，每天需要下蹲294次，在钢板的"方寸之间"累计徘徊20千米以上。拿着这么重的机器还要完成各种工作，这可不是一般人能坚持的。可想而知这是多么艰难的事。

更让我佩服的是，在每天辛苦的工作中，您还是整个公司的"智慧大脑"。在一次特殊钢材切割的任务中，尺寸要求控制在10mm以内，又因为材料切割起来十分困难，当时火切生产一度陷入停摆。这个时候您研究出了一套简便易行的"听声辨气"氧气调节法，并把这种方法入停摆。这个时候您研究出了一套简便易行的“听声辨气”氧气调节法，并把这种方法教给其他员工。这一技术为公司降低生产成本300多万元。这让我知道切割钢铁也不是只靠力量，还需要头脑。

“逆水行舟，不进则退”已经成为您的口头禅。2018年的7月，钢厂遇到了前所未有的问题“钢板弱结合无法分离”。为了解决这个难题，您费尽心思在废钢料上设计了一种分离工具，这才最终解决了问题。

您的事迹让我深受启发。我现在上高二，进入高中后学习难度加大，考试科目增多，学习上每天都会遇到难题。怎么办？像您一样逆水行舟，不进则退，拿出干劲，遇到问题不退缩，积极寻找解决问题的办法，争取每天进步一点点，因为我希望自己能像您一样优秀。

此致

敬礼

刘立慈

教给其他员工。这一技术为公司降低生产成本300多万元。这让我知道切割钢铁也不是只靠力量，还需要头脑。

“逆水行舟，不进则退”已经成为您的口头禅。2018年的7月，钢厂遇到了前所未有的问题“钢板弓弦结合无法分离”。为了解决这个难题，您费尽心思在废钢料上设计了一种分离工具，这才最终解决了问题。

您的事迹让我深受启发。我现在上高二，进入高中后学习难度加大，考试科目增多，学习上每天都会遇到难题。怎么办？像您一样逆水行舟，不进则退，拿出干劲，遇到问题不退缩，积极寻找解决问题的办法，争取每天进步一点点。因为我希望自己能像您一样优秀。

此致

敬礼

刘立慈

对话科技先锋

您在深蓝色的夜空中织下“北斗”这张大网

李雪莹 / 中国科学院附属实验学校七年级（5）班
指导老师：夏月林

敬爱的杨元喜爷爷：

您好！

初次听说北斗卫星导航系统时，我对它还不太了解，但当我走近北斗，才知道它早已渗透在生活的各个角落，为我们的生活带来了很多便利。这让我对您充满崇敬之情，同时也为您几十年来坚持梦想的精神深深感动。因为有了梦，您克服困难丈量国土；因为有了梦，您不畏难题钻研科学；因为有了梦，您才能在深蓝色的夜空中织下“北斗”这张大网，照亮中国，照亮世界。

有人说，梦想是缥缈的，是遥不可及的。但纵观历史长河，有多少被人嘲笑的梦在和您一样不服输的科学家手中变成了现实。作为青少年，我和身边的同学也时常有一些看似遥不可及的梦想，也曾被认为是不切实际的，令我们一度陷入自我怀疑。听了您和北斗的故事，我们重燃斗志。如果一味沉浸在迷茫和怀疑里，不去付诸实践，那梦想永远都不会实现。有了梦想就要付诸行动，不仅要刻苦钻研，更要坚持不懈，梦想才会实现。

敬爱的杨元喜爷爷：

您好！

初次听说北斗卫星导航系统时，我对它还不太了解，但当我走近北斗，才知道它早已渗透在生活的各个角落，为我们的生活带来了很多便利。这让我对您充满崇敬之情，同时也为您几十年来坚持梦想的精神深深感动。因为有了梦，您克服困难丈量国土；因为有了梦，您不畏难题钻研科学；因为有了梦，您才能在深蓝色的夜空中织下“北斗”这张大网，照亮中国，照亮世界。

有人说，梦想是缥缈的，是遥不可及的。但纵观历史长河，有多少被人嘲笑的梦在和您一样不服输的科学家手中变成了现实。作为青少年，我和身边的同学也时常有一些看似遥不可及的梦想，也曾被认为是不切实际的，令我们一度陷入自我怀疑。听了您和北斗的故事，我们重燃斗志。如果一味沉浸在迷茫和怀疑里，不去付诸实践，那梦想永远都不会实现。有了梦想就要付诸行动，不仅要刻苦钻研，更要坚毛主席曾写下“可上九天揽月，可下五洋捉鳖”的壮丽诗篇，传递对后世中华儿女的期望。今天，我们上天入地，观宇宙探深海。不正是有了“飞天梦”“下海梦”“北斗梦”才使一代代中华儿女驰骋于天地之间。不积跬步无以至千里，不积小流无以成江海。作为新一代的少年，现在的我们要做的是打好基础，全面发展，长大成为祖国的栋梁之才。今日我以祖国为荣，明日祖国以我为傲！

您曾说：“今天的青年应该比我们历史上任何一代青年有更好的发展空间和更大的舞台。有理想的年轻人要紧盯着国家的需求，让自己的进步和国家的发展结合在一起。”的确，当下的我们拥有更好的生活条件和学习环境。入学以来，学校举办了多次科学家进校园活动，让我们有机会和不同领域的科学家们面对面交流，聆听他们科研背后的故事，感受科学精神。这一切让我受益匪浅。当我们了解北斗卫星导航系统后，同学们都非常渴望能与您面对面交流，聆听您和北斗背后更多不为人知的故持不懈，梦想才会实现。

毛主席曾写下“可上九天揽月，可下五洋捉鳖”的壮丽诗篇，传递对后世中华儿女的期望。今天，我们上天入地，观宇宙探深海。不正是有了“飞天梦”“下海梦”“北斗梦”才使一代代中华儿女驰骋于天地之间。不积跬步无以至千里，不积小流无以成江海。作为新一代的少年，现在的我们要做的是打好基础，全面发展，长大成为祖国的栋梁之才。今日我以祖国为荣，明日祖国以我为傲！

您曾说：“今天的青年应该比我们历史上任何一代青年有更好的发展空间和更大的舞台。有理想的年轻人要紧盯着国家的需求，让自己的进步和国家的发展结合在一起。”的确，当下的我们拥有更好的生活条件和学习环境。入学以来，学校举办了多次科学家进校园活动，让我们有机会和不同领域的科学家们面对面交流，聆听他们科研背后的故事，感受科学精神。这一切让我受益匪浅。当我们了解北斗卫星导航系统后，同学们都非常渴望能与您面对面交流，事，而这将成为我们追梦路上的不懈动力！

最后，感谢您在百忙之中阅读我的信件。期待着您的回信。

此致

敬礼

中国科学院附属实验学校

七年级（5）班　李雪莹

聆听您和北斗背后更多不为人知的故事，而这将成为我们追梦路上的不懈动力！

最后，感谢您在百忙之中阅读我的信件，期待着您的回信。

此致

敬礼

中国科学院附属实验学校

七年级(5)班：李雪莹

雪莹小朋友：

你好！很高兴收到你的来信，透过你的文字，我感受到了你对祖国的热爱，对梦想的追求，对未来的期盼。信中的字里行间透露出你们朝气蓬勃、拼搏进取的精神风貌，令我感动。

北斗卫星导航系统是我国自主发展、独立运行的卫星导航系统。研发团队在刚起步时，面临诸多严峻挑战，技术储备不足，人才储备不足，而且还要面临国外的技术封锁。但是，中国北斗研发团队都选择迎难而上，夜以继日地进行攻关，终于攻破了数百项关键技术。十几年来，北斗科研团队坚持不懈、孜孜不倦的科研精神，都源于我们整个团队心系祖国、怀揣科技强国的梦想，勇于承担时代的责任和使命。

国家的发展改变了我们的命运，成就了我们在科学事业上的抱负。如今，在中华民族的伟大复兴进程中，长空万里正待新一代科研人员振翅高飞。很高兴听到你在中学时代，就能在学校参加各种科技活动。

今天的青少年应该比我们历史上任何一代青少年，拥有更好的发展空间和更大的舞台。

你在信中写到了对未来的畅想，希望你们奋而前行，站而雄视，刻苦学习，不断进取，不断创造。用你们的青春、你们的热情、你们的勤奋，成就你们的追求，成就你们的梦想，成就一代人新的辉煌！我们期盼着你们的进步，期盼着你们早日成为祖国的栋梁之才。

杨元喜

您是一位了不起的科学家

张梓哲 / 北京中学八年级（3）班

指导老师：全洪姝

尊敬的孙泽洲总设计师：

您好！

我是一名普通的中学生。我知道您是中国“嫦娥一号”卫星副总设计师，探月工程二期探测器系统总设计师，“嫦娥三号”探测器系统总设计师，“天问一号”总设计师。2020年6月，您获得国际宇航联合会2020年度最高奖项——“世界航天奖”。在我心中，您是一位了不起的科学家，我非常崇拜您。

2021年2月10日，“天问一号”在浩瀚无垠的宇宙中飞行202天，行程4.7亿千米后，终于进入了火星轨道，完成了地月合照、探测器“自拍”，三次在轨自检、四次中途修正和一次深空机动等任务……听到这些激动人心的消息，我能体会到它的来之不易。

您带领着团队走南闯北，做实验，改样机；在新疆，你们面对漫天黄沙，毫不退缩；在内蒙古，你们深入茫茫草原，克服孤独；在河北与北京，你们潜心研究，专注实验……面对一个又一个的难题，您却用“按下葫芦浮起瓢”来形容。你们的研究，激发了我对航天的兴趣，坚定了以后想从事航天工作的信念。

它的成功历尽艰辛，但是又那么充满魔力，我心里感觉有一团火焰在燃烧！

尊敬的孙泽洲总设计师：

您好！

我是一名普通的中学生。我知道您是中国"嫦娥一号"卫星副总设计师，探月工程二期探测器系统总设计师，"嫦娥三号"探测器系统总设计师，"天问一号"总设计师。2020年6月，您获得国际宇航联合会2020年度最高奖项——"世界航天奖"。在我心中，您是一位了不起的科学家，我非常崇拜您。

2021年2月10日，"天问一号"在浩瀚无垠的宇宙中飞行202天，行程4.7亿千米后，终于进入了火星轨道，完成了地月合照、探测器"自拍"、三次在轨自检、四次中途修正和一次深空机动等任务……听到这些激动人心的消息，我能体会到它的来之不易。

您带领着团队走南闯北，做实验，改样机；在新疆，你们面对漫天黄沙，毫不退缩；在内蒙，你们深入茫茫草原，克服孤独；在河北与北京，你们潜心研究，专注实验……面对一个又一个的难题，您却用"按下葫芦浮起瓢"来形容。你们的研究，激发了我对航天的兴趣，坚定了以后想从事航天工作的信念。

它的成功历尽艰辛，但是又那么充满魔力，我心里感觉有一团火焰在燃烧！

我从报道中得知，您嗓门很大、语速快、眼光炽烈、充满激情、爽快洒脱。同时，您还是一位一丝不苟、严肃认真的工作者。您常强调，要从最少的资源解决问题。您要求团队中的年轻人不清楚的一定要问，要多问几个"为什么"，不能浮于表面，要搞清楚其背后的道理。此外，您以独特的"较真"的管理方式，打造了团队可贵的内在精神：思维严谨、集思广益、信息共享、个人与集体的融合，这使团队更加强大，更有凝聚力。您的"较真"也影响了我。在前一阶段的学习中，我遇到了一些困难，但不知该如何解决。我花费了很多时间，却依然没找到答案，心中非常沮丧，不知该不该放弃。在知我从报道中得知，您嗓门很大、语速快、眼光炽烈、充满激情、爽快洒脱。同时，您还是一位一丝不苟、严肃认真的工作者。您常强调，要以最少的资源解决问题。您要求团队中的年轻人不清楚的一定要问，要多问几个“为什么”，不能浮于表面，要搞清楚其背后的道理。此外，您以独特的“较真”的管理方式，打造了团队可贵的内在精神：思维严谨、集思广益、信息共享、个人与集体的融合，这使团队更加强大，更有凝聚力。您的“较真”也影响了我。在前一阶段的学习中，我遇到了一些困难，但不知该如何解决。我花费了很多时间，却依然没找到答案，心中非常沮丧，不知该不该放弃。在知道您的经历后，我突然找到了方向，坚定了继续探究的信念，内心不再挣扎。

您对年轻人的寄语是“青年人要仰望星空，也要脚踏实地”。当下，我只是一名中学生。在学校，我们侧重基础学科的学习。我在努力，但有时也会迷失方向。我的愿望是今后能从事航天工作，希望您可以指引我怎样去实现它。

尊敬的孙泽洲总设计师，我每每看到祖国在航天方面的重大突破，都会心潮澎湃。这是您和所有航天人的智慧、辛勤汗水和坚守换来的，我向你们致敬！我为祖国感到骄傲和自豪！我盼望“天问”的凯旋！

敬祝：

工作顺利，身体健康！

北京中学
八年级（3）班　张梓哲
2021 年 2 月 26 日

道您的经历后，我突然找到了方向，坚定了继续探索的信念，内心不再挣扎。

您对年轻人的寄语是"青年人要仰望星空，也要脚踏实地"。可，我只是一名中学生。在学校，我们侧重基础学科的学习。我在努力，但有时也会迷失方向。我的愿望是今后能从事航天工作，希望您可以指引我怎样去实现它。

尊敬的孙泽洲总设计师，我每每看到祖国在航天方面的重大突破，都会心潮澎湃。这是您和所有航天人的智慧、辛勤汗水和坚守换来的，我向你们致敬！我为祖国感到骄傲和自豪！我盼望"天问"的凯旋！

敬祝：

工作顺利，身体健康！

北京中学

八年级(3)班 张梓哲

2021年2月26日

感谢您们在航天路上的付出和奉献

杜语田 / 北京实验学校（海淀）1+3 年级（2）班

指导老师：蔡建泉

尊敬的嫦娥五号设计师：

您好。

在2020年11月24日，我和往常一样吃完晚饭，和家人坐在电视机前看新闻联播，新闻里介绍了今日4时30分，在文昌卫星发射中心成功发射嫦娥五号的讯息。在点火的一瞬间，我不禁被眼前的一幕震撼，电视中的火焰反射于我的眼中，变得格外透亮。

看到祖国航天事业的发展，我不禁落下了兴奋的眼泪，而在这感动的背后，是您们的不懈努力，在这里，我要感谢付出的您们！

潜心追梦，不畏脏累献航天

——杨孟飞

为了在距地球38.4万千米外的月球上实现无人对接，您的微波雷达设计为嫦娥五号立下汗马功劳，您在背后的付出，只有您和您的团队知道。十三年的工作历程，三代优化升级，微波雷达犹如您的孩子，您用汗水哺育着他。

记得您有一次发言，说为了试验黑暗需要，您亲自潜入暗室独自进行，这里填充了碳粉的吸波材料，让空气中永远飘浮着黑色物质，把自己染成了个“黑煤人”，却毫不在意，回想我，一点脏都嫌弃，又爱喊苦喊累，但自从认识了您，我一直以您的精神为准则，您的敬业和奉献，我牢牢铭记在心。

尊敬的嫦娥五号设计师：

您好。在2020年11月24日，我和往常一样吃完晚饭，和家人坐在电视机前看新闻联播，新闻里介绍了今日4时30分，在文昌卫星发射中心，成功发射嫦娥五号的讯息。在点火的一瞬间，我不禁被眼前的一幕震撼，电视中的火焰投射于我的眼中，变得格外透亮。

看到祖国航天事业的发展，我不禁落下了兴奋的眼泪，而在这感动的背后，是您们的不懈努力，在这里，我要感谢付出的您们！

潜心追梦，不畏脏累献航天

——杨孟飞

为了在距地球38.4万千米外的月球上实现无人对接，您的微波雷达设计为嫦娥五号立下汗马功劳，您在背后的付出，只有您和您的团队知道。十三年的工作历程，三代优化升级，微波雷达犹如您的孩子，您用汗水哺育着他。

记得您有一次发言，说为了试验黑暗需要，您亲自潜入暗室独自进行，这里填充了碳粉的吸波材料，让空气永远飘浮着黑色物质，把自己染成了个"黑煤人"，却毫不在意，回想我，一点脏都嫌弃，又爱喊苦喊累，但自从认识了您，我一直以您的精神为准则，您的敬业和奉献，我牢牢铭记在心中。

作为我的榜样，您当之无愧！

作为我的榜样，您当之无愧！

向月高飞，七旬探月追梦人

——叶培健

74岁的您已经是我的长辈，听说您的航天工作经历已有51年之久，听到这里，我为之震惊，您居然有三分之二的时间奉献给了航天，可见您对航天的热爱和做事的专一。而我做事总是三分钟热度，一遇到困难就放弃，但您的事迹一直激励着我，让我坚持了下来。

“七旬探月追梦人”您当之无愧，从嫦娥一号到嫦娥四号您的探月之路并不容易。有限的经费也没有阻挡您探月的脚步。敢于创新的您又主张把探测器落在月球上，开辟一片新的探月天地。

记得您曾经还说过：“无论是技术进步还是人类探月事业的发展，都需要我们做一些冒险的事情，真正地去开拓、去创新，去开辟新的天地。”这句话已成为我的人生格言，我一直不敢尝试新的方式，总是怕错，比如一道数学题，往往有多种解法，而我却只会用最复杂的方法，我也没有想过这道题有没有简单的方法。自从听了您的事迹之后，我慢慢开始尝试，开始创新，激励着我向前走。

作为我的榜样，您当之无愧！

冲出宇宙，铸就航天强国梦

——李东

向月高飞，七旬探月追梦人

——叶培健

74岁的您已经是我的长辈，听说您的航天工作经历已有51年之久，听到这里，我为之震惊，您居然有三分之二的时间奉献给了航天，可见您对航天的热爱和做事的专一。而我做事总是三分钟热度，一遇到困难就放弃，但您的事迹一直激励着我，让我坚持了下来。

“七旬探月追梦人”您当之无愧，从嫦娥一号到嫦娥四号您的探月之路并不容易。有限的经费也没有阻挡您探月的脚步。敢于创新的您又主张把探测器落在月球上，开辟一条新的探月天地。

记得您曾经还说过，“无论是技术进步还是人类探月事业的发展，都需要我们做一些冒险的事情，真正地去开拓、去创新，去开辟新的天地。”这句话已成为我的人生格言，我一直不敢尝试新的方式，总是怕错，比如一道数学题，往往有多种解法，而我却只会用最复杂的方法，我也没有想过这道题有没有简单的方法。自从听了您的事际之后，我慢慢开始尝试、开始创新，激励着我向前走。

作为我的榜样，您当之无愧！

冲出宇宙，铸航天强国梦

——李东

看着长征五号遥五运载火箭，擎着嫦娥五号准时起飞，冲出蓝色星球。十年磨一“箭”。长征五号的成功发射是您和团队努力的结晶。日日夜夜的奋斗、高效细化的工作也是发射成功的基础。您和团队坚持不懈的精神，让我深深感动。

作为我的榜样，您当之无愧！

除了他们以外，还有许多航天人为中国航天作出贡献，您们用自己的行动生动诠释什么是航天精神。在我心中，航天精神是一生在岗的坚持精神，航天精神是甘于吃苦，不怕脏累的奉献精神，航天精神也是复兴强国的奋斗精神。

随着如今祖国的发展与强大，我们需要的就是不忘初心，砥砺前行的追梦人。在我的青春年华时代，学习您们的精神，以您们为榜样，是我前进的目标，也是我追梦的动力！

感谢您们在航天路上的付出和奉献，您们辛苦了！

此致

敬礼

北京实验学校（海淀）1+3 年级（2）班　杜语田

看着长征五号遥五运载火箭，载着嫦娥五号准时准点起飞，冲出蓝色星球。十年磨一"箭"。长征五号的成功发射是您和团队努力的结晶。日日夜夜的奋斗、高效细化的工作也是发射成功的基础，您和团队坚持不懈的精神，让我深深感动。

作为我的榜样，您当之无愧！

除了他们以外，还有许多航天人为中国航天作出贡献，您们用自己的行动生动诠释什么是航天精神。在我心中，航天精神是一生在岗的坚持精神，航天精神是甘于吃苦，不怕脏累的奉献精神，航天精神也是复兴强国的奋斗精神。

随着如今祖国的发展与强大，我们需要的就是不忘初心、砥砺前行的追梦人。在我的青春年华时代，学习您们的精神，以您们为榜样，是我前进的目标，也是我追梦的动力！

感谢您们在航天路上的付出和奉献，您们辛苦了！

此致

敬礼

北京实验学校（海淀）

1+3年级(2)班 李语田

感谢您为中国深潜事业的奉献

刘子墨 / 中国科学院附属实验学校八年级（2）班
指导老师：孙丽君

敬爱的徐芑南爷爷：

您好！

我曾随着尼摩船长的“鹦鹉螺号”领略过海底世界的奇迹，这使我对海底世界充满了好奇。当读到您的故事时，我深刻地感受到用一生的岁月去探索那广阔无垠的海洋，这背后的动力一定是您对海洋的热爱吧。我相信，这段旅程对于您来说一定是幸福的，海洋是您心灵的归宿。

从上海交大船舶系的毕业生到一名普通的潜艇基地舰务兵，再到海洋深潜装备事业的先行者，您的愿景从未改变。但问前路，无问西东。我想，在这背后一定还有一颗最崇高最温暖的心——爱国之心。它是远处永不熄灭的灯塔，是天空中闪耀的尾光，在波澜壮阔的海洋上，安抚那些失落、焦急和遗憾；它支撑着您对中国海洋事业发展建设的决心和信念，使您对载人深潜器这一项目矢志不改；它让您与其他科学家团结协作，拼搏奉献，并终于迎来了中国大深度载人潜水器的从无到有，从浅蓝走向深蓝的蜕变。在缔造了中国载人深潜辉煌篇章的同时，您又重新扬帆起航，向着更新的目标出发。

读完您的故事，我深受鼓舞，那颗埋在我心中的种子——对敬爱的徐芑南爷爷：

您好！

我曾随着尼摩船长的"鹦鹉螺号"领略过海底世界的奇迹，这使我对海底世界充满了好奇。当读到您的故事时，我深刻地感受到用一生的岁月去探索那广阔无垠的海洋，这背后的动力一定是您对海洋的热爱吧。我相信，这段旅程对于您来说一定是幸福的，海洋是您心灵的归宿。

从上海交大船舶系的毕业生到一名普通的潜艇基地舰务兵，再到海洋深潜装备事业的先行者，您的愿景从未改变。但问前路，无问西东。我想，在这背后一定还有一颗最崇高最温暖的心——爱国之心。它是远处永不熄灭的灯塔，是天空中闪耀的星光，在波澜壮阔的海洋上，安抚那些失落、焦急和遗憾；它支撑着您对中国海洋事业发展建设的决心和信念，使您对载人深潜器这一项目矢志不改；它让您与其他科学家团结协作，拼搏奉献，并终于迎来了中国大深度载人潜水器的从无到有，从浅蓝走向深蓝的蜕变。在缔造了中国载人深潜辉煌篇章的同时，您又重新扬帆起航，向着更新的目标出发。

读完您的故事，我深受鼓舞，那颗埋在我心中的种子——对文学的热爱，如蛰伏一冬的小草遇到春风，有了无限的力量。我能从文学文学的热爱，如蛰伏一冬的小草遇到春风，有了无限的力量。我能从文字里感受到悲欢离合，感受到将苦难化为前进动力的力量，以及生命赖以生存的信仰。或许每一种理想都是殊途同归，所以，在今后的人生旅程上，我希望可以用文字向读者传达一种精神力量、一种生活态度和生活内涵，虽然我仍在跌跌撞撞地寻找着道路，但我相信我一定会收获某些思想果实，使人生更加丰富。

感谢您为中国深潜事业的奉献，感谢您将经验锻造成一座阶梯供后来者攀登，感谢您带给后辈宝贵的精神财富。我要用最真实的笔墨去书写最遥远的梦想，驶向巨浪翻滚的雄浑大海，踏上飞沙狂舞的壮美沙漠，在诗书翰墨中去雕琢每一个文字。同您一样，但问前路，无问西东。

最后，我想更多地了解您的经历，有一些问题向您请教，以给予自己更大的前进动力：是什么使您踏上潜海道路的？在选择潜海事业后，您又是如何规划自己的科研人生的？您是如何制定长远目标与短期目标的？感谢您在百忙之中阅读我的信件，期待您的回信！

此致

敬礼

中国科学院附属实验学校

八（2）班　刘子墨

里感受到悲欢离合，感受到将苦难化为前进动力的力量，以及生命赖以生存的信仰。或许每一种理想都是殊途同归，所以，在今后的人生旅程上，我希望可以用文字向读者传达一种精神力量、一种生活态度和生活内涵，虽然我仍在跌跌撞撞地寻找着道路，但我相信我一定会收获某些思想果实，使人生更加丰富。

感谢您为中国深潜事业的奉献，感谢您将经验锻造成一座阶梯供后来者攀登，感谢您带给后辈宝贵的精神财富。我要用最真实的笔墨去书写最遥远的梦想，驶向巨浪翻滚的雄浑大海，踏上飞沙狂舞的壮美沙漠，在诗书翰墨中去雕琢每一个文字。同您一样，但问前路，无问西东。

最后，我想更多地了解您的经历，有一些问题向您请教，以给予自己更大的前进动力：是什么使您踏上潜海道路的？在选择潜海事业后，您又是如何规划自己的科研人生的？您是如何制定长远目标与短期目标的？感谢您在百忙之中阅读我的信件，期待您的回信！

此致

敬礼

中国科学院附属实验学校

八(2)班　刘子墨

子墨同学：

你好！很高兴与你有这样一次书信形式的交流。读你的信，我仿佛看到了一个“小文学家”正在奋笔疾书的情景，信中的文字有温度、有力度、有深度，相信你的文学梦想一定能够实现。

就像你说的，海洋确是我的心灵归宿，潜海事业确是我的生命事业，但它更高于我的生命，因为它是国家和民族的事业，相信每一位“蛟龙号”的科研人员都与我有着同样的信仰。也正是这种信仰，使他们铆足干劲，不畏惧困难和失败，一次又一次海试并成功刷新作业类潜水器的世界纪录。在全球载人潜水器中，“蛟龙号”属于“第一梯队”，我国成为继美、法、俄、日之后世界上第五个掌握大深度载人深潜技术的国家。“千淘万漉虽辛苦，吹尽狂沙始到金”，这些成绩的取得是整个团队团结协作共同努力的结果。

令我非常高兴的是，我在你身上看到了一种责任和担当。“每一种理想都是殊途同归。”我很喜欢你说的这句话，虽然你的志向在文学而不在科学，但这并不影响我们之间的交流。文化是一个国家的软实力，是一个国家综合国力的一部分，马克思有一句著名的论断：“野蛮的征服者总是被那些他们所征服的民族的较高文明所征服。”科学家可以科技兴国，文学家可以以文化人、以文强国，在为民族和国家层面，科学家与文学家确是殊途同归。

读到你的问题我感到很欣慰，你在正青春的年华里已找寻到了自己的兴趣方向并为之付诸努力，希望我的一些经历和思考能带给你点滴的启发。建国初期，百业待兴，加快国防建设成为重中之重。当时毛主席提出了“为了反对帝国主义的侵略，我们一定要建立强大的海军”的号召，那年正好我考大学，故而毫不犹豫选择了上海交通大学的造船系，满怀保卫祖国海疆的热血，把舰船建设作为了自己毕生的事业。在60多年的工作中，根据国家任务的需要和组织的安排，我一直从事载人和无人深潜装备的研发。我相信，以服务于国家战略为己任，爱岗敬业、精益求精，就一定能为增强国力、造福人民起到添砖加瓦的作用。

虽然我们成长于不同的年代，但是我们报效祖国的心是相通的。每个人都是中华民族伟大复兴的中国梦的实现者，你在通往文学道路上的每一步努力，都将像一股股涓流汇入我国“文化自信”的泱泱大河。

最后，再次感谢你的来信，希望能够早日看到你的文学作品。

徐芑南

2021年2月3日

您用行动告诉我们坚持和努力的意义

胡睿瑶 / 北京市前门外国语学校初二（4）班

指导老师：张晓宇

敬爱的李东设计师：

您好！

纵观国外航天大国的运载火箭的发展趋势，进一步提升进入空间的能力已成为各国共同的选择。在如今复杂的国际环境下，打破国外的技术封锁，研制出我国自主研制的运载火箭乃是当务之急。是您全程主持了我国首个大型火箭长征五号的论证、预研和工程研制工作。“天问”探火、“嫦娥”奔月……这些举世瞩目的航天任务的顺利实施，都离不开长征五号系列运载火箭的强力引擎。十年磨一“箭”，长征五号的成功研制，倾注了您的全部心血。

宝剑锋从磨砺出。2017年长征五号遥二火箭发射失利后，您和团队并没有退缩，您与团队开展了长达两年多的艰苦“归零”和攻关。2019年12月27日，随着长征五号遥三火箭发射成功，长征五号“王者归来”。您面对困难与挑战时，没有轻言放弃，您用行动告诉我们坚持和努力的意义。

您与团队的这种坚持不懈、不畏艰难险阻的精神值得我们学习。“斗转星移，十年终铸成巨箭。甘苦暑寒，波折历罢捷报传。初心不变，今日梦筑空间站。”我相信，探索不会止步，我们国家的敬爱的李东设计师：

您好！

纵观国外航天大国的运载火箭的发展趋势，进一步提升进入空间的能力已成为各国共同的选择。在如今复杂的国际环境下，打破国外的技术封锁，研制出我国自主研制的运载火箭乃是当务之急。是您全程主持了我国首个大型火箭长征五号的论证立项研和工程研制工作。"天问"探火、"嫦娥"奔月……这些举世瞩目的航天任务的顺利实施，都离不开长征五号系列运载火箭的强力引擎。十年磨一"箭"，长征五号的成功研制，倾注了您的全部心血。

宝剑锋从磨砺出。2017年长征五号遥二火箭发射失利后，您和团队并没有退缩，您与团队开展了长达两年多的艰苦"归零"和攻关。2019年12月27日，随着长征五号遥三火箭发射成功，长征五号"王者归来"。您面对困难与挑战时，没有轻言放弃，您用行动告诉我们坚持和努力的意义。

您与团队的这种坚持不懈、不畏艰难险阻的精神值得我们学习。"斗转星移，十科技一定会越来越强，像您一样的科技工作者一定会越来越多。

作为站在两个一百年历史转折点的中国当代少年，我的身上应该同样有这样一份担当，我希望在十余年后，在我的而立之年，我也成为中国科技工作者中的一员，用我的智慧，用我的满腔热血，建设祖国的科技事业，实现中华民族伟大复兴。

此致

敬礼

胡睿瑶

年终铸成巨箭。甘苦暑寒，波折历罢捷报传。初心不变，今日梦筑空间站。”我相信，探索不会止步，我们国家的科技一定会越来越强，像您一样的科技工作者一定会越来越多。

作为站在两个一百年历史转折点的中国当代少年，我的身上应该同样有这样一份担当，我希望在十余年后，在我的而立之年，我也成为中国科技工作者中的一员，用我的智慧，用我的满腔热血，建设祖国的科技事业，实现中华民族伟大复兴。

此致

敬礼

胡睿瑶

您是当之无愧的“最美院士”

徐振鹭 / 北京市东城区灯市口小学六年级（8）班

指导老师：石　宏

尊敬的李兰娟院士：

您好！

很荣幸今天有机会给您写一封信，首先向您致以崇高的敬意。

我是一名来自北京市东城区灯市口小学的学生，小时候的我经常听到母亲给我讲您和许多医护人员的故事，这些故事也让我从小就有了做一名医生的梦想。

现在的生活中，很多人都喜欢“追星”，我的偶像并不是演员或歌手，而是“传染病毒克星”——您。您是坚定的，因为您从农村走出来，成为大学教授，经过十余年的探索，成为我国人工肝技术的开拓者。您知识渊博，能从一名赤脚医生变成医学泰斗，您带领团队在五天内迅速找到H7N9禽流感病原体，第一时间公布病毒全基因组序列。您的一生充满传奇，充分体现了巾帼不让须眉！

2020年新冠肺炎病毒席卷中华大地，73岁的您带领团队第一时间奔赴疫情最严重的武汉。古稀之年在很多人眼里应该是在家享清福的年龄，但您没有选择在家休息，而是选择走在疫情一线，坚持救治患者。在家里的我每天都会看时事新闻，记得有一日，您的照片火了，当时的您头戴防护帽，刚摘下口罩，脸上有两道深深的印痕，您微笑着，仿佛在说：“武汉能渡过难关，我们一定行！”我看了既心疼又钦佩！

人民至上，生命至上，不忘初心，砥砺前行，您用行动诠释了忘我的勇敢，一生执医为我们的祖国与人民。您是当之无愧的“最美院士”。

最后，希望百忙之中的您能给我提出宝贵的建议和意见，谢谢您！

祝您：

身体健康　万事如意

灯市口小学六年级（8）班

徐振鹭

尊敬的李兰娟院士：

您好！

很荣幸今天有机会给您写一封信，首先向您致以崇高的敬意。

我是一名来自北京市东城区灯市口小学的学生，小时候的我经常听到母亲给我讲您和许多医护人员的故事，这些故事也让我从小就有了做一名医生的梦想。

现在的生活中，很多人都喜欢追星，我的偶像并不是演员或歌手，而是“传染病毒克星”——您。您是坚定的，因为您从农村走出来，成为大学教授，经过十余年的探索，成为我国人工肝技术的开拓者。您知识渊博，能从一名赤脚医生变成医学泰斗，您带领团队在五天内迅速找到H7N9禽流感病原，第一时间公布病毒全基因组序列。您的一生充满传奇，充分体现了巾帼不让须眉！

2020年新冠肺炎病毒席卷中华大地，73岁的您带领团队第一时间奔赴疫情最严重的武汉。古稀之年在很多人眼里应该是在家里享清福的年龄，但您没有选择在家休息，而是选择走在疫情一线，坚持救治患者。在家里的我每天都会看时事新闻，记得有一日您的照片火了，当时的您头戴防护帽，刚摘下口罩，脸上有两道深深的印痕，您微笑着，仿佛在说：“武汉能渡过难关，我们一定行！”我看了既心疼又钦佩！

人民至上，生命至上，不忘初心，砥砺前行，您用行动诠释了忘我的勇敢，一生执医为我们的祖国与人民。您是当之无愧的“最美院士”。

最后，希望百忙之中的您能给我提出宝贵的建议和意见，谢谢您！

祝您：

身体健康 万事如意

灯市口小学六年级(8)班

徐振鹭

不愧是最美科技工作者

邹霖溪 / 北京市昌平实验小学三年级（1）班

指导老师：陈 思

尊敬的李玉爷爷：

您好！

我叫邹霖溪，今年9岁，是北京昌平区实验小学的一名小学生。我的姥姥经常告诉我，他们小时候很穷很苦，甚至连买一块橡皮的钱都没有，很多人因为家里穷而辍学。我感到很不理解，我们衣食无忧，想买什么都可以，怎么可能连一块橡皮、一把尺子都买不起呢？

后来我从网上查资料，寻找答案，原来我们国家还有很多落后的地区，这些地区自然条件恶劣、基础设施薄弱。国家级贫困县汤原县和桦南县在您的帮助下建立了属于自己的木耳生产基地，您还帮东北多地驯化选育了适宜当地气候的蘑菇品种。您奔波全国各地，在很多地方都开展了食用菌产业扶贫工作，连习近平总书记都给您点赞。

我这才知道我们的国家，因为有您这样长期坚持科技带动致富的科学家，用一朵朵小小的菌花，成功带领大家实现了脱贫致富奔小康。百姓生活富裕了，他们再也不用为上学读书、为买一块橡皮而发愁了。

国家要发展，科学技术是第一生产力，科技必须先行。您用最先进的技术培育出最好的蘑菇，用一朵朵蘑菇帮助一个又一个地区脱贫致富，走上了幸福小康之路，不愧是最美科技工作者。

李爷爷，您是时代的楷模，是我学习和崇拜的榜样。我要向您学习，尊敬的李玉爷爷：

您好！

我叫邹霖溪，今年9岁，是北京昌平区实验小学的一名小学生。我的姥姥经常告诉我，他们小时候很穷很苦，甚至连买一块橡皮的钱都没有，很多人因为家里穷而辍学。我感到很不理解，我们衣食无忧，想买什么都可以，怎么可能连一块橡皮、一把尺子都买不起呢？

后来我从网上查资料，寻找答案，原来我们国家还有很多落后的地区，这些地区自然条件恶劣、基础设施薄弱。国家级贫困县汤原县和桦南县在您的帮助下建立了属于自己的木耳生产基地，您还帮东北多地驯化选育了适宜当地气候的蘑菇品种。您奔波全国各地，在很多地方都开展了食用菌产业扶贫工作，连习近平总书记都给您点赞。

我这才知道我们的国家，因为有您这样长期坚持科技带动致富的科学家，用一朵朵小小的菌花，成功带领大家实现了脱贫致富奔小康。百姓生活富裕了，他们再也不用为上学读书、为买一块橡皮而发愁了。

国家要发展，科学技术是第一生产力，科技必须先行。您用最先进的技术培育出最好的蘑菇，用一朵朵蘑菇帮助一个又一个地区脱贫致富，走上了幸福小康之路，不愧是最美科技工作者。

李爷爷，您是时代的楷模，是我学习和崇拜的榜样。我要向您学习，学习四十多年始终如一的奋斗精神，学习您谨守科技报国、创新为民的初心。我一定努力学习，学以致用，长大以后报效国家，做对祖国、社会和人民有贡献

学习四十多年始终如一的奋斗精神，学习您谨守科技报国、创新为民的初心。我一定努力学习，学以致用，长大以后报效国家，做对祖国、社会和人民有贡献的人。

最后，我衷心地祝您身体健康！

此致

敬礼

北京市昌平实验小学三（1）班

邹霖溪

的人。

最后，我衷心地祝您身体健康！

此致

敬礼

北京市昌平实验小学

三(1)班邹霖溪

举世瞩目的成就背后是您和技术人员们的辛苦付出

刘丹宇 / 北京市顺义牛栏山第一中学高一（1）班

指导老师：王春晶

尊敬的南仁东先生：

2016年9月25日，全中国人的目光聚焦在了偏远的贵州省黔南大窝函。一个像极了大铁锅的射电望远镜顺利竣工，在广袤的喀斯特峰林中，它好像一颗闪亮的眼睛，望向世界，望向宇宙，它就是500米口径球面射电望远镜——中国天眼。

中国天眼是我国具有自主知识产权、世界最大单口径、最灵敏的射电望远镜。它的综合性能是著名的射电望远镜阿雷西博的十倍。在这举世瞩目成就的背后，是您和技术人员们的辛苦付出。

为实现其作用，射电望远镜的接受面设计为抛物面，所以要建设这样大一个“锅”，需要利用喀斯特地貌天然的地势。为了选址，您在云贵高原广袤的喀斯特地貌中找出了几百个天然洼地，从八千多地图中选定了82个成为重点考察对象，由于技术手段有限，而且当地道路崎岖，您和研究人员只能顶着烈日走进大山，徒步考察每一个洼地。云贵高原气候复杂，遇上暴雨山洪是不可避免的。

尊敬的南仁东先生：

2016年9月25日，全中国人的目光聚焦在了偏远的贵州省黔南大窝凼。一个像极了大铁锅的射电望远镜顺利竣工，在广袤的喀斯特峰林中，它好像一颗闪亮的眼睛，望向世界，望向宇宙，它就是500米口径球面射电望远镜——中国天眼。

中国天眼是我国具有自主知识产权、世界最大单口径、最灵敏的射电望远镜。它的综合性能是著名的射电望远镜阿雷西博的十倍。在这举世瞩目成就的背后，是您和技术人员们的辛苦付出。

为实现其作用，射电望远镜的接受面设计为抛物面，所以要建设这样大一个"锅"，需要利用喀斯特地貌天然的地势。为了选址，您在云贵高原广袤的喀斯特地貌中找出了几百个天然洼地，从八千多地图中选定了82个成为重点考察对象，由于技术手段有限，而且当地道路崎岖，您和研究人员只能顶着烈日走进大山，徒步考察每一个洼地。云贵高原气候复杂，遇上当时，这还是一项保密任务，调查途中遇到困难，科研团队也不敢求助，但是，您和队员们毫不退缩，历尽艰辛，最终选定了大窝凼这个天然的窝来建设中国天眼。

面对重重的困难和考验，您和科研队员们知难而进，跨过了崇山峻岭，最终建成了中国天眼。您不畏艰难，不忘初心，能吃苦，甘于奉献的精神打动了我。现在面对新冠疫情，人们团结一致，涌现了更多像您一样不怕困难、无私奉献的人们：义无反顾奔向抗疫前线的医务工作者、尽职尽责的社区工作者、坚守岗位默默无闻的保安……他们在疫情面前毫不畏惧，勇于付出，保卫了人们的平安，他们有着和您一样无私奉献、知难而上的精神。

您说："人是要做一点事情的。"作为中学生，我应该学习您刻苦钻研、不怕困难的精神。在学习上，不能再仅仅因为遇到一个难题而愁眉苦脸，唉声叹气，不能再遇到小挑战就打退堂鼓，我应树立信心，跨越学习路上的重重障碍，将来也为人民和国家做点什么。

谢谢您领导科研人员设计并建成中国天眼，在日地暴雨山洪是不可避免的。当时，这还是一项保密任务，调查途中遇到困难，科研团队也不敢求助，但是，您和队员们毫不退缩，历尽艰辛，最终选定了大窝凼这个天然的窝来建设中国天眼。

面对重重的困难和考验，您和科研队员们知难而进，跨过了崇山峻岭，最终建成了中国天眼。您不畏艰难，不忘初心，能吃苦，甘于奉献的精神打动了我。现在面对新冠疫情，人们团结一致，涌现了更多像您一样不怕困难、无私奉献的人们：义无反顾奔向抗疫前线的医务工作者、尽职尽责的社区工作者、坚守岗位默默无闻的保安……他们在疫情面前毫不畏惧，勇于付出，保卫了人们的平安，他们有着和您一样无私奉献，知难而上的精神。

您说：“人是要做一点事情的。”作为中学生，我应该学习您刻苦钻研，不怕困难的精神。在学习上，不能再仅仅因为遇到一个难题而愁眉苦脸，唉声叹气，不能再遇到小挑战就打退堂鼓，我应树立信心，跨越学习路上的重重障碍，环境研究、国防建设和国家安全等方面发挥不可替代的作用。也谢谢您用行动诠释了不畏艰难、淡泊名利，鞠躬尽瘁的工匠精神。

此致

敬礼

北京市顺义牛栏山第一中学高一 (1) 班

刘丹宇

将来也为人民和国家做点什么。

谢谢您领导科研人员设计并建成中国天眼在日地环境研究、国防建设和国家安全等方面发挥不可替代的作用。也谢谢您用行动诠释了不畏艰难、淡泊名利，鞠躬尽瘁的工匠精神。

此致

敬礼

北京市顺义牛栏山第一中学

高一(1)班 刘丹宇

您诠释了工匠精神

杨天霖 / 北京市延庆区第四中学初一（2）班

指导老师：徐留平

尊敬的林鸣爷爷：

您好！

在飞速发展的今天，许多高难度项目都一一实现。2018年十月底，被誉为“新世界七大奇迹”的港珠澳大桥正式通车，举国欢庆。您是这项工程的总工程师，我由衷地感到敬佩和仰慕。

建设港珠澳大桥，可谓困难重重。在项目准备时期，就遭到多方阻难。韩方拒绝中方参观他们的设备，荷兰技术团队亦开出天价咨询费用。外援已失，您明白：“只有走自我研发之路，才能掌握核心技术，攻克这一世界难题。”您这样创新的工匠精神，也正是我们应该学习的。在高速发展的21世纪，如果只安于现状，固步自封，那必将被社会淘汰，勇于创新是解决问题的良药。

2017年5月2日，伶仃洋上烟花一片，掌声与欢呼交织，只是您的脸上并无喜色——沉管隧道最终接头时出现16厘米的偏差。事实上，在庞大的工程面前，这点误差是可以被忽略的。但您最终还是艰难地做出返工的决定：“如果我们不精调，将会成为终生遗憾。”最终，偏差从16厘米降到了2.5毫米。您用“精于工，匠于心，品于行”的精神内核，诠释了工匠精神。

“在衰落遗失的边缘坚守，在快捷功利的繁荣里坚持。”在这灯红酒尊敬的林鸣爷爷：

您好！

在飞速发展的今天，许多高难度项目都一一实现。2018年十月底，被誉为"新世界七大奇迹"的港珠澳大桥正式通车，举国欢庆。您是这项工程的总工程师，我由衷地感到敬佩和仰慕。

建设港珠澳大桥，可谓困难重重。在项目准备时期，就遭到多方阻难。韩方拒绝中方参观他们的设备，荷兰技术团队亦开出天价咨询费用。外援已失，您明白："只有走自我研发之路，才能掌握核心技术，攻克这一世界难题。"您这样创新的工匠精神，也正是我们应该学习的。在高速发展的21世纪，如果只安于现状，固步自封，那必将被社会淘汰，勇于创新是解决问题的良药。

2017年5月2日，伶仃洋上烟花一片，掌声与欢呼交织，只是您的脸上并无喜色——沉管隧道最终接头时出现16厘米的偏差。事实上，在庞大的工程面前，这点误差是可以被忽略的。但您最终还是艰难地做出返工的决定："如果我们不精调，将会成为终生遗憾。"最终，偏差从16厘米降到了2.5毫米。您用"精于工，匠于心，品于行"的精神内核，诠释了工匠精神。

"在衰落遗失的边缘坚守，在快捷功利的繁荣里坚持。"在这灯红酒绿、喧嚣浮躁的世界中，却还有

绿、喧嚣浮躁的世界中，却还有如您一般的一群人，宛若一头头憨厚的耕牛，在默默传承与坚守着工匠精神。

您熔匠心之火，以创新打磨，铸匠心之刃的工匠精神应是我们这一代学习与传承的。身为时代新一批接力起跑选手，我们不仅要接准这一棒，更要跑好这一棒，除了分秒必争，更应脚踏实地、刻苦学习，执着于理想，专注于当下，而后应棒而接，迎风奔跑。

此致

敬礼

杨天霖

如您一般的一群人，宛若一头头憨厚的耕牛，在默默传承与坚守着工匠精神。

您熔匠心之火，以创新打磨，铸匠心之刃的工匠精神应是我们这一代学习与传承的。身为时代新一批接力起跑选手，我们不仅要接住这一棒，更要跑好这一棒，除了分秒必争，更应脚踏实地、刻苦学习，执着于理想，专注于当下，而后应棒而接，迎风奔跑。

此致

敬礼

杨天霖

食品安全是一个重大的民生问题

吴朴然 / 朝阳区白家庄小学（本部北校）五年级（6）班

指导老师：张　灵

尊敬的李主任：

您好！

我是北京市朝阳区白家庄小学本部北校五年级六班的吴朴然，今年10岁了，是一个爱思考、爱运动的阳光男孩。记得去年的这个时候，新冠肺炎疫情在全国疯狂肆虐，按照防控要求，我们都居家学习生活。虽然待在家里很长一段时间，但也通过各种途径了解疫情的发展，学校还组织同学们运用多种方式开展了多项社会调研活动，撰写了关于疫情方面的调研报告，让我们看到了那么多为保护人民健康生命安全无私奉献、可爱可敬的英雄，当然也包括像您一样冲在一线守护我们食品安全的权威专家。当我知道能有机会与您进行交流时，我迫不及待地通过各大网站查找了有关您的信息，得知您从事食品微生物、食源性疾病预防等方面研究时，我感到您的工作职责光荣而崇高，在保护公众健康，提高我国食品安全水平，加强国际合作交流等方面发挥着重要作用。特别是在这个特殊时期，您从事的这项工作与我们的生命安全、日常生活息息相关，您在专业方面的造诣会帮助我们科学辨别病毒的种类，快速找到食品中的各种致病菌，有效控制减少毒菌生长环境，确保大家健康生活、科学饮食，为我们筑牢疫情防控和食品安全的“双保险”。

尊敬的李主任：

您好！

我是北京市朝阳区白家庄小学本部北校五年级六班的吴朴然，今年10岁了，是一个爱思考、爱运动的阳光男孩。记得去年的这个时候新冠肺炎疫情在全国疯狂肆虐，按照防控要求，我们都居家学习生活。虽然待在家里很长一段时间，但也通过各种途径了解疫情的发展，学校还组织同学们运用多种方式开展了多项社会调研活动，撰写了关于疫情方面的调研报告，让我们看到了那么多为保护人民健康生命安全无私奉献、可爱可敬的英雄，当然也包括像您一样冲在一线守护我们食品安全的权威专家。当我知道能有机会与您进行交流时，我迫不及待地通过各大网站查找了有关您的信息，得知您从事食品微生物、食源性疾病预防等方面研究时，我感到您的工作职责光荣而崇高，在保护公众健康，提高我国食品安全水平，加强国际合作交流等方面发挥着重要作用。特别是在这个特殊时期，您从事的这项工作与我们的生命安全、日常生活息息相关，您在专业方面的造诣会帮助我们科学辨别病毒的种类，快速找到食品中的各种致病菌，有效控制减少毒菌生长环境，确保大家健康生活、科学饮食，为我们筑牢疫情防控和食品安全的"双保险"。

说到食品安全，我们学校就非常重视，经常开展这方面的宣传教育。同学们也都认真对待，做到饮食卫生和个人卫生，许多同学经常利用脱口秀时间分享食品安全知识和具体事例。民以食为天，食以安为先。大家都明白食品安全是一个影响整个社会稳定、决定人民身体健康的重大民生问题，务必引起每个人的高度重视。

当前，国际疫情还在蔓延，国内疫情已经取得好转。我知道，在这背后，是您和您的同事们在为大家默默地奉献和付出，在为我们的食品安全保驾护航，但是很多事情不可能一帆风顺，肯定也经历了很多惊心动魄和迫在眉睫的时刻，最后化险为夷。所以，李奶奶，我想请教您：如果您在工作中遇到有挑战的事或棘手的问题是如何处理的呢？期待您的回信。春节即将到来，我祝您新春快乐，阖家幸福！

说到食品安全，我们学校就非常重视，经常开展这方面的宣传教育。同学们也都认真对待，做到饮食卫生和个人卫生，许多同学经常利用脱口秀时间分享食品安全知识和具体事例。民以食为天，食以安为先。大家都明白食品安全是一个影响整个社会稳定、决定人民身体健康的重大民生问题，务必引起每个人的高度重视。

当前，国际疫情还在蔓延，国内疫情已经取得好转。我知道，在这背后，是您和您的同事们在为大家默默地奉献和付出，在为我们的食品安全保驾护航，但是很多事情不可能一帆风顺，肯定也经历了很多惊心动魄和迫在眉睫的时刻，最后化险为夷。所以，李奶奶，我想请教您：如果您在工作中遇到有挑战的事或棘手的问题是如何处理的呢？期待您的回信。春节即将到来，我祝您新春快乐，阖家幸福！

吴朴然

现在中国制造才是最厉害的

熊怀信 / 北京市昌平区二毛学校四年级（4）班

指导老师：周红妹

亲爱的叔叔阿姨：

你们好！

我是北京市昌平区的一名小学生，我怀着无比激动的心情给你们写这封信。在我记事的时候，妈妈经常让国外的王阡一阿姨寄来一些日用品。我问妈妈超市里都有，为什么要买外国的？妈妈说外国的东西好啊！我疑惑不解。慢慢地，我长大了，突然发现妈妈买国外的东西越来越少了。我问原因，妈妈笑而不语，让我自己找答案。

我向爷爷求助，爷爷推荐我看了纪录片《大国重器》，并且语重心长地告诉我说国家只有有了国之重器才有能力保证发展和安全，才有底气不被人羞辱欺负！我好像明白了一些。

我又向爸爸问答案。爸爸给我讲了“连钢创新团队”的先进事迹。从爸爸激昂兴奋的语气中，我感到骄傲和自豪。爸爸说，当年连钢叔叔和他的团队去国外想学习先进的港口建设技术，处处碰壁，还被国外同行嘲讽，中国制造不出先进东西，要想用他们的技术，就必须花很多钱来亲爱的叔叔阿姨：

你们好！

我是北京市昌平区的一名小学生，我怀着无比激动的心情给你们写这封信。在我记事的时候，妈妈经常让国外的王阡一阿姨寄来一些日用品。我问妈妈超市里都有，为什么要买外国的？妈妈说外国的东西好啊！我疑惑不解。慢慢地，我长大了，突然发现妈妈买国外的东西越来越少了。我问原因，妈妈笑而不语，让我自己找答案。

我向爷爷求助，爷爷推荐我看了纪录片《大国重器》并且语重心长地告诉我说国家只有有了国之重器才有能力保证发展和安全，才有底气不被人羞辱欺负！我好像明白了一些。

我又向爸爸问答案。爸爸给我讲了"连钢创新团队"的先进事迹。从爸爸激昂兴奋的语气中，我感到骄傲和自豪。爸爸说，当年连钢叔叔和他的团队去国外想学习先进的港口建设技术，处处碰壁，还被外国同行嘲讽，中国制买。连钢叔叔一怒之下决定回国，我们自己来造！经过叔叔阿姨多少个日日夜夜的奋斗拼搏，终于建成了一个全世界最先进的全自动码头。爸爸笑着对我说："你妈妈再从阡一阿姨家寄东西，费用更低了，速度也更快了！"这都是连钢叔叔和他团队的功劳。妈妈听到，立马回道："现在中国制造才是最厉害的，不会再代购啦。"

叔叔阿姨，我要向你们表示我最崇高的敬意！爸爸给我讲了你们团队合作的精神。要想干成一件事情，必须要有团队意识。只有大家互相帮助，形成合力与凝聚力，才能把事情做得更好。爸爸还给我讲了科学创新的重要性。邓小平爷爷提出"科学技术是第一生产力"，习近平总书记说过"中国要强盛，要复兴，就一定要大力发展科学技术，努力成为世界主要科学中心和创新高地"。要想保卫我们的祖国，要想复兴我们的国家，必须得进行科技创新！

叔叔阿姨，梁启超说过："少年强则国强。"意思是说我们少年朝气蓬勃，应将希望寄托在我们身上。少年更应造不出先进东西，要想用他们的技术，就必须花很多钱来买。连钢叔叔一怒之下决定回国，我们自己来造！经过叔叔阿姨多少个日日夜夜的奋斗拼搏，终于建成了一个全世界最先进的全自动码头。爸爸笑着对我说：“你妈妈再从阡一阿姨家寄东西，费用更低了，速度也更快了。”这都是连钢叔叔和他团队的功劳。妈妈听到，立马回道：“现在中国制造才是最厉害的，不会再代购啦。”

叔叔阿姨，我要向你们表示我最崇高的敬意！爸爸给我讲了你们团队合作的精神。要想干成一件事情，必须要有团队意识。只有大家互相帮助，形成合力与凝聚力，才能把事情做得更好。爸爸还给我讲了科学创新的重要性。邓小平爷爷提出“科学技术是第一生产力”，习近平总书记说过“中国要强盛，要复兴，就一定要大力发展科学技术，努力成为世界主要科学中心和创新高地”。要想保卫我们的祖国，要想复兴我们的国家，必须得进行科技创新！

叔叔阿姨，梁启超说过：“少年强则国强。”

该学习知识和文化，培养创新意识，树立远大志向，这样中国才会富强，才会屹立于世界！

叔叔阿姨，我从你们身上学到很多很多，我要向你们学习，学习拼搏精神，学习团队精神。我一定认真学习，长大成为像你们一样的人！

此致

敬礼

一名小学生：熊怀信

2021 年 2 月 19 日

意思是说我们少年朝气蓬勃，应将希望寄托在我们身上。少年更应该学习知识和文化，培养创新意识，树立远大志向，这样中国才会富强才会屹立于世界！

叔叔阿姨，我从你们身上学到很多很多，我要向你们学习，学习拼搏精神，学习团队精神。我一定认真学习，长大成为像你们一样的人！

此致

敬礼

一名小学生：熊怀信

2021年2月19日

在我心中，你们无比伟大

李芃翰 / 北京第二实验小学通州分校六年级（5）班

指导老师：桑　琦

尊敬的故宫文物修复者们：

你们好！

我是北京第二实验小学通州分校的学生李芃翰，在观看《我在故宫修文物》这部纪录片时，我深切地感受到了你们修复文物的价值与意义。而这一切，都源自你们的恒心与努力。为了修复文物，你们耗尽了自己的心血。“你们是为文物治病的医生，是顶级的文物修复专家。”你们用一双双巧手，让文物再次焕发活力。

修复文物，是一种特殊的职业，在这份工作中，你们时刻与历史对话。初识这个职业的时候，我的心中充满了对它的羡慕与向往，但殊不知，这无限风光的背后，是你们每个日夜的专注努力。努力到哪怕是一个不起眼的破洞，你们都会尽全力去修复。这其中，有修了45年钟表没换过工作的王津师傅，有修了千百张古画的杨泽华师傅，还有年过半百仍兢兢业业，坚守岗位的王有亮师傅。我想，他们的精神是永垂不朽的。

尊敬的故宫文物修复者们：

你们好！

我是北京第二实验小学通州分校的学生李芃翰，在观看《我在故宫修文物》这部纪录片时，我深切地感受到了你们修复文物的价值与意义。而这一切，都源自于你们的恒心与努力。为了修复文物，你们耗尽了自己的心血。你们是为文物治病的医生，是顶级的文物修复专家。你们用一双双巧手，让文物再次焕发活力。

修复文物，是一种特殊的职业，在这份工作中，你们时刻与历史对话。初识这个职业的时候，我的心中充满了对它的羡慕与向往，但殊不知，这无限风光的背后，是你们每个日夜地专注努力。努力到哪怕是一个不起眼的破洞，你们都会尽全力去修复。这其中，有修了45年钟表没换过工作的王津师傅，有修了千百张古画的杨泽华师傅，还有年过半百仍兢兢业业，坚守岗位的王有亮师傅。我想，他们的精神是永垂不朽的。

你们修复了无数的文物，有弥足珍贵的，

你们修复了无数的文物，有弥足珍贵的，但更多的平平无奇。无论它们的价值高低，你们都会尽心尽力地修复它们。因为你们知道，你们不仅仅是在修复文物本身，更是在传承中华民族古老的传统技艺，以及那朴实无华的工匠精神。你们有出色的职业能力，更有高尚可贵的职业道德。被你们修复的文物陈列在博物馆，引无数游人驻足观赏，让那些原本冰冷的毫无温度的历史，如画卷般展现在人们面前。你们在背后做出了不可磨灭的贡献，但你们可能一生都默默无闻，没能留下自己的名字。你们从不逐利益或是名声，因为你们的夙愿就是修复好手中的件件文物，让它们以本来的面目示人。你们或许一生平凡，但在我心中，你们无比伟大。

最后，我在此向天下文物修复者致敬，你们用双双妙手，修复天下文物，如燃烧中的蜡烛，燃烧了自己的时间与精力，点亮了中华民族的历史长河！

此致

敬礼

北京第二实验小学通州分校

六年级（5）班　李芃翰

但更多的平平无奇。无论它们的价值高低，你们都会尽心尽力地修复它们。因为你们知道，你们不仅仅是在修复文物本身，更是在传承中华民族古老的传统技艺，以及那朴实无华的工匠精神。你们有出色的职业能力，更有高尚可贵的职业道德。被你们修复的文物陈列在博物馆，引无数游人驻足观赏，让那些原本冰冷的毫无温度的历史，如画卷般展现在人们面前。你们在背后做出了不可磨灭的贡献，但你们可能一生都默默无闻，没能留下自己的名字。你们从不逐利益或是名声，因为你们的夙愿就是修复好手中的件件文物，让它们以本来的面目示人。你们或许一生平凡，但在我心中，你们无比伟大。

最后，我在此向天下文物修复者致敬，你们用双双妙手，修复天下文物，如燃烧中的蜡烛，燃烧了自己的时间与精力，点亮了中华民族的历史长河！

此致

敬礼

北京第二实验小学通州分校

六年级(5)班李苊翰

您小时候有哪些好习惯

南家禾 / 北京市朝阳区白家庄小学迎曦分校六年级（1）班
指导老师：王晓飞

尊敬的孟化大夫：

您好！

我是来自白家庄小学迎曦分校六年级一班的南家禾。很荣幸有这样一个机会给您写信。

孟化大夫，您是一名医学博士，肠胃外科专家，研究生导师，是社会高精尖人才，您有丰富的知识和最前沿的技术。我对您充满了崇敬之情。

我们的祖国每天都在突飞猛进地发展，科技不断进步，社会不断完善。我作为一名小学生，很幸运生在了这个时代。随着我渐渐长大，也慢慢地意识到自己的肩上担负着希望和未来。

我也有许多问题想请教您。孟化大夫在您还是小学生的时候，一定养成了良好的生活学习习惯，能与我分享一下都有哪些好习惯吗？那个时候有没有自己的人生志向和目标？

在今年九月份，我也将要步入中学的大门，迎接尊敬的孟化大夫：

您好！

我是来自白家庄小学迎曦分校六年级一班的南家禾。很荣幸有这样一个机会给您写信。

孟化大夫，您是一名医学博士，肠胃外科专家，研究生导师，是社会高精尖人才，您有丰富的知识和最前沿的技术。我对您充满了崇敬之情。

我们的祖国每天都在突飞猛进地发展，科技不断进步，社会不断完善。我作为一名小学生，很幸运生在了这个时代。随着我渐渐长大，也慢慢地意识到自己的肩上担负着希望和未来。

我也有许多问题想请教您。孟化大夫在您还是小学生的时候，一定养成了良好的生活学习习惯，能与我分享一下都有哪些好习惯吗？那个时候有没有自己的人生志向和目标？

在今年九月份，我也将要步入中学的大门，迎接新的挑战。您能否在百忙之中给我一些指导？不知您是否还记得当初的自己是如何适应初中的环境、生活和学习的？

新的挑战。您能否在百忙之中给我一些指导？不知您是否还记得当初的自己是如何适应初中的环境、生活和学习的？

孟化大夫，在我了解您的成就和所做出的贡献后，我也明白了想要成为对祖国、对社会有用的人就要坚定信念，奋力拼搏，超越自我！

我十分期盼您的回信。

祝您

身体健康，工作顺利

北京市朝阳区白家庄小学迎曦分校

六(1)班　南家禾

孟化大夫，在我了解您的成就和所做出的贡献后，我也明白了想要成为对祖国、对社会有用的人就要坚定信念，奋力拼搏，超越自我！

我十分期盼您的回信。

祝您

身体健康工作顺利

北京市朝阳区白家庄小学迎曦分校

六（1）班南家禾

家禾小朋友：

你好！非常高兴收到你的来信，从信中看出你是一个善于思考的孩子，我也愿意和你分享我成长过程中的一些心得体会，希望能够给予你些许启示。

我生在内蒙古的医学世家，从小就希望能够像父辈一样救死扶伤，直至今日仍然为了最初的梦想不断努力。在刻苦求学和高强度工作中，需要极佳的身体素质，这也得益于我从小学习武术、热爱运动，至今还是单位游泳纪录保持者。

我现在是中国减重代谢手术实施例数最多的外科专家，已帮助近5000例肥胖症患者成功减重，使他们摆脱糖尿病、高血压、高血脂等病症困扰。我所在的中日医院减重中心每天会接诊很多因肥胖致病的患者，其中不乏未成年小朋友，他们的共同特点是爱喝香甜的饮料、爱吃香喷喷的油炸食品和零食、沉迷游戏、忽视运动，使得能量堆积，体重暴增，伤害身体，导致疾病，每天打针吃药，令人十分心痛。这是非常严重的，应该向人们呼吁：拥有健康的体魄，才能拥有美好的未来。因此，我希望你从小爱惜身体，养成良好的饮食习惯，远离垃圾食品，多吃蔬菜水果，加强体育锻炼。你马上步入中学了，希望你，有理想、有目标，并肯下功夫为之努力拼搏。

孟化

您就像一只小鸟，每天在天空中飞翔

黄梓涵 / 北京市朝阳区白家庄小学六年级（3）班

指导老师：高爱访

昌燕阿姨：

您好！

我是六年级三班的黄梓涵同学，我是个热爱学习，认真向上的学生。通过您的一次家长微课堂，让我对机长这个职业产生了浓厚的兴趣。

记得在那次课上，我深刻地体会到了飞行员的不易和伟大。您先向我们介绍了您不平凡的工作，同学们大吃一惊。接着您讲了一些机长的专业术语，例如："1"读作"幺"，"2"读作"两"，"7"读作"拐"，"0"读作"洞"。您的讲解声情并茂，我们听得十分入迷。我想问您一个专业问题，机长旁边的人是负责什么工作呢？

我非常感谢像您这样的飞行员，您就像一只小鸟，每天在天空中飞翔，但您的工作关乎着很多人的生命安全。我曾看过《中国机长》这部电影，在这个电影中体现了机长的艰难和辛苦，机长准确且安全地开着飞机，不管经历了各种小事都能平安着落。

昌燕阿姨：

您好！

我是六年级三班的黄梓涵同学，我是个热爱学习，认真向上的学生。通过您的一次家长微课堂，让我对机长这个职业产生了浓厚的兴趣。

记得在那次课上，我深刻地体会到了飞行员的不易和伟大。您先向我们介绍了您不平凡的工作，同学们大吃一惊。接着您讲了一些机长的专业术语，例如："1"读作"幺"，"2"读作"两"，"7"读作"拐"，"0"读作"洞"。您的讲解声情并茂，我们听得十分入迷。我想问您一个专业问题：机长旁边的人是负责什么工作呢？

我非常感谢像您这样的飞行员，您就像一只小鸟，每天在天空中飞翔，但您的工作关乎着很多人的生命安全。我曾看过《中国机长》这部电影，在这个电影中体现了机长的艰难和辛苦，机长准确且安全地开着飞机，不管经历了各种小事都能平安着落。

我要学习您这种伟大的勇气，和不畏艰难的好品质。我不禁想起《中国机长》中的台词：“请相信我们，我们受过专业的训练，有信心保证您的安全。”我会坚持不懈地完成我的梦想，成为一个像您一样优秀的人。

黄梓涵

2021 年 2 月

我要学习您这种伟大的勇气，和不畏艰难的好品质。我不禁想起《中国机长》中的台词：“请相信我们，我们受过专业的训练，有信心保证您的安全。”我会坚持不懈地完成我的梦想，成为一个像您一样优秀的人。

黄梓涵

2021年2月

您就是最美逆行者

许嘉益 / 北方工业大学附属学校四年级（1）班
指导老师：佟艳芹

尊敬的陈亮叔叔：

您好！

我是来自北方工业大学附属学校四年级的一名少先队员，我叫许嘉益。我非常热爱科学技术，更喜欢探索有趣的科学现象。在我心里，科学一直是绚丽多彩的，是一件新奇而又好玩的事情。直到看到您的事迹，才让我认识到科技的另一面是“危险”和“孤独”。我十分震惊，有好多话想对您说。亲爱的陈叔叔，不知道您的脚现在还疼不疼了？戈壁温差大，请您和您团队里的每一名工作者一定要照顾好自己的身体！

第一次听妈妈讲起您的故事，我就对您的事迹感到无比惊讶，因为太好奇，我又和妈妈在网上搜索您的图片和新闻报道。您和我妈妈的年纪一样，可是您的头发全都花白了。

微波炉加热时我会跑得远远的，写作业时我会把台灯放在更高的地方。可是处置好放射性废物，却是您的使命担当。每天您都在与危险的高放废物打交道，您的工作环境又是那么艰苦甚至是不安全。就在记者采访您的当天，您都是拄着拐杖出现的。因为前阵子您从零下二十多摄氏度的北山回来，山里没有光，踩到坑里，把脚崴了。对于现在的我们来说，这些事听起来是那么遥远，甚至有些害怕，更有些不可思议。可是您却认为自己是幸运的。您说：“与志同道合的人，沿着伟大的目标奔跑，尊敬的陈亮叔叔：

您好！

我是来自北方工业大学附属学校四年级的一名少先队员，我叫许嘉益。我非常热爱科学技术，更喜欢探索有趣的科学现象。在我心里，科学一直是绚丽多彩的，是一件新奇而又好玩的事情。直到看到您的事迹，才让我认识到科技的另一面是“危险”和“孤独”。我十分震惊，有好多话想对您说。亲爱的陈叔叔，不知道您的脚现在还疼不疼了？戈壁温差大，请您和您团队里的每一名工作者一定要照顾好自己的身体！

第一次听妈妈讲起您的故事，我就对您的事迹感到无比惊讶，因为太好奇，我又和妈妈在网上搜索您的图片和新闻报道。您和我妈妈的年纪一样，可是您的头发全都花白了。

微波炉加热时我会跑得远远的，写作业时我会把台灯放在更高的地方。可是处置好放射性废物，却是您的使命担当。每天您都在与危险的高放废物打交道，您的工作环境又是那么艰苦甚至是不安全。就在记者采访您的当天，您都是拄着拐杖出现的。因为前阵子您从零下二十多摄氏度的北山回来，山里没有光，踩到坑里，把脚崴了。对于现在的我们来说，这些事听起来是那么遥远，甚至有些害怕，更有些不可思议。可是您却认为自己是幸运的。您说“与志同道合的人，沿着伟大的目标奔跑，能学以致用为国家做贡献，这本身就是一种幸福。”十年来，您与

能学以致用为国家做贡献，这本身就是一种幸福。”十年来，您与亲人聚少离多，寂寞是您生活的常态。可是您却带领科研团队取得了一系列重大科研成果，为推动国家高放废物处置北山地下实验室工程发挥了重要作用。

您就是最美逆行者，您放弃舒适的生活条件，勇敢地奋斗在荒无人烟的北山，与危险和寂寞相伴。是怎样的爱国之心、敬业之心，才能让您如此这般夜以继日地坚守。

陈亮叔叔，您是我心中的榜样，成为您那样的当代英雄，力争为国强而奋斗，是我最坚定的目标。作为新时代少先队员，锻炼身体是我成长的基础，好好学习是我成长的养料，坚定的信念是我成功的保障。向着这个目标，我更将勤勉不倦，我更将不懈努力。只有这样才能骄傲地告诉全世界：“少年强则国强！”

祝您

工作顺利，平安健康！

许嘉益

亲人聚少离多，寂寞是您生活的常态。可是您却带领科研团队取得了一系列重大科研成果，为推动国家高放废物处置北山地下实验室工程发挥了重要作用。

您就是最美逆行者，您放弃舒适的生活条件，勇敢地奋斗在荒无人烟的北山，与危险和寂寞相伴。是怎样的爱国之心、敬业之心，才能让您如此这般夜以继日地坚守。

陈亮叔叔，您是我心中的榜样，成为您那样的当代英雄，力争为国强而奋斗，是我最坚定的目标。作为新时代少先队员，锻炼身体是我成长的基础，好好学习是我成长的养料，坚定的信念是我成功的保障。向着这个目标，我更将勤勉不倦，我更将不懈努力。只有这样才能骄傲地告诉全世界：“少年强则国强！”

祝您，

工作顺利，平安健康！

许嘉益

芯片是真正的点石成金

张珈铭 / 北京市朝阳区白家庄小学迎曦分校六年级（1）班

指导老师：王晓飞

致彭教授的一封信

尊敬的彭教授：

您好！

感谢您在百忙之中抽空拆阅我的书信，我是白小迎曦分校六年级学生张珈铭。我对您的崇拜要从“点石成金”这四个字说起。有一次，在网站上看到了您分享的一句话：芯片是真正的点石成金。我天真地认为这个四字成语就像电视里的神话一样，用手点一下石头就会变成金子。当我读完全文，才知是科学技术能把一粒粒不起眼的沙子变成一个个价值连城的芯片。我非常诧异，于是，我对您的故事产生了浓厚的兴趣。

您是北大的博士，又在北大工作，您一定付出了很多的艰辛，才赢得了今天这份荣耀吧！我曾在暑假去参观过那个优美典雅、魅力无穷的校园，博雅塔、未名湖、图书馆构成的“一塔湖图”，真不愧是校园内的标志景观。湖面的荷花争相开放，好一派“映日荷花别样红”的景象。我被园内宏伟的气度和浓厚的人文气息深深地吸引住了，我一定会努力学习，期待将来也能成为这梦寐以求的学

致彭教授的一封信

尊敬的彭教授：

您好！

感谢您在百忙中抽空拆阅我的书信，我是白小距曦分校六年级学生张珈铭。我对您的崇拜要从"点石成金"这四个字说起。有一次，在网站上看到您分享的一句话：芯片是真正的点石成金。我天真地认为这个四字成语就像电视里的神话一样，用手点一下石头就会变成金子。当我读完全文，才知是科学技术能把一粒粒不起眼的沙子变成一个个价值连城的芯片。我非常诧异，于是，我对您的故事产生了浓厚的兴趣。

您是北大的博士，又在北大工作，您一定付出了很多的艰辛，才赢得了今天这份荣耀吧！我曾在暑假去参观过那个优美典雅、魅力无穷的校园，博雅塔、未名湖、图书馆构成的"一塔湖图"，真不愧是校园内的标志景观。湖面的荷花争相开放，好一派"映日荷花别样红"的景象。我被园内宏伟的气度和浓厚的人文气息深深地吸引住了，我一定会努力学习，期待将来也能成为这梦寐以求的学府中的一员。

我从小就对科技特别感兴趣，喜欢拼海模、车模，喜欢科学小实验，还喜欢改装我的兵器玩具呢，大人们都说就喜欢我这股钻研劲儿。有机会我可以去参观您工作的地方吗？我想去探一探深奥的光学知识。您研究的光学领域府中的一员。

我从小就对科技特别感兴趣，喜欢拼海模、车模，喜欢科学小实验，还喜欢改装我的兵器玩具呢，大人们都说就喜欢我这股钻研劲儿。有机会我可以去参观您工作的地方吗？我想去探一探深奥的光学知识。您研究的光学领域一定有很多新奇的事物吧，我很好奇现代科技是怎么把光代替电的。生活中我们用电是通过电线里面的铜芯来传导，那么您研究的光互联是通过什么来传导的呢？我听说您正在研究光子芯片技术，在此，预祝您在光源的难题上有更进一步的突破，让我们的手机、电脑能够尽早用上您研发的光子芯片。

祝您身体健康，工作顺利！

北京市朝阳区白家庄小学迎曦分校

六（1）班　张珈铭

一定有很多新奇的事物吧，我很好奇现代科技是怎么把光代替电的。生活中我们用电是通过电线里面的铜芯来传导，那么您研究的光互联是通过什么来传导的呢？我听说您正在研究光子芯片技术，在此，预祝您在光源的难题上有更进一步的突破，让我们的手机、电脑能够尽早用上您研发的光子芯片。

祝您身体健康，工作顺利！

北京市朝阳区白家庄小学迎曦分校
六（1）班 张珈铭

亲爱的张珈铭、严瑾思同学：

你们好！

收到小学同学们的来信，我非常高兴。我感受到了祖国的少年一代对科学的向往和崇尚，像八九点的太阳一样蓬勃而热烈。

现在是特殊时期，中国企业以芯片制造为代表的高科技领域遭遇了一场没有硝烟的战争，面临被卡脖子的困境。芯片是自动化和智能系统的核心部件，充当着“大脑”的角色。从电脑、电器、手机，到汽车、无人机等，可谓无处不在。当然我们不惧挑战，中国芯片技术和产业的短板最终还是需要中国人的踏实创新来解决。历史告诉我们，关键技术是买不来的、讨不来的，只有把关键技术掌握在自己手中，才能从根本上保障国家的安全和利益。

我在北京大学工作，从事的是光子芯片相关的工作。我们都知道，家里用的电可以用铜芯导线来传导。全世界的科学家经过努力，发现用激光代替电，可以取得很多好处，比如速度更快、更节约能源、更安全。用来传导激光的导线叫作“光纤”。可能你们不了解，激光已经广泛用在我们的日常生活了，包括上网和打电话用的设备，还有手机和汽车上的传感器。我的工作只是芯片产业的一小部分，却也很有意义。我仍然相信，科学和技术进步是全世界科学家共同努力的结果。

同学们，尽管你们现在还是小学生，将来一样可以加入科学家的队伍，掌握“点石成金”的本领。我们一起来发明大家喜爱的机器，一起保护地球环境，一起探索太空和宇宙。

期望你们树立高尚目标，努力学习知识，快乐健康成长！

北京大学 彭超

2021 年 2 月 14 日于燕园

我爸爸是中国高铁发展的见证者

金禹熹 / 北京第八十中学康营分校五年级（3）班
指导老师：赵晨伊

敬爱的爸爸：

您好！

除夕之夜，我第一次给您提笔写信。您又食言了。望着窗外万家灯火，烟花漫天，内心惆怅之余，更多的是感慨于祖国的安宁和日益强大。回想起您对我说您以前的学习环境十分艰苦，没有暖气，没有空调。再反观现在，我们坐在宽敞明亮的教室里，享受着最好的教育。这种翻天覆地的变化，正是祖国不断发展的真实写照。

今年和去年的春节是不一样的春节，新冠肺炎病毒肆虐。您所工作的车站是人流量最多的地方之一。工作压力，防疫任务也是最严峻的，您要记得保护好自己。我知道还有很多人像您一样默默无闻地奋斗在岗位上，正是因为有了这些人的凝心聚力，才铸就了新中国的伟大成绩。我越来越懂得了"哪有什么岁月静好，只不过有人替我们负重前行"这句话的道理。

您经常跟我"吹嘘"中国铁路的成就，我听在耳里，记在心里。中国高铁已然成为中国的名片。想必，"春风得意马蹄疾，一日看尽长安花"的孟郊和"两岸猿声啼不住，轻舟已过万重山"的李白也要感慨于这驰骋在广袤大地上的中国速度！

而您有幸成为高铁发展史的见证者、"老"铁路人。能再给我讲讲中国故事吗？期待您的回信！

祝您

身体健康　工作顺利

您的儿子：金禹熹

敬爱的爸爸：

您好！

除夕之夜，我第一次给您提笔写信。您又食言了。望着窗外万家灯火，烟花漫天，内心惆怅之余，更多的是感慨于祖国的安宁和日益强大。回想起您对我说您以前的学习环境十分艰苦，没有暖气，没有空调。再反观现在，我们坐在宽敞明亮的教室里，享受着最好的教育。这种翻天覆地的变化，正是祖国不断发展的真实写照。

今年和去年的春节是不一样的春节，新冠肺炎病毒肆虐。您所工作的车站是人流量最多的地方之一。工作压力，防疫任务也是最严峻的，您要记得保护好自己。我知道还有很多人像您一样默默无闻地奋斗在岗位上，正是因为有了这些人的凝心聚力，才铸就了新中国的伟大成绩。我越来越懂得了"哪有什么岁月静好，只不过有人替我们负重前行"这句话的道理。

您经常跟我"吹嘘"中国铁路的成就，我听在耳里，记在心里。中国高铁已然成为中国的名片。想必，"春风得意马蹄疾，一日看尽长安花"的孟郊和"两岸猿声啼不住，轻舟已过万重山"的李白也要感慨于这驰骋在广袤大地上的中国速度！

而您有幸成为高铁发展史的见证者、"老"铁路人。能再给我讲讲中国故事吗？期待您的回信！

祝您

身体健康 工作顺利

您的儿子：金禹熹

禹熹：

很高兴收到你的来信，也很欣喜你能耐下心来一笔一画地写字。见字如面，通过文字，我感受到了你的成长。

感谢你对爸爸工作的理解和支持。工作原因，总是缺席你最重要的时刻，这种愧疚慢慢成为我努力工作的动力。正是有无数平凡人的默默坚守和点滴付出，才铸就了我们不平凡的今天。

我们的生活水平有了很大的提高，中国铁路的发展就是新中国日益强大的缩影。中国高铁从无到有，从引进到创新，从创新到领先，证明了中国的欣欣向荣。生活中的方方面面都已经取得了令世人骄傲的成绩。中国人用筚路蓝缕的精神、砥砺前行的劲头，赢得了世界的尊重。你也提到疫情，其实，生活中还有很多困难需要我们克服。漫漫征途，唯有奋斗。

我很荣幸见证了中国高铁的飞速发展，但更希望你们这一代人通过努力，可以更快更早地实现中国梦。你们肩负着更多的责任，少年强，则中国强。

等春运结束，回到家，再给你讲更多有趣的事情，希望你能够日习则学不忘，自勉则身不堕，每天不断成长。替我向妈妈问好。

此致

爸爸

2021 年 2 月

你们的工作太伟大了

倪浩然 / 北京市白家庄小学望京新城校区六年级（2）班

指导老师：张佳祺

尊敬的刘栋阿姨：

过年好！恭喜您获得2020年度“中央和国家机关优秀工会工作者”称号。

去年因为疫情的原因，我们在家学习，爸爸妈妈也在家远程办公。我经常在爸爸的电话视频会议中听到“雄安”“规划”“CIM”“GIS”“名城保护”等新鲜的词，我就问爸爸在谈什么，他说正在和您的单位——“中国城市规划设计研究院”合作。具体工作是对城市建设提前做规划。大到像深圳、雄安这样的城市，小到村镇中的一座名人故居；既有先进的无人驾驶、孪生城市技术，也有几百年历史的传统村落保护；既要保证城市发展，又要同时保护我们的绿水青山。我觉得你的工作太伟大了，爸爸说您现在换了工作岗位，现在为全院的党员提供服务，保证他们能安心工作、冲锋在前。去年年底还评选了全国优秀工作者，真为您自豪。爸爸还说在您那里能看到各种最新的城建模型，真希望有机会能去您的单位看一看。我们在学校也学习了编程课，我还参加了机器人社团，我也想给您展尊敬的刘栋阿姨：

过年好！恭喜您获得2020年度“中央和国家机关优秀工会工作者”称号。

去年因为疫情的原因，我们在家学习，爸爸妈妈也在家远程办公。我经常在爸爸的电话视频会议中听到“雄安”“规划”“CIM”“GIS”“名城保护”等新鲜的词，我就问爸爸在谈什么，他说正在和您的单位——“中国城市规划设计研究院”合作。具体工作是对城市建设提前做规划。大到像深圳、雄安这样的城市，小到村镇中的一座名人故居；既有先进的无人驾驶、孪生城市技术，也有几百年历史的传统村落保护；既要保证城市发展，又要同时保护我们的绿水青山。我觉得你的工作太伟大了，爸爸说您现在换了工作岗位，现在为全院的党员提供服务，保证他们能安心工作、冲锋在前。去年年底还评选了全国优秀工作者，真为您自豪。爸爸还说在您那里能看到各种最新的城建模型，真希望有机会能去您的单位看一看。我们在学校也学习了编程课，我还参加了机器人社团，我也想给您展示一下呢。

示一下呢。

我要向您学习，做好自己在学习、饮食、娱乐等方面的规划，学好基本功，今后做一个社会需要的、对大家有益的人。

此致

敬礼

倪浩然

我要向您学习，做好自己在学习、饮食、娱乐等方面的规划，学好基本功，今后做一个社会需要的、对大家有益的人。

此致

敬礼

倪浩然

亲爱的浩然同学：

新年好！

很高兴收到你的来信，得知你对我们的工作——城市规划建设有着深入的了解，通过细心的观察和独立的思考，树立了成长进步的目标，我为你感到高兴。

正如你信中所说，我和你爸爸都是祖国千万建设者中的一员，虽然岗位不同，但都在为城市更美丽、家园更美好舒适做着努力。在未来，我们的城市会更加宜居宜业，为人们提供更多的交流活动空间，人与自然和谐共生，生活更健康、心情更愉悦。

实现这一美好愿景，需要建设者们继续努力，更需要你们——小小事业接班人，好好学习，勇于创新，以更先进的科学技术为支撑，让我们共同的梦想实现得更早更快，更丰富美好！

让我们共同努力吧！

此致

敬礼

关心浩然成长的刘栋阿姨

对话时代温情

十八年的炉火不熄

张乐源 / 北京市顺义区仁和中学初二（8）班

指导老师：陈明英

微弱的灯
照亮寒夜的路人
火红的灶
氤氲出亲情的味道
这陋巷中的厨房
烹煮焦虑和苦涩
端出温暖和芬芳
惯看了悲欢离合
你们总是默默准备好炭火

——《感动中国》2020年度人物万佐成、熊庚香

尊敬的万佐成、熊庚香夫妇：

你们好！

当我了解到“爱心厨房”的时候，看到只收一元属实让我很是不解，而且持续了18年，可真是不可思议。是什么支撑着您们坚持做下去呢？我带着问题又了解到你们经常与患者交流，开导他们，还邀请他们做客，以及你们简单又暖心的初心：“有的病治不好了，但是能让病人吃得好一些，家属的遗憾也能少一些。”您也说过因为这样，你们也收获了快乐，

微弱的灯
照亮寒夜的路人
火红的灶
氤氲出亲情的味道
这陋巷中的厨房
烹煮焦虑和苦涩
端出温暖和芬芳
惯看了悲欢离合
你们总是默默准备好炭火
——《感动中国》2020年度人物万佐成、熊庚香

尊敬的万佐成、熊庚香夫妇：

你们好！

当我了解到"爱心厨房"的时候，看到只收一元属实让我很是不解，而且持续了18年，可真是不可思议。是什么支撑着您们坚持做下去呢？我带着问题又了解到你们经常与患者交流，开导他们，还邀请他们做客，以及你们简单又暖心的初心："有的病治不好了，但是能让病人吃得好一些，家属的遗憾也能少一些。"您也说过因为这样，你们也收获了快乐，感受到了温暖和爱。这也解决了我的问题：只收一元钱虽然只能勉强维持收支平衡，但不忘初心，坚定信念，坚持不懈，默默奉献……在帮助他人，传递温暖的时候，从中会收获更多的快乐和正能量，这是多么高尚

感受到了温暖和爱。这也解决了我的问题：只收一元钱虽然只能勉强维持收支平衡，但不忘初心，坚定信念，坚持不懈，默默奉献……在帮助他人，传递温暖的时候，从中会收获更多的快乐和正能量，这是多么高尚的精神啊！

在不久前的《感动中国》节目录制领奖时，我还好奇你们为什么不在北京一同领奖呢？得知原因的我不由得更加敬佩您们了！只因怕爱心厨房无人照看，你们毅然决然放弃了去北京的机会，但心中毫不觉得遗憾，因为你们说："我们不能走，因为病人在这里。"

从2003年开设爱心厨房开始，每一天，每一月，每一年，如今已年过六旬的你们几乎把自己所有的时间和精力投入到爱心厨房的运营中。在颐养天年的年纪，你们没有时间去陪孙儿辈的成长，也没有时间享受退休清闲的老年生活，只是坚持做这些"虽不挣钱，但爱相随"的"抗癌厨房"工作，义无反顾。

18年的炉火不熄，18年的一元厨房，18年的不离不弃，18年的"都值得"……这句"都值得"让被病魔缠身的患者们感受到了温暖和芬芳，让在全国各地的"我们"也学会了传递爱和温暖。

您们说："希望越来越多的人能投入到帮助的队伍里。靠我们个人的力量是远远不够的，大家一起帮忙才能渡过难关。"我想，一定会有人，的精神啊！

在不久前的《感动中国》节目录制领奖时，我还好奇你们为什么不在北京一同领奖呢？得知原因的我不由更加敬佩您们了！只因怕爱心厨房无人照看，你们毅然决然放弃了去北京的机会，但心中毫不觉得遗憾，因为你们说："我们不能走，因为病人在这里。"

从2003年开设爱心厨房开始，每一天、每一月、每一年，如今已年过六旬的你们几乎把自己所有的时间和精力投入到爱心厨房的运营中。在颐养天年的年纪，你们没有时间去陪孙儿辈的成长，也没有时间享受退休清闲的老年生活，只是坚持做这些"虽不挣钱，但爱相随"的"抗癌厨房"工作义无反顾。

18年的炉火不熄，18年的一元厨房，18年的不离不弃，18年的"都值得"……这句"都值得"让被病魔缠身的患者们感受到了温暖和芬芳，让在全国各地的"我们"也学会了传递爱和温暖。

您们说："希望越来越多的人能投入到帮助的队伍里。靠我们个人的力量是远远不够的，大家一起帮忙才能渡过难关。"我想，一定会有人，会有更多的人同你们一起并肩作战，"温暖是相互的，需要彼此的付出；温暖是可以传递的，需要共同的呵护；温暖更是无私的，就像太阳，不求回报，默默奉献，才能得到众人的敬仰"。远在千里之外的我们也不例外，我们会尽已所能地传递这会有更多的人同你们一起并肩作战，“温暖是相互的，需要彼此的付出；温暖是可以传递的，需要共同的呵护；温暖更是无私的，就像太阳，不求回报，默默奉献，才能得到众人的敬仰”。远在千里之外的我们也不例外，我们会尽己所能地传递这份温暖，传递这份爱！

同时，祝你们实现愿望，健康幸福！

此致

敬礼

北京市顺义区仁和中学

初二（8）班　张乐源

份温暖，传递这份爱！

同时，祝你们实现愿望，健康幸福！

此致

敬礼

北京市顺义区仁和中学

初二（8）班 张东琛

你们奔向病毒

李高端 / 北京市玉渊潭中学初三（2）班
指导老师：樊　璐

敬爱的庞星火阿姨：

您好！

记得那天在电视上看到您自信从容地出现在发布会现场，台上的您是北京市疾病预防控制中心副主任，是“星火故事会”会长，同样是大家口中的“网红”。您却只是挥挥手，谦虚地说：“其实我就是一个喇叭。”走下台的您是充满热情和干劲的传染病专家，为了守卫市民健康时刻严阵以待的人民英雄。

去年下半年，您已年满六十周岁准备退休，两例输入型鼠疫病例打乱了您的计划，当时您还在国外参加学术会议，得知消息后您一夜未眠，一边和国内同事沟通情况一边改签机票。“立刻回国！”您当机立断地说。可刚刚处理完鼠疫病例患者后，武汉“不明原因肺炎”出现了，职业敏感让您感到接下来有一场硬仗要打。自此以后，您流调，密切接触者管理，实验室检测一次没丢下。您重视每场发布会，您在台上读的几百次上千次的稿子背后一定是几百名疾控人彻夜奋斗成果的凝练……

想到这里，我对您充满了感激与敬佩之情。您和您同事一样都是平凡的人，但是，当疫情到来，你们又是如此的不平凡，戴上口罩，穿上防护服，你们是逆风而行的白衣天使，更是不畏艰难的敬爱的庞星火阿姨：

您好！

记得那天在电视上看到您自信从容地出现在发布会现场，台上的您是北京市疾病预防控制中心副主任，是"星火故事会"会长，同样是大家口中的"网红"。您却只是挥挥手，谦虚地说："其实我就是一个喇叭。"走下台的您是充满热情和干劲的传染病专家，为了守卫市民健康时刻严阵以待的人民英雄。

去年下半年，您已年满六十周岁准备退休，两例输入型鼠疫病例打乱了您的计划，当时您还在国外参加学术会议，得知消息后您一夜未眠，一边和国内同事沟通情况一边改签机票。"立刻回国！"您当机立断地说。可刚刚处理完鼠疫病例患者后，武汉"不明原因肺炎"出现了，职业敏感让您感到接下来有一场硬仗要打。自此以后，您流调，密切接触者管理，实验室检测一次没丢下。您重视每场发布会，您在台上读的几百次上千次的稿子背后一定是几百名疾控人彻夜奋斗成果的凝练……

想到这里，我对您充满了感激与敬佩之情。您和您同事一样都是平凡的人，但是，当疫情到来，你们又是如此的不平凡，戴上口罩，穿上防护服，你们是逆风而行的白衣天使，更是不畏艰难的钢铁战士。所有人逃离病毒而您们奔向病毒，所有人在家欢乐过年时您们帮助中国人过关。"哪有什么岁月静好，只不过有人在替你负重前行。"新冠疫情以来我国取得如此之大的成就都是无数像您一样的医护工作者几百个不眠不休、辛苦奋斗的夜晚换来的。致敬你们一线的医护人员，感谢冲在最前面的你们，你们宽厚的肩膀，为无数中国人民围筑了保护墙。想到这些，我心中油然而生了浓厚的爱国情。

因为你们对工作认真坚韧，弘扬了社会主义核心价值观，弘扬了民族精神并传递给无数中国人，让我们拥有信念的力量。

钢铁战士。所有人逃离病毒而您们奔向病毒，所有人在家欢乐过年时你们帮助中国人过关。“哪有什么岁月静好，只不过有人在替你负重前行。”新冠疫情以来我国取得如此之大的成就都是无数像您一样的医护工作者几百个不眠不休、辛苦奋斗的夜晚换来的。致敬你们，一线的医护人员，感谢冲在最前面的你们，你们宽厚的肩膀，为无数中国人民固牢了保护墙。想到这些，我心中油然而生了浓厚的爱国情。

因为你们对工作认真坚韧，弘扬了社会主义核心价值观，弘扬了民族精神并传递给无数中国人，让我们拥有信念的力量。

全国支援，必须铭记，华夏儿女，共渡难关！

此致

敬礼

北京玉渊潭中学

初三（2）班　李高端

全国支援，必须铭记，华夏儿女，共渡难关！

此致

敬礼

北京市玉渊潭中学

初三(2)班 李高端

为更多患者带来光明

崔彬彬 / 北京市密云区大城子学校八（1）班

指导老师：孙晓国

次旦央吉阿姨：

您好！

您曾经说过，为更多患者带来光明，才不负使命！我认为，您已经不再是把这份工作当作使命了，您早已是把它当作一种热爱。

在青藏高原的行医之路，二十年前的下乡条件是很差的，下乡自己背行囊，被子也是自己背着去。每到一个地方，你们就专门挑学校放假的时间，在学校里临时搭建起手术室、诊室，医护人员就睡在隔壁房间，休息时间自己做饭吃。您们也遇到了许多困难，但在当地农政部门、卫生部门的支持下，方便农闲、牧闲的牧民集中在一起做手术，使得更多白内障的牧民复明。

您作为西藏眼科的带头人，您却表示西藏眼科医学能够被带动起来，不是您一个人的功劳，是一个大团队在奉献，也有当地政府的支持和很多医学领域老师的积极帮助。因为当地碰到很多病人，是无法解决的。因为设备的缺乏只能初步判断，偏远地区的百姓没有办法得到更有效的治疗。这些经历促使您想要学习更优秀的眼科医学技术并引进西藏，您想让西藏人民次旦央吉阿姨：

您好！

您曾经说过，为更多患者带来光明，才不负使命！我认为，您已经不再是把这份工作当作使命了，您早已是把它当作一种热爱。

在青藏高原的行医之路，二十年前的下乡条件是很差的，下乡自己背行囊，被子也是自己背着去。每到一个地方，您们就专门挑学校放假的时间，在学校里临时搭建起手术室、诊室，医护人员就睡在隔壁房间，休息时间自己做饭吃。您们也遇到了许多困难，但在当地农政部门、卫生部门的支持下，方便农闲、牧闲的牧民集中在一起做手术，使得更多白内障的牧民复明。

您作为西藏眼科的带头人，您却表示西藏眼科医学能够被带动起来，不是您一个人的功劳，是一个大团队在奉献，也有当地政府的支持和很多医学领域老师的积极帮助。因为当地碰到很多病人，是无法解决的。因为设备的缺乏只能初步判断，偏远地区的百姓没有办法得不出西藏就可以治疗眼科疾病，也是您这三十年一直努力的。

您说只是做传承藏医药的工作是不行的，因为现代医学在发展，藏医药不能停留在千年前的理念上，应该把藏医药最先进、最有效的部分挖掘出来，跟现代医学联合起来。在科研方面，需要实践许多东西。要让患者少走弯路，在最佳时间里得到最好的治疗，为更多患者带来光明，才不负使命。

我和您有相近的梦想，想当一名法律志愿者。现在农村的纠纷也是挺严重的，因为看了一档栏目，老人会因为担心钱的问题，不选择用法律手段解决问题。不管是当外表风风光光的律师，还是下乡亲自去当地解决一些法律问题都是我心之所向。

现在我能做的只有打好地基，先好好学习，充实自己的学问，才可以有资格去帮助别人。学习法律是我的梦想，所以我要不断努力，提升自己。和您一样，做自己想做的，同时帮助别人。

崔彬彬

到更有效的治疗。这些经历促使您想要学习更优秀的眼科医学技术并引进西藏，您想让西藏人民不出西藏就可以治疗眼科疾病，也是您这三十年一直努力的。

您说只是做传承藏医药的工作是不行的，因为现代医学在发展，藏医药不能停留在千年前的理念上，应该把藏医药最先进、最有效的部分挖掘出来，跟现代医学联系起来。在科研方面，需要实践许多东西。要让患者少走弯路，在最佳时间里得到最好的治疗，为更多患者带来光明，才不负使命。

我和您有相近的梦想，想当一名法律志愿者。现在农村的纠纷也是挺严重的，因为看了一档栏目，老人会因为担心钱的问题，不选择用法律手段解决问题。不管是当外表风风光光的律师，还是下乡亲和自去当地解决一些法律问题都是我心之所向。

现在我能做的只有打好地基，先好好学习，充实自己的学问，才可以有资格去帮助别人。学习法律是我的梦想，所以我要不断努力，提升自己。和您一样，做自己想做的同时帮助别人。

崔彬彬

现在的莫高窟焕发着生机

张睿清 / 北京市第一七一中学初二（4）班
指导老师：洪 晔

敦煌研究院的叔叔阿姨们：

通过书籍我知道，在我国甘肃河西走廊最西端的大漠戈壁，有着世界上最宏大的佛教文化遗址——敦煌莫高窟。这里的735个洞窟壁画、彩塑曾500年无人管理，任人破坏和盗窃。而现在的莫高窟却焕发着生机！我们可以徜徉在古迹中，彩色的壁画精美细致，庞大的雕塑庄严典雅，处处弥漫着浓郁的传统文化气息。

是谁让这些珍贵的文物重新焕发出光彩？是你们——敦煌研究院的工作者！

研究院中的摄影师，您为了把一尊巨大卧佛拍成一张独一无二的照片，每天从宿舍到石窟两点一线地奔波，不断观察和学习，日复一日地尝试。十年，您终于捕捉到了一朵光——那束恰好照在佛像嘴角的光，找准角度，拍出完美的照片。虽然我还没有机会目睹佛像真容，只是隔着屏幕，佛像神情安详，微含笑意的神韵和意境就在我脑海中深深扎根了。千年石窟的气质被您印在了胶片上，这是十年的功夫啊，令我敬佩！

敦煌研究院的叔叔阿姨们：

通过书籍我知道，在我国甘肃河西走廊最西端的大漠戈壁，有着世界上最宏大的佛教文化遗址——敦煌莫高窟。这里的735个洞窟壁画、彩塑曾500年无人管理，任人破坏和盗窃。而现在的莫高窟却焕发着生机！我们可以徜徉在古迹中，彩色的壁画精美细致，庞大的雕塑庄严典雅，处处弥漫着浓郁的传统文化气息。

是谁让这些珍贵的文物重新焕发出光彩？是你们——敦煌研究院的工作者！

研究院中的摄影师，您为了把一尊巨大卧佛拍成一张独一无二的照片，每天从宿舍到石窟两点一线地奔波，不断观察和学习，日复一日地尝试。十年，您终于捕捉到了一束光——那束恰好照在佛像嘴角的光，找准角度，拍出完美的照片。虽然我还没有机会目睹佛像真容，只是隔着屏幕，佛像神情安详，微含笑意的神韵和意境就在我脑海中深深扎根了。千年石窟的气质被您印在了胶片上，这是十年的功夫啊，令我敬佩！

研究院中，您是一位画师，工作是临摹壁画。面对一幅8.4平方米的壁画，您刚开始也无法做到线条流畅，一气呵成，但您决定从最基本的画圆做起，不厌其烦地练习，努力寻找着千百年前画工作画的心境想法和运笔气势，终于能一鼓作气，勾出长而圆滑的线条。用了四年的时光，您完成了临摹。经过您和其他研究人员的不懈努力，已经完成了壁画临本2000多幅。

更让我震撼的是，你们大胆地用“球幕电影”技术展示窟中文物，并在荒芜的大漠上成功实验了这个想法。利用高科技手段，无处可以借鉴，遇到问题只能迎难而上，最终，你们建成了这座数字展示中心。这样，就把石窟内的壁画、石塑复制到新石窟外，让游客观赏，既保护文物不受损害，又便于人们体验新的参观方式，可真是一举多得。既便无法到敦煌游览，通过数字中心的网络分享功能，在网上也能看到莫高窟石窟壁画的各个角度和细节。高科技的加入，让莫高窟走出敦煌，走向了世界！

研究院中，您是一位画师，工作是临摹壁画。面对一幅8.4平方米的壁画，您刚开始也无法做到线条流畅，一气呵友成，但您决定从最基本的画圆~~开始~~做起，不厌其烦地练习，努力寻找着千百年来前画工作画的心境想法和运笔气势，终于能一鼓作气，勾出长而圆润的线条。用了四年的时光，您完成了临摹。经过您和其他研究人员的不懈努力，已经完成了壁画临本2000多幅。

更让我震撼的是，你们大胆地用"球幕电球影"技术展示窟中文物，并在荒芜的大漠上成功实验了这个想法。利用高科技手段，无处可以借鉴，遇到问题只能迎难而上。最终，你们建成了这座数字展示中心。这样，就把石窟内的壁画、石塑复制到新石窟外，让游客观赏，既保护文物不受损害，又便多于人们体验新的参观方式，可真是一举多得。既使无法到敦煌游览，通过数字中心的网络分享功能，在网上也能看到莫高窟石窟壁画的各个角度和细节。高科技的加入，让莫高窟走出敦煌，走向了世敦煌研究院的叔叔阿姨们，我一直在网上关注你们，我知道你们没有非常舒适的物质生活，工作环境也是单调寂寞的，我更知道你们不断钻研和探索，一同为这座瑰宝而努力，才让我们得以看到敦煌莫高窟这个延续千年的美好，才让我们拥有让它能够再延续千年的底气。

敦煌，北京，我们相隔千里，我的心早已神往。

北京市第一七一中学

初二（4）班　张睿清

界！

敦煌研究院的叔叔阿姨们，我一直在网上关注你们，我知道你们没有非常舒适的物质生活，工作环境也是单调寂寞的，我更知道你们不断钻研和探索，一同为这座瑰宝而努力，才让我们得以看到敦煌莫高窟这个延续千年的美好，才让我们拥有让它能够再延续千年的底气。

敦煌，北京，我们相隔千里，我的心早已神往。

北京市第一七一中学

初二(4)班　张睿清

您走过的是岁月，留下的是故事

昂旺求忠 / 北京市延庆区第五中学高一（12）班

指导老师：夏惠芬　高德钢

敬爱的黄福荣叔叔：

我是一名来自青海玉树的藏族女孩，很抱歉这么突然地给您写信。虽然我们素不相识，但我从亲朋好友的口中对先生略知一二，我对先生的敬仰之情也与日俱增。

叔叔，现在已经是2021年了。您走过的是岁月，留下的是故事，带来的是希望。我在此代所有玉树受助人给您拜年了，愿您佳节快乐，健康如意！

我听说，2010年4月14日，我们青海玉树发生7.1级大地震时，您正在孤儿院给孩子们准备早饭。房屋突然剧烈摇动，您立即带着孩子们从房子中跑出来，本来您是安全的。但当您听说还有三名孩子和三位老师未能逃出来时，您立即返回到已倒塌的建筑物中，用尽全身力气从窗口拖出三名孩子和一位老师。可就在这时，6.3级的余震发生，您不幸被埋在瓦砾中。您醒来后说的最后一句话却是："孩子和老师怎么样了？"这天，是您到达玉树的第七天。

七天前，您揣着一万元港币从香港出发来到玉树，敬爱的黄福荣叔叔：

我是一名来自青海玉树的藏族女孩，很抱歉这么突然地给您写信。虽然我们素不相识，但我从亲朋好友的口中对先生略知一二，我对先生的敬仰之情也与日俱增。

叔叔，现在已经是2021年了。您走过的是岁月，留下的是故事，带来的是希望，我在此代所有玉树受助人给您拜年了，愿您佳节快乐，健康如意！

我听说，2010年4月14日，我们青海玉树发生7.1级大地震时，您正在孤儿院给孩子们准备早饭。房屋突然剧烈摇动，您立即带着孩子们从房子中跑出来，本来您是安全的。但当您听说还有三名孩子和三位老师未能逃出来时，您立即返回到已倒塌的建筑物中，用尽全身力气从窗口拖出三名孩子和一位老师。可就在这时，6.3级的余震发生，您不幸被埋在瓦砾中。您醒来后说的最后一句话却是："孩子和老师怎么样了！"这天，是您到达玉树的第七天。

七天前，您揣着一万元港币从香港出发来

只为了能够给孤残孩子们添置一些生活、学习用品，最重要的是盖一间像样的卫生厕所。临行前，您的朋友开玩笑："你身体不好，能上高原吗？万一死了怎么办？"但您的一句话让朋友感动良久，您说："在公益和奉献爱心的道路上，如果我死了，是上天的恩赐。"

您为玉树而死，您的英名会同伟大的格萨尔王一样光辉！

我还听说，您发现自己患上肺结核和糖尿病，却坚持带病独往四川汶川重灾区救助民众！汶川人民在承受自然灾害强大威力的同时，也感受到全国人民的众志成城，让他们明白了何为大爱无疆，何为人间大爱的使者。

叔叔，您曾以病身温暖了无数人啊！

叔叔，重生的玉树再不见昔日的断壁残垣，我的家乡已变为绿色的三江源头。面对曾经的伤痛，人们不忍提及，亦难放下。在结实温暖的新家，玉树人正努力跟上时代节奏，继续向前！玉树人民心怀感恩，我们会永远记得您！

到玉树，只为了能够给孤残孩子们添置一些生活、学习用品，最重要的是盖一间像样的卫生厕所。临行前，您的朋友开玩笑：“你身体不好，能上高原吗？万一死了怎么办？”但您的一句话让朋友感动良久，您说：“在公益和奉献爱心的道路上，如果我死了，是上天的恩赐。”

您为玉树而死，您的英名会同伟大的格萨尔王一样光辉！

我还听说，您发现自己患上肺结核和糖尿病，却坚持带病独往四川汶川重灾区救助民众！汶川人民在承受自然灾害强大威力的同时，也感受到全国人民的众志成城，让他们明白了何为大爱无疆，何为人间大爱的使者。

叔叔，您曾以病身温暖了无数人啊！

叔叔，重生的玉树再不见昔日的断壁残垣，我的家乡已变为绿色的三江源头。面对曾经的伤痛，人们不忍提及，亦难放下。在结实温暖的新家，玉树人正努力跟上时代节奏，继续向前！玉树人民心怀感恩，我们会永远记得您！

黄福荣叔叔，您让我明白了生命的坚韧，

黄福荣叔叔，您让我明白了生命的坚韧，人间大爱的无私与朴实。您的灵魂已化作巴塘草原上的格桑花，每一个春天都灿烂！

此致

敬礼 扎西德勒

玉树女孩 昂旺求忠

人间大爱的无私与朴实。您的灵魂已化作巴塘草原上的格桑花，每一个春天都灿烂！

此致

敬礼 扎西德勒

玉树女孩 昂旺求忠

北京市延庆区第五中学

高一（12）班 昂旺求忠

你们自愿扛起为大家服务的责任

颜敏萱 / 北京市通州区贡院小学四年级（2）班

指导老师：麻清南

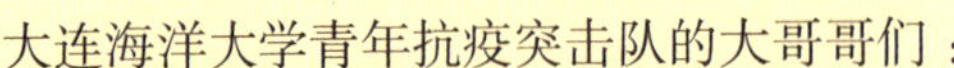

大连海洋大学青年抗疫突击队的大哥哥们：

你们好！

几天前，我看到了一张令人震撼的照片：风雪中，十几个人弓着身子，推着重重的装满货物的车，奋力前行，像雕塑一样。后来在新闻里我才了解到，原来是你们——大连海洋大学的学生抗疫突击队。你们与志愿者老师们一道，为大学生公寓的五千多名同学服务，配送防疫物资和餐食。

装卸、运送、分发，你们重复着这些工作，已经有好几周。即使天气恶劣，你们也毫不畏惧，冒着大雪，跌倒了再爬起。你们每天五点半起床，平均每天要运送超过一吨的物资，那摞起来得像座小山吧。你们累了就躺在仓库的地板上休息一会儿，然后继续忙起来。几周里，你们不叫苦不叫累，一直默默地坚持着。你们平均年龄只有十九岁，你们也还是学生，还是父母的宝贝呢。但作为年轻的党员，你们自愿扛起为大家服务的责任，兑现党员的诺言。到了晚上，你们结束工作时，双手已经满是褶皱，脸大连海洋大学青年抗疫突击队的大哥哥们：

你们好！

几天前，我看到了一张令人震撼的照片：风雪中，十几个人弓着身子，推着重重的装满货物的车，奋力前行，像雕塑一样。后来在新闻里我才了解到，原来是你们——大连海洋大学的学生抗疫突击队。你们与志愿者老师们一道，为大学生公寓的五千多名同学服务，配送防疫物资和餐食。

装卸、运送、分发，你们重复着这些工作，已经有好几周。即使天气恶劣，你们也毫不畏惧，冒着大雪，跌倒了再爬起。你们每天五点半起床，平均每天要运送超过一吨的物资，那摞起来得像座小山吧。你们累了就躺在仓库的地板上休息一会儿，然后继续忙起来。几周里，你们不叫苦不叫累，一直默默地坚持着。你们平均年龄只有十九岁，你们也还是学生，还是父母的宝贝呢。但作为年轻的党员，你们自愿扛起为大家服务的责任，兑现党员的诺言。到了晚上，你们结束工作时，双手已经满是褶皱，上也被口罩勒出一道道印痕，但你们还是乐观地做着这件事。你们的毅力，你们的一滴滴汗水，让所有的学生得到了平安和健康。你们的正能量，触动了无数人的心。

你们努力、坚持的精神，怎能不令我敬佩？我要向你们学习，做一个充满爱心的人，做一个意志坚强的人，做一个对社会有用的人。相信疫情终将会得到控制，也希望你们注意身体。

祝

健康平安，学业有成！

北京市通州区贡院小学四年级（2）班　颜敏萱

脸上也被口罩勒出一道道印痕，但你们还是乐观地做着这件事。你们的毅力，你们的一滴滴汗水，让所有的学生得到了平安和健康。你们的正能量，触动了无数人的心。

你们努力、坚持的精神，怎能不令我敬佩？我要向你们学习，做一个充满爱心的人，做一个意志坚强的人，做一个对社会有用的人。相信疫情终将会得到控制，也希望你们注意身体。

祝

健康平安，学业有成！

颜敏萱

北京市通州区贡院小学

四年级(2)班

我看到了另一种英雄

杨 皓 / 北京市第十九中学高一（1）班
指导老师：郝 晨

敬爱的英雄们：

你们好！

最初的我竟不知该如何称呼你们——或许我们彼此认识，或许曾经拥抱，或许又从未谋面……你是最普通的姐姐，你是最朴实的一员，或是老陈、小刘……

特殊的2020年，我记住了你，记住了你们，于是，我找到了对你们最恰当的称呼——英雄！对，是英雄。在这个时代里，英雄需要被我们记住。

我们一家紧紧拥抱，想放手却又不舍，姐姐强忍着泪水义无反顾地奔赴武汉。三月底的凌晨，我们收到了微信：“妈！我们三月三十一号返京！”那声音里有无法掩饰住的疲惫与欣喜。

我要用这篇文字向姐姐，向“姐姐们”表达最深的敬意！

当然，还有他，和他们……

他是市场菜摊的老板，运了一卡车的蔬菜连夜奔向了武汉。身着红色棉袄戴着黑色棉帽，一趟又一趟地搬运着蔬菜。当被问到为什么要驰援武汉的时候，他的回答却是：“我在武汉当过兵，不能不来。”2020年的冬天，屏幕上固然有让人心痛的数字，但更多的是有无数这样的人们为我们点燃了信心的灯火。

在小区里，我见他成了“雪人”，站在寒风的执勤岗旁瑟瑟发抖，眼中透露出的却是坚定、是认真。“您好，请出示一下通行证，测量体温。”整个社区的防线是他们为我们构建的。

钟南山、陈薇、张定宇、陈海建……还有更多平凡普通的名字，也许我们不曾记住。但，这一个个名字是英雄的徽章，更是一种人格的标杆、精神的引领，是时代的主旋律。2020不会忘记一个伟大民族有着怎样的众志成城，有着怎样的舍身忘己。

2021年已经开启，让我用这封信致敬2020，致敬英雄：更用这封信祝愿山河祥瑞！

此致

敬礼

杨皓

敬爱的英雄们：

你们好！

最初的我竟不知该如何称呼你们——或许我们彼此认识，或许曾经拥抱，或许又从未谋面……你是最普通的姐姐，你是最朴实的员，或是老陈、小刘……

特殊的2020年，我记住了你，记住了你们，于是，我找到了对你们最恰当的称呼——英雄！对，是英雄，在这个时代里英雄需要被我们记住。

我们一家紧紧拥抱，想放手却又不舍，姐姐强忍着泪水义无反顾地奔赴武汉。三月底的凌晨，我们收到了微信："妈！我们三月三十一号返京！"那声音里有无法掩饰住的疲惫与欣喜。

我要用这篇文字向姐姐，向"姐姐们"表达最深的敬意！

当然，还有他，和他们……

他是市场菜摊的老板，运了一卡车的蔬菜连夜奔向了武汉。身着红色棉袄戴着黑色棉帽，一趟又一趟地搬运着蔬菜。当被问到为什么要驰援武汉的时候，他的回答却是："我在武汉当过兵，不能不来。"2020年的冬天，屏幕上固然有让人心痛的数字，但更多的是有无数这样的人们为我们点燃了信心的灯火。

在小区里，我见他成了"雪人"，站在寒风的执勤岗旁瑟瑟发抖，眼中透露出的却是坚定、是认真。"您好，请出示一下通行证，测量体温。"整个社区的防线是他们为我们构建的。

钟南山、陈薇、张定宇、陈海建……还有更多平凡普通的名字，也许我们不曾记住。但，这一个个名字是英雄的徽章，更是一种人格的标杆、精神的引领，是时代的主旋律。2020不会忘记一个伟大民族有着怎样的众志成城，有着怎样的舍身忘己。

2021年已经开启，让我用这封信致敬2020，致敬英雄；更用这封信祝愿山河祥瑞！

此致

敬礼

杨皓

奔波途中，保护好自己

吴　瑶 / 北京市第九中学高三（1）班
指导老师：王　迪

外卖快递小哥：

你们好！

疫情刚刚开始，口罩物资的疯抢导致人心惶惶，普通民众都在家不敢出门，在网络报道中，我看到另一种英雄，与白衣天使不同的是，你们穿梭在大街小巷，甚至穿梭在各家药铺医院，为白衣天使们送去物资，送去饭菜。

记得在央视财经频道被评为“最美快递员”和“诚信之星”的汪勇。他在春节期间带领志愿者团队自大年三十开始一直义务坚持送医护人员上下班；参与建立餐食供配体系，解决了7800名医护人员及一线人员的供餐问题，他的一件件守护英雄的义举，在这场没有硝烟的战斗中彰显了新时代快递小哥的精神面貌，也温暖了那个冬天的心。

2020年的春节对我们全家来说也是跌宕起伏的，我的老家在湖北荆州的一个小镇里，疫情的蔓延使武汉封城，为了不误在北京上学，我们大年初二就回到北京，进行了隔离，在这期间，也是快递外卖小哥给我们在门口挂了物资，为千万家庭送去了保障。你们也是普通民众，你们的收入也不高，你们一样害怕疫情。但在危难时刻，你们选择了敬业与担当奉献。

隔着窗户，隔着门，隔着网络，我看见过你们忙碌的身影。你们戴着头盔，戴着口罩，身着颜色统一的外卖员制服，成为城市里一道风景线。

什么是爱岗敬业？忠于职守的事业精神。你们不仅为我，更为整个社会打好了榜样，你向我证明社会主义核心价值观不是铺天盖地地写在街边，它是真正被普通人践行着的。我敬佩你们，不管是体力劳动者还是脑力劳动者都应该得到我们的尊重。

在未来我会更好更多地帮助社会，向你们学习，成为这个时代的英雄。

记得送外卖的时候注意安全，奔波途中，保护好自己。

北京市第九中学

高三（1）班　吴瑶

外卖快递小哥

你们好！

疫情刚刚开始，口罩物资的疯抢导致人心惶惶，普通民众都在家不敢出门。在网络报道中，我看到了另一种英雄，与白衣天使不同的是，你们穿梭在大街小巷，甚至穿梭在各家药铺医院，为白衣天使们送去物资，送去饭菜。

记得在央视财经频道被评为"最美快递员"和"诚信之星"汪勇。他在春节期间带领志愿者团队自大年三十开始一直义务坚持送医护人员上下班，参与建立餐食供配体系，解决了7800名医护人员及一线人员的供餐问题，他的一件件守护英雄的义举在这场没有硝烟的战斗中彰显了新时代快递小哥的精神面貌，也温暖了那个冬天的心。

2020年的春节对我们全家来说也是跌宕起伏的。我的老家在湖北荆州的一个小镇里。疫情的蔓延使武汉封城，为了不误在北京上学，我们大年初二就回到北京，进行了隔离，在这期间也是快递外卖小哥给我们在门口挂了物资，为千万家庭送去了保障。你们也是普通民众，你们的收入也不高，你们一样害怕疫情。但在危难时刻你们选择了敬业与担当奉献。

隔着窗户，隔着门，隔着网络，我看见过你们忙碌的身影。你们戴着头盔，戴着口罩，身着颜色统一的外卖员制服，成为城市里一道风景线。

什么是爱岗敬业？忠于职守的事业精神，你们不仅为我更为整个社会树立了榜样，你向我证明社会主义核心价值观不是铺天盖地写在街边，它是真正被普通人践行着的。我敬佩你们，不管是体力劳动者，还是脑力劳动者都应该得到我们的尊重。

在未来我会更好更多地帮助社会，向你们学习，成为这个时代的英雄。

记得送外卖的时候注意安全，奔波途中，保护好自己。

北京市第九中学
高三（1）班 吴瑶

社会需要，国家需要，便毅然前行

王思远 / 北京市第八十中学高一（1）班

指导老师：伊立君

快递小哥杨敬山：

您好！

我在网上看到了您的故事，得知了您成为“北京榜样”的消息。今天，我想写一封信给您，表达我对您的敬佩。

我了解到，您入职顺丰近十年，一直负责希格玛社区片区的快递收派工作。面对疫情，由您带领的快递支援服务队工作在前线，一共服务了七个小区的100多户特殊群体。你们不仅送快递，还不辞辛苦地为在家隔离的居民送菜，为有需要的居民购买生活用品，同时带走门口的垃圾。老小区内没有电梯，你们便爬楼，平均每天为100多户居民送菜上门，毫无怨言。同时，你们还帮助社区上门查询居家隔离人员的体温，九栋楼共400多户。

您乐于助人，传递温暖，在本职工作之外，又做了很多事来帮助社区，在自己的肩上增加了新的责任。您说：“我们多辛苦点，能给居民带来更多的方便，何乐而不为呢？”您这种为他人着想，无私奉献的精神让我无比敬佩。

疫情当前，谁不愿远离病毒，远离危险？您与大多数人的选择不同，社会需要，国家需要，便毅然向前！

您就像一个建筑的一木一石，在平凡的岗位上做着平凡的事，但做得认真、踏实、优秀。正是千千万万平凡岗位上的一木一石，筑起了中国这个坚固而华美的建筑。疫情来临时，你们在各个小区内奔忙，建筑工人们飞速筑起雷神山、快递小哥杨敬山：

您好！

我在网上看到了您的故事，得知了您成为“北京榜样”的消息。今天，我想写一封信给您，表达我对您的敬佩。

我了解到，您入职顺丰近十年，一直负责希格玛社区片区的快递收派工作。面对疫情，由您带领的快递支援服务队工作在前线，一共服务了七个小区的100多户特殊群体。你们不仅送快递，还不辞辛苦地为在家隔离的居民送菜，为有需要的居民购买生活用品，同时带走门口的垃圾。老小区内没有电梯，你们便爬楼，平均每天为100多户居民送菜上门，毫无怨言。同时，你们还帮助社区上门查询居家隔离人员的体温，九栋楼共400多户。

您乐于助人，传递温暖，在本职工作之外，又做了很多事来帮助社区，在自己的肩上增加了新的责任。您说：“我们多辛苦点，能给居民带来更多的方便，何乐而不为呢？”您这种为他人着想，无私奉献的精神让我无比敬佩。

疫情当前，谁不愿远离病毒，远离危险？您与大多数人的选择不同，社会需要，国家需要，便毅然向前！

您就像一个建筑的一木一石，在平凡的岗位上做着平凡的事，但做得认真、踏实、优秀。正是千千万万平凡岗位上的一木一石，筑起了火神山医院，医护工作者身披白衣逆行出征……正是你们日日夜夜的努力，让中国迅速抑制了病毒的蔓延，让中国成了抗疫最成功的国家，让人民感受到国家的可靠，让人民为生在中国而幸福自豪。你们每个人，都在为中国人民谋幸福，为中华民族谋复兴！

而我，作为一名高中生，很难做什么大事。只希望，以后我能学有所成，为祖国做一点贡献。我也愿做一木一石，为社会建设出一份力！

在此，再一次表达对您，对全体快递小哥，对全体一线工作者的敬意！

祝万事顺意！

北京市第八十中学

高一 (1) 班　王思远

中国这个坚固而华美的建筑。疫情来临时，你们在各个小区内奔忙，建筑工人们飞速筑起雷神山、火神山医院，医护工作者身披白衣逆行出征……正是你们日日夜夜的努力，让中国迅速抑制了病毒的蔓延，让中国成了抗疫最成功的国家，让人民感受到国家的可靠，让人民为生在中国而幸福自豪。你们每个人，都在为中国人民谋幸福，为中华民族谋复兴！

而我，作为一名高中生，很难做什么大事。只希望，以后我能学有所成，为祖国做一点贡献。我也愿做一木一石，为社会建设出一份力！

在此，再一次表达对您，对全体快递小哥，对全体一线工作者的敬意！

祝万事顺意！

北京市第八十中学

高一(1)班 王思远

平凡造就伟大

陈思行 / 北京市朝阳区白家庄小学迎曦分校五年级（2）班

指导老师：周　蓓

尊敬的穆安叔叔：

您好！

我是北京市朝阳区白家庄小学迎曦分校五年级二班的陈思行，很高兴认识您！

通过与您交流，得知您是一名反扒民警。不管在炎热的夏天，还是在寒冷的冬天，或是在人流量很大的节假日，您都需要坚守在自己的工作岗位上，每天打起十二分的精神与扒手斗智斗勇。在此，我想对您说一声："您辛苦了！"

您告诉我，反扒民警破的虽然不是惊天动地的大案，案值也许就是一部手机，或者是一个钱包，但需要年复一年地在工作岗位上坚守，为人民群众的日常安全出行提供保障。您还告诉我，作为一名警察，需要不断提高自己，做好自己的本职工作。对此我深有感触，我们小学生也应该把自己的"本职工作"——学习和生活管理好，把大部分精力都放在学业上，这样长大后才能更好地回报社会。

由于工作特殊，您很少有时间陪家人和孩子，越是节假日，工作越忙。您这种舍小家为大家的精神深深打动了我。观看了您发给我的视频，我进一步加深了对您工作的尊敬的穆安叔叔：

您好！

我是北京市朝阳区白家庄小学迎曦分校五年级二班的陈思行，很高兴认识您！

通过与您交流，得知您是一名反扒民警，不管在炎热的夏天，还是在寒冷的冬天，或是在人流量很大的节假日，您都需要坚守在自己的工作岗位上，每天打起十二分的精神与扒手斗智斗勇。在此，我想对您说一声："您辛苦了！"

您告诉我，反扒民警破的虽然不是惊天动地的大案，案值也许就是一部手机，或者是一个钱包，但需要年复一年地在工作岗位上坚守，为人民群众的日常安全出行提供保障。您还告诉我，作为一名警察，需要不断提高自己，做好自己的本职工作。对此我深有感触，我们小学生也应该把自己的"本职工作"——学习和生活管理好，把大部分精力都放在学业上，这样长大后才能更好地回报社会。

由于工作特殊，您很少有时间陪家人和孩子，越是节假日，工作越忙。您这种舍小家为大家的精神深深打动了我。观看了您发给我的视频，我进一步加深了对您工作的了解，我看到反扒民警们与扒手斗智斗勇，当扒手准备行窃快要得手时，您和您的同事锁定目标冲上去，一举把小偷按倒在地，避免了市民财产的损失。您在平凡的岗位上做着不平凡的事，把人民群众的切身利益放在第一位，您和您的同事默默地维护着北京的治安，正是你们无私的付出，才让我们在出行中觉得安心。在此，我向工作在一线的反扒民警叔叔们致敬。同时，我也意识到出门一定要保护好个人财物，在公交车、地铁上更拥挤，并提醒同伴也要看管好自己的物品，不给扒手可乘之机。

现在疫情有些反复，希望您在工作的同时，也要注意防护！

祝您身体健康，工作顺利。

陈思行

了解，我看到反扒民警们与扒手斗智斗勇，当扒手准备行窃快要得手时，您和您的同事锁定目标冲上去，一举把小偷按倒在地，避免了市民财产的损失。您在平凡的岗位上做着不平凡的事，把人民群众的切身利益放在第一位，您和您的同事默默地维护着北京的治安，正是你们无私的付出，才让我们在出行中觉得安心。在此，我向工作在一线的反扒民警叔叔们致敬。同时，我也意识到出门一定要保护好个人财物，在公交车、地铁上不要拥挤，并提醒同伴也要看管好自己的物品，不给扒手可乘之机。

现在疫情有些反复，希望您在工作的同时，也要注意防护！

祝您身体健康，工作顺利。

陈思行

陈思行同学你好：

你写给我的信已经收到了。非常高兴能有机会和你进行交流，尽管沟通的时间并不是很长，但我能够感受到你一定是一个聪明、活泼、有认知的孩子。

我们的工作很平凡，可能与你们擦肩而过，隐匿在人群中，保护着你们的安全。伟大出自平凡，平凡造就伟大，只要有坚定的理想，不懈的奋斗精神，脚踏实地把每件平凡的事做好，一切平凡的人都可以获得不平凡的人生，一切平凡的工作都可以创造不平凡的成就。

希望你在自己的生活和学习中，脚踏实地走好每一步，正确地做好每一件事。

最后请转达我对你父母、老师和同学们的问候！

穆安

北京市公安局机动侦查总队

妈妈，爸爸今天会来吗

焦奥然 / 北京市朝阳区白家庄小学科技园校区六年级（3）班

指导老师：刘小妍

亲爱的爸爸：

这是我第一次给您写信，有几句话想和您说。

在家庭中，您是一位父亲。在社会里，您是一名守护社会安定的警察。对于两个角色，您是父亲又是警察，我想您的时间分配方式似乎有些问题。

从幼儿园到今天，您到学校接我的次数屈指可数。记得有次我还是在幼儿园的时候，您去接我，老师需要给妈妈打电话确认当天是不是爸爸来接孩子，才让您把我接走。

几乎每天放学妈妈来接我，我说的第一句话都是："妈妈，今天爸爸会来吗？"就这一句话，我问了九年。我多希望看到您的身影出现在校门口，出现在我外出旅行的队伍中。

新的一年到了，我希望您能抽出时间来多陪陪我和妈妈。

爱你的女儿

亲爱的爸爸：

这是我第一次给您写信，有几句话想和您说。

在家庭中，您是一位父亲。在社会里，您是一名守护社会安定的警察。对于两个角色，您是父亲又是警察，我想您的时间分配方式似乎有些问题。

从幼儿园到今天，您到学校接我的次数屈指可数。记得有次我还是在幼儿园的时候您去接我，老师需要给妈妈打电话确认当天是不是爸爸来接孩子，才让您把我接走。

几乎每天放学妈妈来接我，我说的第一句话都是："妈妈，今天爸爸会来吗？"就这一句话，我问了九年，我多希望看到您的身影出现在校门口，出现在我外出旅行的队伍中。

新的一年到了，我希望您能抽出时间来多陪陪我和妈妈。

爱你的女儿

我的宝贝闺女：

你的信我收到了。能够跟你用写信的方式交流我很高兴。爸爸要跟你说一句“对不起”，作为一个父亲，给予你的陪伴太少了，我很惭愧。

在很多人的眼中，人民警察的形象可能是威武光辉的，但这背后的辛酸苦辣，大多数人是不了解的。作为基层民警，不光是抓小偷那么简单，派出所更多的还是繁琐的小事，比如小狗咬人，邻居吵架了，喝醉找不到家了等等。所谓，人民群众安全无小事，这些都需要民警的耐心、细心和责任心。日常里正常、稳定的运转，其实需要很多人在背后默默地维护着。爸爸这样的民警就是其中一员。这样能换来每个家庭的安全和稳定。有些问题你现在还看不到，等你长大了就会明白了。

爸爸还想感谢你的妈妈对我工作的理解和家庭的付出！希望你能体谅她。看到你一天天茁壮长大，我很欣慰。现在的你正是学习本领的阶段，爸爸希望，你能掌握更多的知识和技能，将来做一个比我更有用的人！

爱你的爸爸

我的宝贝闺女：

你的信我收到了，能够跟你用写信的方式交流我很高兴。爸爸要跟你说一句"对不起"，作为一个父亲，给予你的陪伴太少了，我很惭愧。

在很多人的眼中，人民警察的形象可能是威武光鲜的，但其背后的辛酸苦辣，大多数人是不了解的。作为基层民警，不光是抓小偷那么简单，还有更多的琐碎繁杂的小事，比如小狗咬人、钥匙丢了、喝醉找不到家了等等。所谓人民群众安全无小事，这些都需要民警的耐心、细心和责任心。日常生活正常、稳定地运转，其实需要很多人在背后默默地维护着，爸爸这样的民警就是其中一员，这样能换来每个家庭的安全和稳定。有些问题你现在还看不到，等你长大了就会明白了。

爸爸还想感谢你的妈妈对我工作的理解和家庭的付出！希望你能体谅她。看到你一天天茁壮成长，我很欣慰。现在的你正是学习知识的阶段，爸爸希望你能掌握更多的知识和技能，将来做一个比我更有用的人！

爱你的爸爸

冬奥的圣火“点燃”北京

张思语 / 北京市第十八中学高一（2）班

指导老师：张凯旋

亲爱的冬奥工作人员：

见字如面，你们好！

冬奥的圣火“点燃”北京，北京这座全球唯一的双奥之城成了万众瞩目的焦点。你们为此精心设计，运动员为此拼命练习，就是为了一同欣赏并享受这冬奥风貌。

冬奥会的开始，几百人围成了小草的模样，随风舞动的既是他们的韧劲，也是我们自强不息的风范；“黄河之水天上来，奔流到海不复回”，奔腾的黄河水一泻千里，那是我们海纳百川的宽容；小男孩的乐器中吹出一首《我和我的祖国》，这之中饱含着每个中华儿女最真挚的爱国之情；500个孩子伴着《雪花》舞蹈，他们拿着和平鸽向前奔跑，忽地一只鸽子掉队，其他的鸽子则停下来带着他继续前进，这不仅象征着“一‘鸽’都不能少”，更象征着我泱泱大国坚定团结的刚性原则。

感谢你们，让我们知道什么叫匠心精神，什么叫震撼人心。

这么伟大的设计凝聚的是你们每个人的心血与付出。听一个亲戚说，为了这次冬奥会，你们起早贪黑，平均每天几十个电话，就是为了保证冬奥会的顺利实施。敬佩之余我也在思考，你们辛勤的劳动没有被所有人看到，没有尽情地展示自己，会不会遗憾，会不会不甘心？

网上有许多关于冬奥会的帖子，随手点开一个“张艺谋谈两次开幕式的不同”。

“我们曾经璀璨的过去和历史传统文化想让我们介绍自己，但是这一次不一样，我们要敞开我们博大的胸怀，告诉大家表现的是‘我们’，这表现了中国人的世界观，亲爱的冬奥工作人员：

见字如面，你们好！

冬奥的圣火"点燃"北京，北京这座全球唯一的双奥之城成了万众瞩目的焦点。你们为此精心设计，运动员为此拼命练习，就是为了一同欣赏并享受这东奥风貌。

冬奥会的开始，几百人围成了小草的模样，随风舞动的既是他们的律动，也是我们自强不息的风范；"黄河之水天上来，奔流到海不复回"，奔腾的黄河水一泻千里，那是我们海纳百川的宽容；小男孩的乐器中吹出一首《我和我的祖国》，这之中饱含着每个中华儿女最真挚的爱国之情；500个孩子伴着《雪花》舞蹈，他们拿着和平鸽向前奔跑，忽地一只鸽子掉队，其他的鸽子则停下来带着它继续前进，这不仅象征着"一'鸽'都不能少"，更象征着我泱泱大国坚定团结的刚性原则。

感谢你们，让我们知道什么叫匠心精神，什么叫震撼人心。

这么伟大的设计凝聚的是你们每个人的心血与付出。听一个亲戚说，为了这次冬奥会，你们起早贪黑，平均每天几十个电话，就是为了保证冬奥会的顺利实施。敬佩之余我也在思考，你们辛勤的劳动没有被所有人看到，没有尽情地展示自己，会不会遗憾，会不会不甘心？

网上有许多关于冬奥会的帖子，随手点开一个"张艺谋谈历次开幕式的不同"。

"我们曾经璀璨的过去和历史传统文化想让我们介绍自己，但是这一次不一样，我们要敞开我们博大的胸怀，告诉大家表现的是'我们'，这表现了中国人的世界观，中国人跟所有人一样那么真诚那么善良那么爱美，希望大家都好。"

确实，此次冬奥会打破常规，没有主持人，采用群众表演的形式。其中最为亮眼的就是山区孩子们用希腊语放声歌唱，真挚可中国人跟所有人一样，那么真诚那么善良那么爱笑，希望大家都好。”

确实，此次冬奥会打破常规，没有主持人，采用群众表演的形式。其中最为亮眼的就是山区孩子们用希腊语放声歌唱，真挚可爱。

或许，我找到了答案。

我们拼尽全力，为了夸奖赞美，为了能被看到，为了能被冠上一个“厉害”的头衔，追名逐利，可却忘了真正的“被看见”应当是无私奉献，不求回报的。就像无数白衣天使奋斗在抗疫一线，默默无闻地奉献着自己，让我们理解何为“医者仁心兼济天下”；洪水来临，无数抗洪战士不顾自身安危，舍己为人，诠释“不破楼兰终不还”的勇气与决心；这精彩绝伦的冬奥会，背后是你们无数的心血与汗水……

正是无数默默无闻，无数无私奉献成就了如今的冬奥会，成就了如今的太平盛世，更勾勒出了更加美好的未来。这是从“我”到“我们”的一个蜕变，这是我们每个中华儿女团结一心，美丽的祖国海纳百川、冬奥会一起向未来，构建人类命运共同体的蜕变！这，便是这次冬奥会“我们”的含义。

生在红旗下，长在春风里。新时代的青年，应当心无旁骛追逐梦想，不问结果只争朝夕，不管前方道路如何，只管用力向前！

亲爱的工作人员，再次感谢你们的付出。代表我们，向世界展现了一个不一样的冬奥会，一个精心雕琢，内涵丰富，昂扬向上的冬奥会。

海纳百川，自强不息。冬奥会，感恩有你们，感恩每一个为之奋斗的平凡人。

此致

敬礼

北京市第十八中学
张思语
2022年2月7日

爱。

或许，我找到了答案。

我们拼尽全力，为了夺奖获奖，为了能被看到，为了能被冠上一个“厉害”的头衔，追名逐利，可却忘了真正的“被看见”应当是无私奉献不求回报的。就像无数白衣天使奋斗在抗疫一线，默默无闻地奉献着自己，让我们理解何为“医者仁心兼济天下”；洪水来临，无数抗洪战士不顾自身安危，舍己为人，诠释“不破楼兰终不还”的勇气与决心；这精彩绝伦的冬奥会，背后是你们无数的心血与汗水……

正是无数默默无闻，无数无私奉献成就了如今的冬奥会，成就了如今的太平盛世，更勾勒出了更加美好的未来。这是从“我”到“我们”的一个蜕变，这是我们每个中华儿女团结一心，美丽的祖国海纳百川，冬奥会一起向未来，构建人类命运共同体的蜕变！这，便是这次冬奥会“我们”的含义。

生在红旗下，长在春风里。新时代的青年，应当心无旁骛追逐梦想，不问结果只争朝夕，不管前方道路如何，只管用力向前！

亲爱的工作人员，再次感谢你们的付出，代表我们，向世界展现了一个不一样的冬奥会，一个精心雕琢，内涵丰富，昂扬向上的冬奥会。

海纳百川，自强不息，冬奥会，感恩有你们，感恩每一个为之奋斗的平凡人。

此致

敬礼！

北京市第十八中学

张思语

2022年2月7日

我特别期待第二十四届冬奥会的开幕

李槟子 / 北京中学

尊敬的乔治·伊利奥普洛斯先生：

您好！

我是北京中学八年级三班的李槟子。近日我从北京日报上看到了您代表的希腊，也就是奥林匹克发源地，写给北京冬季奥运会的信，作为一名北京的中学生感到特别的自豪和感动。尤其是您说的“成功举办每届奥运会的前提是，践行并发扬源自希腊的奥林匹克全球理念：永远卓越、公平竞争、休战与和平。”让我深受触动和教育，更加深刻理解奥林匹克，更加感受到体育精神的魅力。

我深知我们国家举办这次冬季奥运会是多么的不容易，不仅要建设场馆，还要做好组织工作，特别是在新冠病毒肆虐的情况下，整个人类的生存和健康都面临着巨大的挑战。全世界必须团结起来，用奥林匹克精神共同去尊敬的乔治·伊利奥普洛斯先生：

您好！

我是北京中学八年级三班的李棂子。近日，我从北京日报上看到了您代表希腊，也就是奥林匹克发源地，写给北京冬季奥运会的信，作为一名北京的中学生感到特别的自豪和感动。尤其是您说的“成功举办每届奥运会的前提是，践行并发扬源自希腊的奥林匹克全球理念：永远卓越、公平竞争、休战与和平。”让我深受触动和教育，更加深刻理解奥林匹克，更加感受到体育精神的魅力。

我深知我们国家举办这次冬季奥运会是多么的不容易，不仅要建设场馆，还要做好组织工作，特别是在新冠病毒肆虐的情况下，整个人类的生存和健康都面临着巨大的挑战。全世界必须团结起来，用奥林匹克精神共同去面对。奥运并会面对。奥运会的意义远不是参赛和输赢，更在于追求卓越的不懈精神。

我非常喜欢体育运动，网球、羽毛球是我的最爱，我还会四种泳姿，单板和双板的滑雪，还有滑冰，同伴们还说我排球一传特别稳定……这都得益于我们学校每天安排的体育活动，这个冬天，我们全年级每天都要跑1600米。我的运动启蒙都是爸爸妈妈教我的，只不过现在爸爸妈妈已经不是我的对手了。

尊敬的乔治·伊利奥普洛斯先生，我想告诉您，我特别期待第二十四届冬奥会的开幕，我和我的同学们迫不及待地做好了计划，不仅不错过每一个精彩比赛，我们还要在这个寒假"上冰、上雪"，提高自己的体能和技术。我还和七个来自不同学校的小伙伴约定好，要在北京冬奥会开幕前，向全国、全世界的小朋友发出倡议，拿起纸的意义远不是参赛和输赢，更在于追求卓越的不懈精神。

我非常喜欢体育运动，网球、羽毛球是我的最爱，我还会四种泳姿，单板和双板的滑雪，还有滑冰，同伴们还说我排球一传特别稳定……这都得益于我们学校每天安排的体育活动，这个冬天，我们全年级每天都要跑1600米。我的运动启蒙都是爸爸妈妈教我的，只不过现在爸爸妈妈已经不是我的对手了。

尊敬的乔治·伊利奥普洛斯先生，我想告诉你，我特别期待第二十四届冬奥会的开幕，我和我的同学们迫不及待地做好了计划，不仅不错过每一个精彩比赛，我们还要在这个寒假"上冰、上雪，"提高自己的体能和技术。我还和七个来自不同学校的小伙伴约定好，要在北京冬奥会开幕前，笔，见字如面；隔屏观赛，对话心仪的奥运健儿。

我相信，有我们这些同学们的参与、有全世界青少年伙伴的关注，疫情下的北京冬奥会一定不寂寞！

再次感谢您对我们北京冬奥会的认可和寄语。

此致

敬礼

您的中国小朋友

李槟子

2021.12.31

向全国、全世界的小朋友发出倡议，拿起纸笔，见字如面；隔屏观赛，对话心仪的奥运健儿。

我相信，有我们这些同学们的参与、有全世界青少年伙伴的关注，疫情下的北京冬奥会一定不寂寞！

再次感谢您对我们北京冬奥会的认可和寄语。

此致

敬礼

您的中国小朋友

李槟子

2021.12.31

您乐观向上的生活态度感染了我

王峻霖 / 北京市海淀区北安河中心小学五年级（1）班

指导老师：陈溢华

董超叔叔：

您好！见字如面！我是北京市海淀区北安河中心小学五年级学生，我的名字叫王峻霖，今年十岁了。

有一次，我因为贪玩没有完成作业，妈妈在教育我的时候讲了您的人生经历，希望我能向您学习，而我也被您的顽强意志深深地吸引和感动了。所以我今天要给您写这封信，来表达我对您的钦佩之情。

董超叔叔，我知道在您三岁那年，因为一场车祸不幸失去了左腿，成了一名残疾人。年龄幼小的您，并没有因为身体的缺陷而自暴自弃，当别的同学嬉笑打闹时，您却在埋头苦学，希望自己能够出人头地。

您这种乐观向上、积极进取的生活态度感染了我，每一次我在学习和生活中遇到困难和挫折时就想到了您，然后给自己加油打气。我告诉自己要向您学习，我一定能做到！

董超叔叔，我知道您是一个酷爱体育运动的人，在奥林匹克精神的感染下，开启了您的体育生涯。起初，您董超叔叔：

您好！见字如面！我是北京市海淀区北安河中心小学五年级学生，我的名字叫王峻霖，今年十岁了。

有一次，我因为贪玩没有完成作业，妈妈在教育我的时候讲了您的人生经历，希望我能向您学习，而我也被您的顽强意志深深地吸引和感动了。所以我今天要给您写这封信，来表达我对您的钦佩之情。

董超叔叔，我知道在您三岁那年，因为一场车祸不幸失去了左腿，成了一名残疾人。年龄幼小的您，并没有因为身体的缺陷而自暴自弃，当别的同学嬉笑打闹时，您却在埋头苦学，希望自己能够出人头地。

您这种乐观向上、积极进取的生活态度感染了我，每一次我在学习和生活中遇到困难和挫折时就想到了您，然后给自己加油打气。我告诉自己要向您学习，我一定能做到！

董超叔叔，我知道您是一个酷爱体育运动

从事乒乓球运动而后改为射击，您凭借自己的刻苦训练和运动天赋，不断地突破自我，突破了一个又一个“不可能”，于2006年5月入选了国家队。您在2012年伦敦残奥会上，获得男子10米气步枪立射60发的冠军；您在2016年的里约残奥会上，以创决赛世界纪录的成绩，再次获得男子10米气步枪立射60发的冠军，这可是我们残奥国家代表团在里约残奥会上获得的第一枚金牌。

您这种自强不息、为国争光的大爱情怀感动了我，当我们的国旗在赛场上为您升起的时候，我的内心也是激动的、自豪的。因为您不仅为我们的祖国争了光，还为自己的人生添了彩。

董超叔叔，我还知道，我们的国家之所以能够飞速发展，能够跻身于世界强国之列，正是因为有无数个像您的人，在奥林匹克精神的感染下，开启了您的体育生涯。起初，您从事乒乓球运动而后改为射击。您凭借自己的刻苦训练和运动天赋，不断地突破自我，突破了一个又一个“不可能”，于2006年5月入选了国家队。您在2012年伦敦残奥会上，获得男子10米气步枪立射60发的冠军；您在2016年的里约残奥会上，以创决赛世界纪录的成绩，再次获得男子10米气步枪立射60发的冠军，这可是我们国家残奥代表团在里约残奥会上获得的第一枚金牌。

您这种自强不息、为国争光的大爱情怀感动了我，当我们的国旗在赛场上为您升起的时候，我的内心也是激动的、自豪的。因为您不仅为我们的祖国争了光，还为自己的人生添了彩。

董超叔叔，我还知道，我们的国家之所以能够飞速发展，能够跻身于世界强国之列，正是因为有无数个像您这样顽强拼搏、勇往直前的英雄们，你们坚韧不拔、百折不屈、永不放弃的精神是我们青少年学习的榜样，因为少年

这样顽强拼搏、勇往直前的英雄们，你们坚韧不拔、百折不屈、永不放弃的精神是我们青少年学习的榜样，因为少年强则国强。

董超叔叔，最后我要祝您身体健康，万事如意！

此致

敬礼

北京市海淀区北安河中心小学

五年级（1）班　王峻霖

强则国强。

董超叔叔，最后我要祝您身体健康，万事如意！

此致

敬礼

北京市海淀区北安河中心小学

五年级1班　王峻霖

怎样能更有效地管理时间

时天天 / 北京市朝阳区白家庄小学迎曦分校六年级（4）班

指导老师：宋　虹

董叔叔：

您好！我是来自白家庄小学迎曦分校的时天天，我是六年级四班的一名小学生。

虽然我们不曾相识，但我同您一样在北京生活。我了解到您热爱学习，一直读到了博士后，这使我佩服不已。我还了解到您用自己的知识守卫着金融安全，目前在金融领域人工智能方面卓有成就。在这方面您更是我的榜样。我们学校比较突出的有科技社团，我恰好是其中的一员。我们在机器人、航模、车模、海模等方面取得了一些小小的成绩，我想长大后以您为榜样贡献出自己的力量。

我作为一名小学生，要向您在工作学习上取得的突出成就致以崇高的敬意。您对学习的如痴如醉、对工作的兢兢业业让我十分感动。

在此，我还向您请教一个问题：在繁忙的工作中您是如何抽出时间学习的呢？怎样能更有效地进行时间管理呢？我们现在已身处六年级，要学的知识比较多，我们能做到的是利用碎片化时间学习，化零为整，希望您能在百忙之中给我们提出宝贵的意见董叔叔：

您好！我是来自白家庄小学迎曦分校的时天天，我是六年级四班的一名小学生。

虽然我们不曾相识，但我同您一样在北京生活。我了解到您热爱学习，一直读到了博士后，这使我佩服不已。我还了解到您用自己的知识守卫着金融安全，目前在金融领域人工智能方面卓有成就，在这方面您更是我的榜样。我们学校比较突出的有科技社团，我恰好是其中的一员。我们在机器人、航模、车模、海模等方面取得了一些小小的成绩，我想长大后以您为榜样贡献出自己的力量。

我作为一名小学生，要向您在工作学习上取得的突出成就致以崇高的敬意。您对学习的如痴如醉、对工作的兢兢业业让我十分感动。

在此，我还向您请教一个问题：在繁忙的工作中您是如何抽出时间学习的呢？怎样能更有效地进行时间管理呢？我们现在已身处六年级，要学的知识比较多，我们能做到的是利用碎片化时间学习，化零为整，希望您能在百忙之中给我们提出宝贵的意见和建和建议，使我们有一天能与您这样的榜样越来越靠近，我代表我们全校学生向您表示最衷心的感谢！

祝您身体健康，工作顺利！

时天天

议，使我们有一天能与您这样的榜样越来越靠近，我代表我们全校学生向您表示最衷心的感谢！

祝您身体健康，工作顺利！

时天天

天天小朋友：

你好！

很高兴收到你的来信，为你勤奋好学的努力精神而感动。在信中你提到了随着年级的升高如何进行更有效的时间管理的问题，正好我在学习方面经验丰富，现回答你的疑问如下：

首先要知道时间更紧张的原因是什么，看到了原因才能更好更准地找到答案。随着年级的升高，学的科目越来越多、内容越来越难，所以在时间不变的前提下，分配到每科的学习时间少了，面对同样多的题目，需要花更多的时间去解题。所以学习成绩的好坏更加体现在对时间的利用上。对此，给你的建议如下：

（1）养成将时间利用充分的好习惯。比如：每天都要先写作业再去做与学习无关的事情；上课的时候要认真听讲，不懂要及时提问；保持好坐姿是防止走神的好方法。

（2）掌握好的学习方法。比如完成当天的作业后，天天小朋友：

你好！

很高兴收到你的来信，为你勤奋好学的努力精神而感动。在信中你提到了随着年级的升高如何进行更有效的时间管理的问题，正好我在学习方面经验丰富，现回答你的疑问如下：

首先要知道时间更紧张的原因是什么，看到了原因才能更好更准地找到答案。随着年级的升高，学的科目越来越多、内容越来越难，所以在时间不变的前提下，分配到每科的学习时间少了，面对同样多的题目，需要花更多的时间去解题。所以学习成绩的好坏更加体现在对时间的利用上。对此，给你的建议如下：

(1) 养成将时间利用充分的好习惯。比如：每天都要先写作业再去做与学习无关的事情；上课的时候要认真听讲，不懂要及时提问；保持好坐姿是防止走神的好方法。

(2) 掌握好的学习方法。比如完成当天的作业后，要预习一下明天老师要讲的知识；花更多时间学习自己不擅长的科目；每科都准备一个错题的本子，每天做几个错题并反复做。

(3) 提高时间利用效率。比如对自己不会的题要及时请教老师和家长；在遇到新题时先不要着急去做，而是先看看这题属于哪个类型或知识点，然后找解题方法，再动手解题。

总之，凡事都有规律，每科都有自己的知识体系，比如数学要记住每个公式，语文和英语不同类型作文也有相应的写作范式，掌握了规律就能事半功倍，再比如每个题目都有好几个解题方法，所以解题时，首先要预习一下明天老师要讲的知识；花更多时间学习自己不擅长的科目；每科都准备一个错题的本子，每天做几个错题并反复做。

（3）提高时间利用效率。比如对自己不会的题要及时请教老师和家长；在遇到新题时先不要着急去做，而是先看看这题属于哪个类型或知识点，然后找解题方法，再动手解题。

总之，凡事都有规律，每科都有自己的知识体系，比如数学要记住每个公式，语文和英语不同类型作文也有相应的写作范式，掌握了规律就能事半功倍。再比如每个题目都有好几个解题方法，所以解题时，首先要选择一个自己擅长的方法，当一个方法不确定时要及时尝试另一种方法。

最后，祝你学习快乐，养成做题前多思考、做题过程中多检查、做题后多归纳总结的优秀学习习惯。

你的大朋友：董志学

要选择一个自己擅长的方法，当一个方法不确定时要及时尝试另一种方法。

最后，祝你学习快乐，养成做题前多思考，做题过程中多检查，做题后多归纳总结的优秀学习习惯。

你的大朋友：董志学

你们才是城市最美丽的人

温雪凝 / 北京市第八十中学初二（15）班

指导老师：管　俊

尊敬的环卫工人：

您好！

非常感谢您为我们创造了美丽的生活环境。

我时常想，小区卫生环境这么好，是谁把地上的垃圾一点点拾起的？是谁给予我们如此舒适干净的环境？是你们这些“城市美容师”，可亲可敬的环卫工人。你们不怕脏，不怕累，日复一日地在平凡的岗位上默默付出。

我每天上学和放学都可以看见您在不辞辛劳地工作，您经常是一手拿扫把，一手拿簸箕，低着头、弯着腰，将一个又一个垃圾扫进簸箕里，然后骑上重重的三轮车，穿着特制的衣服，把垃圾倒入垃圾站。这些可能您都不会觉得辛苦，最令人窝心的可能是有些人存在职业歧视，甚至还会对您说出不尊敬的话。

一次，我看见一个不道德的业主指着您说：“喂，过来，把我门口的垃圾扫掉！”您随口一问：“是什么啊？”那位业主蛮不讲理地说：“是屎也要扫，要么就别干！”我以为您会去辩解两句，可是您却一声不吭，默默地扫完垃尊敬的环卫工人：

您好！

非常感谢您为我们创造了美丽的生活环境。

我时常想，小区卫生环境这么好，是谁把地上的垃圾一点点拾起？是谁给予我们如此舒适干净的环境？是你们这些“城市美容师”，可亲可敬的环卫工人。你们不怕脏，不怕累，日复一日地在平凡的岗位上默默付出。

我每天上学和放学都可以看见您在不辞辛劳地工作，您经常是一手拿扫把，一手拿簸箕，低着头、弯着腰，将一个又一个垃圾扫进簸箕里，然后骑上重重的三轮车，穿着特制的衣服，把垃圾倒入垃圾站。这些可能您都不会觉得辛苦，最令人寒心的可能是有些人存在职业歧视，甚至还会对您说出不尊敬的话。

一次，我看见一个不道德的业主指着您说：“喂，过来，把我门口的垃圾扫掉！”您随口一问：“是什么啊？”那位业主蛮不讲理地说：“是屎也要扫，要么就别干！”我以为您会去辩解两句，可是您却一声不吭，默默地扫完垃圾转身走了。

圾转身走了。说实话，当我看到您的背影我就觉得鼻子酸酸的。

在这里，我想对您说："您辛苦了，不管是炎炎夏日还是刺骨的隆冬，你们都坚守自己平凡的岗位，无私地贡献自己的力量，是多么值得大家敬佩和学习啊！你们才是城市最美丽的人！"

温雪凝

说实话，当我看到您的背影我就觉得鼻子酸酸的。

在这里，我想对您说：您辛苦了，不管是炎炎夏日还是刺骨的隆冬，你们都坚守自己平凡的岗位，无私地贡献自己的力量，是多么值得大家敬佩和学习啊！你们才是城市最美丽的人！

温雪凝

北京市第八十中学

初二15班

让贫穷的儿童过上好日子

宋若涵 / 北京市密云区季庄小学六年级（1）班

指导老师：王　英

黄才发先生：

您好！了解了您的事迹后，我打心眼里佩服您，觉得您太伟大了！您扎根乡村，进行科普宣传，带领孩子们探索科学奥秘，将科学的种子播撒在了学生心中，点燃了他们的科学梦。看到了您的事迹，我更加坚定，长大了做一个像您一样优秀的教师。

我了解到，您经常下乡做科普，给孩子们讲发电方式等知识，让偏远山区的孩子对科学不再陌生。我也想像您一样，尽自己的力量宣传科普知识，用知识武装孩子们的头脑，赶走贫穷，让中国这片土地更加美丽、富饶。我曾在一部电视剧中看见，有个地方黄土漫天，人们很穷。那里房子全是用土做的，仿佛风一吹，就会倒似的。看过之后，我心里十分不舒服。这虽然只是一部电视剧，但贫穷却是现实中存在的！等我长大了，一定像您一样，向那些贫困山区的孩子伸出援手，让贫穷的儿童过上好日子，让在冬天没有棉衣、棉鞋的苦难儿童穿上温暖的衣服，不黄才发先生：

您好！了解了您的事迹后，我打心眼里佩服您，觉得您太伟大了！您扎根乡村，进行科普宣传，带领孩子们探索科学奥秘，将科学的种子播撒在了学生心中，点燃了他们的科学梦。看到了您的事迹，我更加坚定，长大了做一个像您一样优秀的教师。

我了解到，您经常下乡做科普，给孩子们讲发电方式等知识，让偏远山区的孩子对科学不再陌生。我也想像您一样，尽自己的力量宣传科普知识，用知识武装孩子们的头脑，赶走贫穷，让中国这片土地更加美丽、富饶。我曾在一部电视剧中看见，有个地方黄土漫天，人们很穷。那里房子全是用土做的，仿佛风一吹，就会倒似的。看过之后，我心里十分不舒服。这虽然只是一部电视剧，但贫穷却是现实中存在的！等我长大了，一定像您一样，向那些贫困山区的孩子再感到寒冷！

我了解到，您拿出十万元钱，加上中国科技馆提供的十万元钱，启动了“才发乡村少年圆梦计划”，用来奖励科技类比赛中获奖的农村中小学生，让更多乡村孩子有了圆梦的可能。这几年，我们中国的科技又向前迈了一大步。经过我们密云的京沈高铁已经通车，“嫦娥五号”“揽月”而归，“九章”问世，重夺量子霸权，“奋斗者”号创造中国载人深潜新纪录……我真为我的国家感到自豪！我敢相信，随着科技水平的提高，中国这头东方雄狮，会一天比一天好！

我还知道，随着科技的进步，中国渐渐步入小康社会。一些贫穷的村庄，如今已经脱胎换骨，原先的茅草屋早已消失，取而代之的是二层小洋楼，原先坑坑洼洼、一下雨就走不了的泥泞土路早已消失，取而代之的是干净、整洁的水泥路，更难得的是原来村民们脸上的烦闷与忧愁全都不见了，取而代之的是幸福和欢乐，这是多么难能伸出援手，让贫穷的儿童过上好日子，让在冬天没有棉衣、棉鞋的苦难儿童穿上温暖的衣服，不再感到寒冷！

我了解到，您拿出十万元钱，加上中国科技馆提供的十万元钱，启动了"扶乡村少年圆梦计划"，用来奖励科技类比赛中获奖的农村中小学生，让更多乡村孩子有了圆梦的可能。这几年，我们中国的科技又向前迈了一大步。经过我们密云的京沈高铁已经通车，"嫦娥五号""揽月"而归，"九章"问世，使中国实现量子霸权，"奋斗者"号创中国载人深潜新纪录……我真为我的国家感到自豪！我敢相信，随着科技水平的提高，中国这头东方雄狮，会一天比一天好！

我还知道，随着科技的进步，中国渐渐步入小康社会。一些贫穷的村庄，如今已经脱胎换骨，原先的茅草屋早已消失，取而代之的是二层小洋楼，原先坑坑洼洼、一下雨就走不了的泥泞土路早已消失，取而代之的是干净、整洁的水泥可贵。正是因为有很多像您一样的人一直在努力，所以我相信，未来的中国一定会国富民强，傲然于世！

国家在成长，社会在成长，人民在成长，我也在成长！不经历风雨怎能见彩虹？我会继续努力，向着我的梦想而前进！

加油！加油！加油！

路，更难得的是原来村民们脸上的烦闷与忧愁、全都不见了，取而代之的是幸福和欢乐，这是多么难能可贵。正是因为有很多像您一样的人一直在努力，所以我相信，未来的中国一定会国富民强，傲然于世！

国家在成长，社会在成长，人民在成长，我也在成长！不经历风雨怎能见彩虹？我会继续努力，向着我的梦想而前进！

加油！加油！加油！

致疫情中最可爱的教育工作者

彭亦乐 / 北京市海淀区羊坊店第四小学五年级（1）班

指导老师：白　敏

敬爱的老师们：

你们好！

我是北京市海淀区羊坊店第四小学的彭亦乐。过去我觉得自己很幸运，因为我遇到了一群可爱的老师；但是自2020年新冠疫情以来，我却发现，全中国的学生都是非常幸运的，因为无论在什么条件下，都有一批甘于奉献、认真可爱的老师们在疫情中为我们的成长保驾护航！

可能有人会觉得通过网络上一节课算不了什么，当我真正感受到每节课的每一分钟的故事时，我默默地流下了感动与心疼的眼泪。

2020年疫情期间的一个深夜，我起床去客厅喝水。忽然看见妈妈的房门虚掩着，门缝里透出一道狭长的灯光，把她瘦削的身影拉得很长。她的手指灵活而又有些机械地敲击着电脑键盘，耳边传来连贯的“嗒嗒”声。

原来，妈妈还在工作。自从疫情以来，妈妈就一直承担着北京市的“空中课堂”的备课指导工作和组织制作资源包的任务。

敬爱的老师们：

你们好！

我是北京市海淀区羊坊店第四小学的彭亦乐。过去我觉得自己很幸运，因为我遇到了一群可爱的老师，但是自2020年新冠疫情以来，我却发现，全中国的学生都是非常幸运的，因为无论在什么条件下，都有一批甘于奉献、认真可爱的老师们在疫情中为我们的成长保驾护航！

可能有人会觉得通过网络上一节课算不了什么，当我真正感受到每节课的每一分钟的故事时，我默默地流下了感动与心疼的眼泪。

2020年疫情期间的一个深夜，我起床去客厅喝水。忽然看见妈妈的房门虚掩着，门缝里透出一道狭长的灯光，把她瘦削的身影拉得很长。她的手指灵活而又有些机械地敲击着电脑键盘，耳边传来连贯的“嗒嗒”声。

原来，妈妈还在工作。自从疫情以来，妈妈就一直承担着北京市的“空中课堂”的备课这些日子听到最多的就是老师们与妈妈商量着备课和修改教学设计的声音：要么在腾讯会议里，要么在视频电话里。最近一年，妈妈消瘦不少。漂亮的大眼睛添了好些血丝，还熬出了大黑眼袋，痘痘也跑到额头上来凑热闹。妈妈常常是早晨一睁眼，牙都没刷就开始坐在桌前工作。夜深了，大家都睡了，她还在忙碌。稍有闲暇，她还得辅导我的功课，还要给弟弟洗澡、哄弟弟睡觉……

她的表情令我久久不能忘怀，这是一张多么专注的脸啊！眼睛像火炬一样聚焦在每一处的视频画面和文字标点上，嘴巴也随之紧紧地簇在一起。每当看见一处错误，妈妈就及时记录在电子文档里，等到审阅完一个文档，妈妈就点开了下一个文档……就这样，一个又一个，一节又一节，一天又一天……

这时，我仿佛看见了全中国所有的老师在加班加点准备每天的课程，备课授课、答疑反馈、关心健康……每天你们的时间里装的都是我们！听着电脑里老师们讲的课，看到你们那一张张疲指导工作和组织制作资源包的任务。这些日子听到最多的就是老师们与妈妈商量着备课和修改教学设计的声音：要么在腾讯会议里，要么在视频电话里。最近一年，妈妈消瘦不少。漂亮的大眼睛添了好些血丝，还熬出了大黑眼袋，痘痘也跑到额头上来凑热闹。妈妈常常是早晨一睁眼，牙都没刷就开始坐在桌前工作。夜深了，大家都睡了，她还在忙碌。稍有闲暇，她还得辅导我的功课，还要给弟弟洗澡、哄弟弟睡觉……

她的表情令我久久不能忘怀：这是一张多么专注的脸啊！眼睛像火炬一样聚焦在每一处的视频画面和文字标点上，嘴巴也随之紧紧地贴在一起。每当看见一处错误，妈妈就及时记录在电子文档里，等到审阅完一个文档，妈妈就点开了下一个文档……就这样，一个又一个，一节又一节，一天又一天……

这时，我仿佛看见了全中国所有的老师在加班加点准备每天的课程，备课授课、答疑反馈、关心健康……每天你们的时间里装的都是愈却和蔼的面孔，我不由得对每一位教育工作者肃然起敬。正是你们，用自己严谨的每一分、每一秒，保障了全国中小学生的课堂质量。

“静静的深夜群星在闪耀，老师的房间彻夜明亮。每当我轻轻走过您窗前，明亮的灯光照耀我心房……”到此时，我才明白《每当我走过老师窗前》这首歌的真谛。你们是培育新一代的辛勤园丁，即使在特殊时间，你们依旧肩负重任，让一群群接班人茁壮成长，肩负祖国的希望奔向四方。

永远爱你们，最可爱的老师们！我将一如既往，认真学习，用实际行动换来您欣慰而幸福的微笑！

此致

敬礼

我们！听着电脑里老师们讲的课，看到你们那一张张疲惫却和蔼的面孔，我不由得对每一位教育工作者肃然起敬。正是你们，用自己严谨的每一分、每一秒，保障了全国中小学生的课堂质量。

“静静的深夜群星在闪耀，老师的房间彻夜明亮。每当我轻轻走过您窗前，明亮的灯光照耀我心房……”到此时，我才明白《每当我走过老师窗前》这首歌的真谛。你们是培育新一代的辛勤园丁，即使在特殊时间，你们依旧肩负重任，让一群群接班人茁壮成长，肩负祖国的希望奔向四方。

永远爱你们，最可爱的老师们！我将一如既往，认真学习，用实际行动换来您欣慰而幸福的微笑！

此致

敬礼

您英姿飒爽的样子让我激动万分

许辰雨 / 白家庄小学望京新城校区五年级（1）班

指导老师：焦立群

中国女排的金烨姐姐，您好：

我是朝阳区白家庄小学五年级一班的许辰雨，很高兴今天能以这种方式结识您。今年我看了《夺冠》这部电影，其中，令我印象最深的是中国女排的姐姐们训练时在地上摸爬滚打、摔得遍体鳞伤的场景，但她们仍然咬着牙，含着泪继续训练，令我感动不已。电影中，中国女排队员们精诚协作，一路拼搏，最终夺得女排世界冠军的故事让我无比震撼与感动，也使我对女排队员们和中国女排的体育精神充满尊敬。不知道您看过《夺冠》吗？有崇拜的排球明星吗？同时，我也想听听您对中国女排精神的解读。

听到爸爸说有朋友认识中国女排的金烨姐姐，我按捺不住给您写了这封信。为此，我还特别在电视和网站上关注并看了您的视频。您在比赛中担任主攻手，在赛场上打球时英姿飒爽的样子让我激动万分，更对您充满了敬佩，也让我更深刻地理解到运动员们追求胜利的执着精神！

此时此刻，特别想表达我对您以及历届中国女排队员的崇拜与尊敬，因为女排的精神代表着一个时代的精神，喊出了为中华崛起而拼搏的时代最强音。

此外我还有几个问题特别想向您请教：

听说此时您正在集训，排球队员真实的训练是怎样的？是不是如电影中一样艰苦？有没有更新奇、科学化的训练手段呢？

我在平时的学习和生活中也经常会遇到让我想退缩和放弃的困难，想请教中国女排的金烨姐姐，您好：

我是朝阳区白家庄小学五年级一班的许辰雨，很高兴今天能以这种方式结识您。今年我看了《夺冠》这部电影，其中，令我印象最深的是中国女排的姐姐们训练时在地上摸爬滚打、摔得遍体鳞伤的场景，但她们仍然咬着牙，含着泪继续训练，令我感动不已。电影中，中国女排队员们精诚协作、一路拼搏，最终夺得女排世界冠军的故事让我无比震撼与感动，也使我对女排队员们和中国女排的体育精神充满尊敬。不知道您看过《夺冠》吗？有崇拜的排球明星吗？同时，我也想听听您对中国女排精神的解读。

听到爸爸说有朋友认识中国女排的金烨姐姐，我按捺不住给您写了这封信。为此，我还特别在电视和网站上关注并看了您的视频。您在比赛中担任主攻手，在赛场上打球时英姿飒爽的样子让我激动万分，更对您充满了敬佩，也让我更深刻地理解到运动员们追求胜利的执着精神！

此时此刻，特别想表达我对您以及历届中国女排队员的崇拜与尊敬，因为女排的精神代表着一个时代的精神，喊出了为中华崛起而拼搏的时代最强音。

此外我还有几个问题特别想向您请教：

听说此时您正在集训，排球队员真实的训练是怎样的？是不是如电影中一样艰苦？有没有更新奇、科学化的训练手段呢？

我在平时的学习和生活中也经常会遇到让我想退缩和放弃的困难，想请教一下金烨姐姐，您是如何在训练和生活中去克服这些难题的呢？您如果有克服困难的绝招可以告诉我吗？

最后在春节来临之际，祝金烨姐姐和整个中国女排队员们春节快乐！也祝中国女排能够再创佳绩，将中国女排的精神和传奇故事一直传播下去！我也一下金烨姐姐，您是如何在训练和生活中去克服这些难题的呢？您如果有克服困难的绝招可以告诉我吗？

最后在春节来临之际，祝金烨姐姐和整个中国女排队员们春节快乐！也祝中国女排能够再创佳绩，将中国女排的精神和传奇故事一直传播下去！我也会在新的一年更加自信与自立，学习中国女排遇到困难勇往直前的精神，做一个充满正能量的中国少年。

期待您的回信，再次对您和中国女排表达敬意。

祝您身体健康，平安快乐！

白家庄小学望京新城校区

五年级一班　许辰雨

会在新的一年更加自信与自立，学习中国女排遇到困难勇往直前的精神，做一个充满正能量的中国少年。

期待您的回信，再次对您和中国女排表达敬意。

祝您身体健康，平安快乐！

白家庄小学望京新城校区

五年级一班 许辰雨

一次次感人事迹记录着中国人民团结一心

丹增西绕 / 北京师范大学燕化附属中学高一（12）班

指导老师：张莫末

致敬爱的抗疫英雄们：

你们好！我们虽从未谋面，但我对你们十分崇拜，见字如面。

一场突如其来的灾难笼罩了中华大地，这注定是一场血雨腥风的战斗。春节，本应是热热闹闹地和家人团聚的日子，但去年春节是个特别的春节，“新冠肺炎疫情”的消息，传遍了人们的耳朵。突如其来的疫情让人们坐立不安，在人心惶惶的时刻，是你们，抗疫战士们，冲到疫情最前线。为我们广大人民，选择了在这没有硝烟的战争中战斗。

自新冠病毒感染人数全面暴增以来，是你们不计报酬，无论生死，只为人民，主动请战抗疫一线，签下了一封封志愿书。你们穿着厚重的防护服不分昼夜地待在病房中，陪伴着被感染的市民。你们的脖颈上、头上、鼻子上、脸上都被口罩勒出了深深的血印。你们说“如有不幸，捐献遗体”。你们说“每一次到了换班的时候都不想从病房里出来，因为不想浪费一套防护服”。

84岁的钟南山院士，您作为医学领域的权威，疫情发生时对大家说：“没什么特殊情况，不要去武汉。”他刚说完这句话，自己就奔向了一线。您是人们的英雄，时代的楷模。您舍身忘己的大无畏精神和不服衰老的誓言令我们折服，值得我们学习！我想问候一句：“您辛苦了！您憔悴的面容，灰白的发丝，高超的医术，高尚的医德，和那颗炙热的心，我们将永远铭记！”

在这场疫情阻击战中，还有更多的无名英雄：山西的小哥们，你们第一时致敬可爱的抗疫英雄们：

你们好！我们虽素未谋面，但我对你们十分崇拜，见字如面。

一场突如其来的灾难笼罩了中华大地，这注定是一场血雨腥风的战斗。春节，本应是热热闹闹地、和家人团聚的日子，但去年春节是个特别的春节，"新冠肺炎疫情"的消息，传遍了人们的耳朵。突如其来的疫情让人们坐立不安，在人心惶惶的时刻，是你们，抗疫战士们，冲到疫情最前线。为我们广大人民，选择了在这没有硝烟的战争中战斗。

自新冠病毒感染人数全面暴增以来，是你们不计报酬，无论生死，只为人民，主动请战抗疫一线，签下了一封封志愿书。你们穿着厚重的防护服不分昼夜地待在病房中，陪伴着被感染的市民。你们的脖颈上、头上、鼻子上、脸上都被口罩勒出了深深的血印。你们说"如有不幸，捐献遗体"。你们说"每一次到了换班的时候都不想从病房里出来，因为不想浪费一套防护服"。

84岁的钟南山院士，您作为医学领域的权威，疫情发生时对大家说："没什么特殊情况，不要去武汉"他刚说完这句话，自己就奔向了一线。您是人们的英雄，时代的楷模。您舍身忘己的大无畏精神和不服衰老的誓言令我们折服，值得我们学习！我想问候一句："您辛苦了！您憔悴的面容，灰白的发丝，高超的医术，高尚的医德，和那颗炙热的心，我们将永远铭记！"

在这场疫情阻击战中，还有更多的无名英雄：山西的小哥们，你们第一时间从运城自发开车前往"火神山"医院，并及时投入到集装箱板房的安装中；河南的一位导游姐姐，间从运城自发开车前往“火神山”医院，并及时投入到集装箱板房的安装中；河南的一位导游姐姐，您组织了“武汉护城队”，从泰国买了四十大箱防护服运回国内，直接发往武汉；济南西站的小哥，您开着卡车为武汉人民送去了500斤消毒液，却不留姓名匆匆离去。

一次次感人事迹，记录着中国人民团结一心，记录着你们的伟大，记录着当危难降临时，全国人民众志成城的决心。加油，白衣天使，加油，战争中的逆行者们！加油，前线的战士们！胜利的钟声马上就会敲响。

此致

敬礼

北京师范大学燕化附属中学
高一（12）班　丹增西绕

您组织了武汉护城队，从泰国买了四十大箱防护服运回国内，直接发往武汉；济南西站的小哥，您开着卡车为武汉人民送去了500斤消毒液，却不留姓名匆匆离去。

一次次感人事迹，记录着中国人民团结一心，记录着你们的伟大，记录着当危难降临时，全国人民众志成城的决心。加油，白衣天使，加油，战争中的逆行者们！加油，前线的战士们！胜利的钟声马上就会敲响。

此致

敬礼

北京师范大学燕化附属中学

高一(12)班 冉增西绕

每一次派件都是一次坚守

王　晨 / 首都师范大学附属顺义实验小学五年级（3）班

指导老师：焦　萌

奔波忙碌的快递员：

你们好！

自疫情暴发以来，所有的商场都失去了原本的热闹，店铺有的也打烊了。街道上人迹罕至、车辆也屈指可数。整个城市仿佛按上了暂停键，是那些奔波忙碌的快递人员的出现，让一座显得冷清的城市变得温热起来。

和往常一样，你们早早地开始了一天繁忙的工作。

量体温、发口罩、卸货、用八四消毒液给包裹消毒，然后理货装车，这是疫情防控期间快递人员出发前的必要准备。

你们中，有人说过："现在是特殊时期，我每一次派件，都是一次坚守。"有人说："我能为不少市民带去生活用品与资源，还蛮自豪的！"还有人说他还是想念往日喧闹的街道，希望春天早日到来。

你们知道吗？每当你们打电话让下去取快递时，我总会在最后添上一句问候，因为我知道你们这个职业虽然不是特别显眼，却给我们送来了生活资源和温暖！春奔波忙碌的快递员：

你们好！

自疫情暴发以来，所有的商场都失去了原本的热闹，店铺有的也打烊了。街道上人迹罕至、车辆也屈指可数。整个城市仿佛按上了暂停键，是那些奔波忙碌的快递人员的出现，让一座显得冷清的城市变得温热起来。

和往常一样，你们早早地开始了一天繁忙的工作。

量体温、发口罩、卸货、用八四消毒液给包裹消毒，然后理货装车，这是疫情防控期间快递人员出发前的必要准备。

你们中，有人说过："现在是特殊时期，我每一次派件，都是一次坚守。"有人说："我能为不少市民带去生活用品与资源，还蛮自豪的！"还有人说他还是想念往日喧闹的街道，希望春天早日到来。

你们知道吗？每当，你们打电话让下去取快递时，我总会在最后添上一句问候，因为我知道你们这个职业虽然不是特别显眼，却给我节，是一个家庭团圆的日子，可是疫情拦住了你们回家的路。“独在异乡为异客，每逢佳节倍思亲。”为了响应国家号召，你们毅然选择就地过大年。与同事们一起包饺子、吃年夜饭，一起看春晚，一起云端拜年。

您们的品质让我敬佩，你们永远是我的榜样！

祝

身体健康 工作顺利

王 晨

们送来了生活资源和温暖！春节，是一个家庭团圆的日子，可是疫情拦住了你们回家的路。“独在异乡为异客，每逢佳节倍思亲。”为了响应国家号召，你们毅然选择就地过大年。与同事们一起包饺子、吃年夜饭，一起看春晚，一起云端拜年。

您们的品质让我敬佩，你们永远是我的榜样！

祝

身体健康　工作顺利

王晨

你们是化作凡人的天使

陈思年 / 北京市大峪第二小学六年级（3）班

指导老师：邓雪清

奋斗在抗疫之路上的白衣天使们：

你们好！

2020年的冬天，格外的冷。春节的热闹被这凄冷笼罩着。多希望这是一场梦啊，没有席卷世界的病毒，没有亲人在异国他乡的孤寂，没有空无一人的冷清的街道……但当我如梦方醒，才幡然醒悟，这不是一场梦。

凛冬深夜，静谧而纷杂的白覆盖了整个世界。你们身着白色战袍，安抚人心惶惶。

那是抗疫最艰难的时候，身处话题中心的武汉似被黑夜笼罩，不见一丝光明。但冲破黑暗，寻求曙光是人类最接近自然的信仰，没有任何一个人想去放弃那个会在春日绽放芳华重樱的地方。那时，天空不再有如往日一般飞往故乡的飞机，有的是你们——一群将脆弱掩盖，义无反顾地前往饱受苦难的国土的白袍。

2020年就像凶猛的年兽，无数位逆行者穿上白衣战袍，走向这没有硝烟的战场。你们“疫”不容辞，誓要让病毒一“疫”孤行，与“年兽”进行殊死搏斗。每次看到你们奋斗在抗疫之路上的白衣天使们：

你们好！

2020年的冬天，格外的冷。春节的热闹被这凄冷笼罩着。多希望这是一场梦啊，没有席卷世界的病毒，没有亲人在异国他乡的孤寂，没有空无一人的冷清的街道……但当我如梦方醒，才幡然醒悟，这不是一场梦。

凛冬深夜，静谧而纷杂的白覆盖了整个世界。你们身着白色战袍，安抚人心惶惶。

那是抗疫最艰难的时候，身处话题中心的武汉似被黑夜笼罩，不见一丝光明。但冲破黑暗，寻求曙光是人类最接近自然的信仰，没有任何一个人想去放弃那个会在春日绽放芳华重樱的地方。那时，天空不再有如往日一般飞往故乡的飞机，有的是你们——一群将脆弱掩盖，义无反顾地前往饱受苦难的国土的白袍。

2020年就像凶猛的年兽，无数位逆行者穿上白衣战袍，走向这没有硝烟的战场，你们"疫"不容辞，誓要让病毒一"疫"孤行，与"年兽"进行殊死搏斗。每次看到你们脸上被口罩勒成的红痕，我不禁热泪盈眶，心生崇高的敬意。你们的脸上，不仅是被岁月长河侵蚀的痕迹，更是艰苦奋斗在抗疫一线、与病人同甘共苦的体现！

我见过许多身着防护服的天使在镜头前爽朗的笑。明明是寒气逼脸上被口罩勒成的红痕，我不禁热泪盈眶，产生崇高的敬意，你们的脸上，不仅是被岁月长河侵蚀的痕迹，更是艰苦奋斗在抗疫一线，与病人同甘共苦的体现！

我见过许多身着防护服的天使在镜头前爽朗的笑。明明是寒意透骨的冬天，却仿佛身处繁花盛开的春天一样。我知道你们是数万医务人员的一部分，在封城前夕坚定地留在病毒肆虐的地方。你们所期待的，是硝烟散尽的重逢。“不论生死，不计报偿”，你们与死神签下生死状。白衣天使啊，你们卸下妆容，舍去青丝，只想还祖国壮丽山河，国泰安康。

路漫漫其修远兮，吾将上下而求索。中华炎黄子孙正走在一条漫漫长冬的路上，前路模糊不定，但我们任重道远。

我庆幸我所在的世界有你们——一群化作凡人的天使，赌上自己的生命，与无声的敌人对抗。我们等待着一同见证奇迹，乘上开往黎明的列车，填补揭开的伤疤，一路繁花簇拥，一路人声鼎沸。恍然，原来是春天啊！

此致

敬礼

祝身体健康，一切平安

北京市大峪第二小学

六年级（3）班　陈思年

骨的冬天，却仿佛身处繁花盛开的春天一样。我知道你们是数万医护人员的一部分，在封城前夕坚定地留在病毒肆虐的地方。你们所期待的，是硝烟散尽的重逢。"不论生死，不计报偿"你们与死神签下生死状。白衣天使啊，你们卸下妆容、舍去青丝，只想还祖国壮丽山河、国泰安康。

路漫漫其修远兮，吾将上下而求索。中华炎黄子孙正走在一条漫漫长冬的路上，前路模糊不定，但我们任重道远。

我庆幸我所在的世界有你们——一群化作凡人的天使，赌上自己的生命，与无声的敌人对抗。我们等待着一同见证奇迹，乘上开往黎明的列车，填补揭开的伤疤，一路繁花簇拥，一路人声鼎沸。恍然，原来是春天啊！

此致

敬礼

祝

身体健康，一切平安

北京市大峪第二小学

六年级（3）班　陈思年

多少泪目的瞬间被定格成最美的风景

田恩澍 / 首都师范大学附属中学（通州校区）高一（3）班

指导老师：梁 旭

敬爱的全体逆行者们：

己亥末，庚子春，荆楚大疫。在新冠狰狞之际，多少泪目的瞬间被定格成最美的风景；多少善良的举动驱散黑暗，召唤黎明。彼时，是知而无畏的你们扛鼎勇战，点燃华夏儿女生之希望。崇敬之情，溢于言表；感激之语，致与你们。

致科研精英：挺身而出，守科研初心

“没有特殊情况，不要去武汉。”84岁的钟南山院士，您与病毒战斗了一辈子。您让大家不要去，明明比谁都了解情况之危急的您，却义无反顾连夜赶往武汉前线。您可知，看到您挺身而出的身影，多少网友用那简单却肯定的文字写下“钟老出马，我们心里就踏实了”；您可知，那张您在高铁餐车上小憩的照片，令多少人为之动容；您可知，紧跟您的脚步，九五后护士瞒着家人奋战一线，并嘱咐同事“如有不幸，就用我遗体做研究，一定要攻克病毒”。似乎，您真是那上天派来消灭疫情的大神仙，可我们都明白，您其实只是位做过心脏搭桥的老爷爷。敬爱的老英雄，您的精神定将传承！他日，我长大，我们长大，或许我们不会从事医学领域的科研工作，但我们定会向您和您身后的人们一样，敢说真话，勇挑重担，用自己扎实的专业知识，丰富的工作经验和坚定的责任担当，为国奉献，为民解忧。

敬爱的全体逆行者们：

已亥末，庚子春，荆楚大疫。在新冠肆虐之际，多少泪目的瞬间被定格成最美的风景，多少善良的举动驱散黑暗，召唤黎明。彼时，是知命无畏的你们扛鼎勇战，点燃华夏儿女生之希望。崇敬之情，溢于言表；感激之语，致与你们。

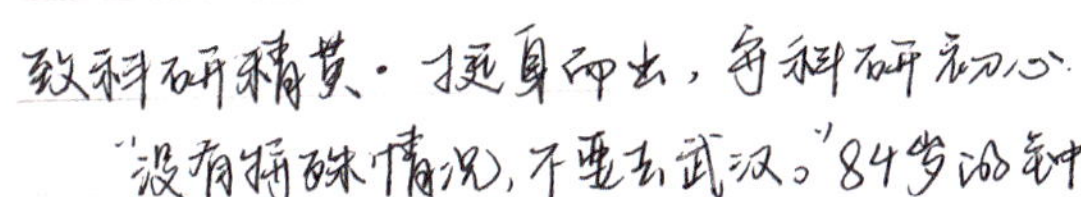

致科研精英·挺身而出，守科研初心

"没有特殊情况，不要去武汉。"84岁的钟南山院士，您与病毒战斗了一辈子。您让大家不要去，明明比谁都了解情况之危急的您，却义无反顾连夜赶往武汉前线。您可知，看到您挺身而出的身影，多少网友用那简单却肯定的文字写下"钟老出马，我们心里就踏实了"；您可知，那张您在高铁餐车上小憩的照片，令多少人为之动容；您可知，紧跟您的脚步，九五后护士瞒着家人奔战一线，并嘱咐同事"如有不幸，就用我遗体做研究，一定要攻克病毒"。似乎，您真是那上天派来消灭疫情的大神仙，可我们都明白，您其实只是位做过心脏搭桥的老爷爷。敬爱的老英雄，您的精神定将传承！他日，我长大，我们长大，或许我们不会从事医学领域的科研工作，但我们定会向您和您身后的人们一样，敢说真话，勇挑重担，用自己扎实的专业知识，丰富的工作经验和坚定的责任担当，为国奉献，为民解忧。

致国防卫士：除夕之夜，闻令出征

对你们来说，疫情就是命令。年三十儿，来不及陪爸妈吃顿热饺子，来不及给好友写条祝福语，来不及和孩子看一场烂漫烟火，你们随手塞了几件衣服，掀起外套就冲出了家门，奔向最危险的前线，跳入战壕和患者并肩战斗。滴滴汗水浸湿了你们宽大的脊背，道道红印烙上了你们坚毅的脸庞，但你们无悔。因为你们看见，那么多人为你们竖起大拇指；因为你们知道，我们依靠着你们的守护；因为你们深谙，军人身上扛着的，不只家，更有国！敬爱的解放军们，他日，我长大，我们长大，或许我们穿不上军装，也没有机会在生命线上与死神抢人，但我们定会和你们一样，冲锋陷阵于危难之地，用血肉之躯保家卫国，于平凡岗位实现人生价值。

致医院建设者：与疫情赛跑，展中国速度

"十天，建成一所可容纳1000张床位的救命医院"，为了这个"军令状"，你们克服曾经触电，砸伤，灼烧的阴影，毫不犹豫地重拾老本行；为了这个"军令状"，你们昼夜不停搞焊接，开塔吊，化身"最美夜行侠"，看着你们忙碌又不知疲倦的身影，任何人无不感叹"哪有什么基建狂魔，只有争分夺秒的生死速度"。也因此，得以成就那句豪壮的传奇"火神雷神送瘟神"！敬爱的建筑工人们，他日，我长

致国防卫士：除夕之夜，闻令出征

对你们来说，疫情就是命令。年三十儿，来不及陪爸妈吃顿热饺子，来不及给好友发条祝福语，来不及和孩子看一场烂漫烟火，你们随手塞了几件衣服，掀起外套就冲出了家门，奔向最危险的前线，跳入战壕和患者并肩战斗。滴滴汗水浸湿了你们宽大的脊背，道道红印烙上了你们坚毅的脸庞，但你们无悔。因为你们看见，那么多人为你们竖起大拇指；因为你们知道，我们依靠着你们的守护；因为你们深谙，军人身上扛着的，不只家，更有国！敬爱的解放军们，他日，我长大，我们长大，或许我们穿不上军装，也没有机会在生命线上与死神抢人，但我们定会和你们一样，冲锋陷阵于危难之地，用血肉之躯保家卫国，于平凡岗位实现人生价值。

致医院建设者：与疫情赛跑，展中国速度

"十天，建成一所可容纳1000张床位的救命医院"，为了这个"军令状"，你们克服曾经触电、砸伤、灼烧的阴影，毫不犹豫地重拾老本行；为了这个"军令状"，你们昼夜不停搞焊接、开塔吊，化身"最美夜行侠"，看着你们忙碌又不知疲倦的身影，任何人无不感叹"哪有什么基建狂魔，只有争分夺秒的生死速度"。也因此，得以成就那句豪壮的传奇"火神雷神送瘟神"！敬爱的建筑工人们，他日，我长大，我们长大，或许我们没有建广厦万间，庇天下寒士的本领，更无法任由大风雨而全国不动、安如山，但我们定会和你们一样，努力练成精湛的一技之长，践行卓越大，我们长大，或许我们没有建广厦万间，庇天下寒士的本领，更无法任再大风雨而全国不动、安如山，但我们定会和你们一样，努力练成精湛的一技之长，践行卓越的工匠精神，在祖国有需要时尽己所能，永不畏缩！

我最敬爱的逆行者们，是你们一颗颗炙热的心，温暖了那比以往更寒冷的冬日。“山川异域，风月同天，岂曰无衣，与子同裳！”2020的凛冬，感恩你们的出现。

在以前的文章中，我总盼着和你们一同看樱花，赏风景，如今，“胜疫”在望，我想对你们说，樱花将灿，雾尽风暖，是时候践行彼时的诺言啦！新的一年，我们携手，直下看山河！

此致

敬礼

首都师范大学附属中学（通州校区）

高一(3)班

田恩澍

的工匠精神，在祖国有需要时尽己所能，永不畏缩！

我最敬爱的逆行者们，是你们一颗颗炙热的心，温暖了那比以往更寒冷的冬日。“山川异域，风月同天，岂曰无衣，与子同裳！”2020的凛冬，感恩你们的出现。

在以前的文章中，我总盼着和你们一同看樱花，赏风景，如今，“胜利”在望，我想对你们说，樱花将灿，寒尽风暖，是时候践行彼时的诺言啦！新的一年，我们携手，直下看山河！

此致

敬礼

首都师范大学附属中学（通州校区）
高一（3）班
田恩澍

致逆行者

付益豪 / 北京市第五十五中学高一（2）班

指导老师：王　羽

逆行者：

所谓“逆”，就是注定要与大局不同。

我们称赞逆行者，他们穿过远离危险的人群，毅然决然走向人们避开的危险。

“他们”并不是神明，而是指这些宛若神明一样的平凡的普通人，大家称他们为三个响亮的字——逆行者。

不管是歹徒、疫情、灾害的出现，还是人民生命财产的安全受到威胁，都会有你们的出现，日日夜夜，风雨无阻。

面对歹徒，你们逆人流而行，用自己的血肉之躯与歹徒搏斗，甚至为了保护人民群众的生命安全，牺牲自己的生命，习总书记曾提到：“和平年代，公安队伍是一支牺牲最多、奉献最大的队伍。”

面对疫情，你们与大众居家隔离相悖，你们没有选择居家保护自己，而是身披白衣，走进一个又一个疫区，成为了人民眼中的白衣天使。你们在国难当头的时候，放弃了与家人团聚的机会，一个个奋不顾身奔赴抗疫一线，逆行者：

所谓"逆"，就是注定要与大局不同。

我们称赞逆行者，他们穿过远离危险的人群，毅然决然走向人们避开的危险。

"他们"并不是神明，而是指这些宛若神明一样的平凡的普通人。大家称他们为三个响亮的字——逆行者。

不管是歹徒、疫情、灾害的出现，还是人民生命财产的安全受到威胁，都会有你们的出现，日日夜夜，风雨无阻。

面对歹徒，你们逆人流而行，用自己的血肉之躯与歹徒搏斗，甚至为了保护人民群众的生命安全，牺牲自己的生命。习总书记曾提到："和平年代，公安队伍是一支牺牲最多，奉献最大的队伍。"

面对疫情，你们与大众居家隔离相悖，你们没有选择居家保护自己，而是身披白衣，走进一个又一个疫区，成为了人民眼中的白衣天使。你们在国难当头的时候，放弃了与家人团聚的机会、一个个奋不顾身奔赴抗疫一线，舍舍小家为大家，换来了现在令全世界瞠目结舌的中国速度。每当我看到电视上那些医护人员只能隔着栅栏与家人们远远地拥抱，我都会心头一紧。正是因为你们，我们才能在今年的春节与我们最爱的人团聚在一起。医者，仁术也，博爱之心也。医生这个古往今来，既平凡又伟大的职业，将多少即将坠入悬崖的人们拉了上来，让多少即将破碎的家庭破镜重圆，让多少绝望的人又获得了希望。

面对灾害，你们从危难之中救出一名又一名被困人民，向着逃生之路的反向冲去，无论是1998年那一声声“誓与大堤共存亡”，还是去年突发洪水时的奋不顾身，你们身披绿衣，为人民群众在危险里构建了一座又一座血肉之墙。你们保护从火场跑出的人群，一边戴好防火装备，毅然决然走入那随时会夺走生命的火场，只留下万千人民群众的安全和自己的一个背影。你们曾拯救万千，无论是前年的《烈火英雄》，还是去年的《紧急救援》，都是对你们英雄形象最好的歌颂。正是你们的日夜坚守，才换来了我们的安全保障。

小家为大家，换来了现在令全世界瞠目结舌的中国速度。每当我看到电视上那些医护人员只能隔着栅栏与家人们远远地拥抱，我都会心头一紧。正是因为你们，我们才能在今年的春节与我们最爱的人团聚在一起。医者，仁术也，博爱之心也。医生这个古往今来，既平凡又伟大的职业，将多少即将坠入悬崖的人们拉了上来，让多少即将破碎的家庭破镜重圆，让多少绝望的人又获得了希望。

面对灾害，你们从危难之中救出一名又一名被困人民，向着逃生之路的反向冲去，无论是1998年那一声声“誓与大堤共存亡”，还是去年突发洪水时的奋不顾身，你们身披绿衣，为人民群众在危险里构建了一座又一座血肉之墙。你们保护从火场跑出的人群，一边戴好防火装备，毅然决然走入那随时会夺走生命的火场，只留下万千人民群众的安全和自己的一个背影。你们曾拯救万千，无论是前年的《烈火英雄》，还是去年的《紧急救援》，都是对你们英雄形象最好的歌颂。正是你们的日夜坚守，才换来了英雄二字一共二十画，可这二字却承载了太多：有担当、有勇气、有坚持、有奉献、有牺牲。在英雄二字的背后，有无数的逆行者，他们或渺小，或普通，或平凡，但他们都在自己的岗位上用“相同”方式（逆行）为人民作出贡献。

北京市第五十五中学

高一（2）班　付益豪

我们的安全保障.

英雄二字一共二十画, 可这二字却承载了太多: 有担当、有勇气、有坚持、有奉献, 有牺牲. 在英雄二字的背后, 有无数的逆行者, 他们或渺小, 或普通, 或平凡, 但他们都在自己的岗位上用"相同"方式(逆行)为人民作出贡献。

北京市第五十五中学
高一(2)班:付益豪

支撑你们逆行的是什么

刘紫雯 / 北京市第二中学通州校区高一（1）班

指导老师：齐 朗 冯 维

致最美逆行者们：

2020年的庚子春节，荆楚大疫，感染了数万人。每天确诊数字都在不断增长，疫情范围都在不断扩大。在这场没有硝烟的战争中，你们迎难而上，奋战于水深火热的一线。

万众一心迎挑战，众志成城抗疫情。用这句话来形容你们是我所能想到的最适合的话了。在最为危难之时，你们挺身而出逆流而上。当你们面对家与国的选择时，你们毅然决然地选择了国家。国家国家，国在前，家在后。你们舍小家为大家的精神值得世人称赞，如果把个体比作一个点，那么各行各业的每一个人汇聚在一起就变成了一张网，这张网就是社会。都说人离不开社会，因为它为我们挡下了太多太多未知的危险，你们永远是我的榜样，也是所有中国人的榜样。

支撑你们“逆行”的是什么？是钱吗？还是地位？不，都不是，是源自中国人骨子里的以爱国主义为核心的民族精神。是经历了几千年锤炼的中国人的傲骨，是一代致最美逆行者们：

2020年的庚子春节，荆楚大疫，感染了数万人。每天确诊数字都在不断增长，疫情范围都在不断扩大。在这场没有硝烟的战争中，你们迎难而上，奋战于水深火热的一线。

万众一心迎挑战，众志成城抗疫情。用这句话来形容你们是我所能想到的最适合的话了。在最为危难之时，你们挺身而出逆流而上。当你们面对家与国的选择之时，你们毅然决然地选择了国家。国家国家，国在前，家在后。你们舍小家为大家的精神值得世人称赞，如果把个体比作一个点，那么各行各业的每一个人汇聚在一起就变成了一张网，这张网就是社会。都说人离不开社会，因为它为我们挡下了太多太多未知的危险，你们永远是我的榜样，也是所有中国人的榜样。

支撑你们"逆行"的是什么？是钱吗？还是地位？不，都不是，是源自于中国人骨子里的以爱国主义为核心的民族精神。是经历了几千年代流传的艰苦奋斗的优良品质，这所有的一切铸造如今的中国及中国人。除此以外还有什么？是爱国、敬业、友善。这些都是社会主义核心价值观中个人层面的要求，而社会主义核心价值观亦是评判一个人的行为标准。你们的行为时刻诠释了何为爱国、敬业、友善。你们既是最美逆行者，亦是值得我们学习的人。

你们怀揣希望走过黑暗长路，跨过战友的遗骸，踏过荆棘和深渊，最终在累累尸骨上重新点燃了希望延续的火炬。你们活下来的人也许不需要历史来记载功勋，你们知道我们就是最好的见证者。也许你们无所谓那些空虚华美的称颂，只要山川河流，国泰民安。千万英灵见证过你们前仆后继的跋涉和永不放弃的努力。就像我最喜欢的那句话："没有谁的生活会一直完美，但无论什么时候都要看着前方，满怀希望就会所向披靡。"

新的一年来了，但你们的精神却永远印刻在我心里，锤炼的中国人的傲骨，是一代代流传的艰苦奋斗的优良品质，这所有的一切铸造如今的中国及中国人。除此以外还有什么？是爱国、敬业、友善。这些都是社会主义核心价值观中个人层面的要求，而社会主义核心价值观亦是评判一个人的行为标准。你们的行为时刻诠释了何为爱国、敬业、友善。你们既是最美逆行者，亦是值得我们学习的人。

你们怀揣希望走过黑暗长路，跨过战友的遗骸，踏过荆棘和深渊，最终在累累尸骨上重新点燃了希望延续的火炬。你们活下来的人也许不需要历史来记载功勋，你们知道我们就是最好的见证者。也许你们无所谓那些空虚华美的称颂，只要山川河流，国泰民安。千万英灵见证过你们前仆后继的跋涉和永不放弃的努力。就像我最喜欢的那句话“没有谁的生活会一直完美，但无论什么时候都要看着前方，满怀希望就会所向披靡。”

新的一年来了，但你们的精神却永远印刻

为我们新时代青年树立了最好的榜样。在这里，我再次向你们表达我最崇高的敬意：你们永远都是我心中最值得尊敬的榜样。最后，虽然我们素未谋面，但见字如面，希望你们平安喜乐，善良的人一定会一直幸福下去。

也敬所有虽然平凡却能绽放出绚烂的生命之花的人们。

此致

敬礼

北京市第二中学通州校区

高一（1）班　刘紫雯

在我心里，为我们新时代青年树立了最好的榜样。在这里，我再次向你们表达我最崇高的敬意：你们永远都是我心中最值得尊敬的榜样。最后，虽然我们素未谋面，但见字如面，希望你们平安喜乐，善良的人一定会一直幸福下去。

也敬所有虽然平凡却能绽放出绚烂的生命之花的人们。

此致

敬礼

北京市第二中学通州校区

高一(1)班 刘紫雯

你是我们村的防疫利器

孙　妍 / 北京市延庆区第二小学五年级（6）班

指导老师：张海云

辛勤的大喇叭：

你好！

2020年春节，疫情蔓延，我们相知相遇。爸爸妈妈得去加班，我被送到村里奶奶家。每次你一吆喝，奶奶再忙都会停下手里的活儿，匆匆忙忙赶到门口，颤颤巍巍地掀起厚厚的门帘，聚精会神地听你讲话。出于好奇，我开始关注你。

从爸爸那里得知，你是我们村的防疫利器！爸爸说："虽然微信、微博，甚至抖音、快手直播是获得消息的重要手段，但还是会有盲区，比如网络不发达的偏远山区，再比如你奶奶这部分用老人机和功能机的农村人，而偏远山区和老年人又恰恰是疫情防范的重点。这时大喇叭有了很大用处。"当时我对你的了解仅仅是：喇叭，唢呐，曲儿小，腔儿大。于是我强烈要求爸爸和我一起顺着你的吆喝声在村子边缘的角落里发现了你。我终于知道了你的真面目了。我想，从此以后，也许不会有人像我一样专程来看你，但是每个人都会为你的声音停下脚步。

2020年9月，我回到区里上学，对你的关注只能是在手机上刷你的声音，像最硬核的村支书、最霸气的喊话、最淳朴的乡音，关注度非常高。我知道了原来你的新鲜感、你的接地气、你的全覆盖也被全国的网民关注和爱戴。

2021年春节，又听到你的声音："咱延庆啊，紧挨着河北，大伙儿可要绷紧防疫这根弦儿……亲戚儿啊，今年不走明年个走，以后时间可多着嘞……疫

辛勤的大喇叭：

你好！

2020年春节，疫情蔓延，我们相知相遇。爸爸妈妈得去加班，我被送到村里奶奶家。每次你一吆喝，奶奶再忙着都会停下手里的活儿，匆匆忙忙赶到门口，颤颤巍巍地掀起厚厚的门帘，聚精会神地听你讲话。出于好奇，我开始关注你。

从爸爸那里得知，你是我们村的防疫利器！爸爸说："虽然微信、微博、甚至抖音、快手直播是获得消息的重要手段，但还是会有盲区，比如网络不发达的偏远山区，再比如你奶奶这部分用老人机和功能机的农村人，而偏远山区和老年人又恰恰是疫情防范的重点。这时大喇叭有了很大用处。"当时我对你的了解仅仅是：喇叭，唢呐，曲儿小，腔儿大。于是我强烈要求爸爸和我一起顺着你的吆喝声在村子边缘的角落里发现了你。我终于知道了你的真面目了。我想，从此以后，也许不会有人像我一样专程来看你，但是每个人都会为你的声音停下脚步。

2020年9月，我回到区里上学，对你的关注只能是在手机上刷你的声音，像最硬核的村支书、最霸气的喊话、最淳朴的乡音，关注度非常高。我知道了原来你的新鲜感、你的接地气，你的全覆盖也被全国的网民关注和爱戴。

2021年春节，又听到你的声音："咱延庆啊，紧挨着河北，大伙儿可要绷紧防疫这根弦儿……亲戚儿啊，今年不走明年个走，以后时间可多着嘞……疫苗儿，咱们免费给打，赶紧上大队报

苗儿，咱们免费给打，赶紧上大队报名儿啊……”又看见你在寒风中拼尽全力吆喝着。谢谢你，大喇叭。相信疫情过后，雾霾散去，我们依然会互相记挂。期待你给我们村带来新知识、新理念、新生活！

祝

坚不可摧

孙妍

名儿啊……”又看见你在寒风中拼尽全力吆喝着。谢谢你，大喇叭。相信疫情过后，雾霾散去，我们依然会互相记挂。期待你给我们村带来新知识，新理念，新生活！

祝

坚不可摧

孙妍

北京市延庆区第二小学

五（6）班 孙妍

姥姥，我们一起看冬奥

白思齐 / 北京市第十三中学分校初二（4）班

指导老师：张　琴

亲爱的姥姥：

您好！

寒冬莅临，冬雪飞扬，不知不觉中竟又到了新的一年。农历新年要到啦！提前祝您新年快乐！

您还记得去年“十一”时咱们的约定吗？我跟您说2022年冬奥就要在张家口开幕啦！咱们还约定年前，我和爸爸妈妈要回去和您一起过年，一起看冬奥会。只可惜年初，疫情蔓延，许多城市再次开始了紧张的疫情防控。配合国家的防疫政策，我和妈妈也决定就地过年，不过疫情的出现并不能隔断人们对于冬奥的激情，咱们一样可以一起在手机上隔屏观赛，支持冬奥，为冬奥健儿们加油，以这样别开生面的方式迎接农历春节与冬奥的开幕！

您知道吗，为了迎接冬奥的到来，我们学校举办了“新年联欢会——冬奥冰雪知识竞赛”的活动，同学们以各种形式介绍了自己对冬奥的认识。一个个节目可谓是精彩纷呈：“说冬奥”激情澎湃，“绘冬奥”生动有趣，“拼冬奥”考验团结，“玩冬奥”妙趣横生。在“双减”政策支持下，我们减轻了作业负担，提高了学习效率，在课余有亲爱的姥姥：

您好！

寒冬莅临，冬雪飞扬，不知不觉中竟又到了新的一年。农历新年要到啦！提前祝您新年快乐！

您还记得去年十一时咱们的约定吗？我跟您说2022年冬奥就要在张家口开幕啦！咱们还约定年前，我和爸爸妈妈要回去和您一起过年，一起看冬奥会。只可惜年初，疫情蔓延，许多城市再次开始了紧张的疫情防控。配合国家的防疫政策，我和妈妈也决定就地过年。不过疫情的出现并不能隔断人们对于冬奥的激情，咱们一样可以一起在手机上隔●屏观赛，支持冬奥，为冬奥健儿们加油，以这样别开生面的方式迎接农历春节与冬奥的开幕！

您知道吗，为了迎接冬奥的到来，我们学校举办了"新年联欢会——冬奥冰雪知识竞赛"的活动，同学们以各种形式介绍了自己对冬奥的认识。一个个节目可谓是精彩纷呈："说冬奥"激情澎湃，"绘冬奥"生动有趣，"唱冬奥"者强团结，"玩冬奥"妙趣横生。在双减政策支持下，我们减轻了作业负担，提高了学习效率，在课余有了更了更多时间了解冬奥知识。我们以这样的形式关注冬奥，庆祝冬奥，彰显了“全民体育”的冰雪盛情。

体育中考的政策还让我们更加重视体育运动，并付出更多时间投身于体育运动。您一定想不到，在假期初，我还参加了中小学生冬奥模拟赛的倡议活动。我们上冰上雪，为冬奥助力，更提高了身体素质与自身免疫力，在收获好心情的同时为疫情防控贡献了力量。我和小伙伴们体验了滑雪的乐趣。身着靓丽的雪服，脚踏帅气的滑雪板，我们的身影翻越寒霜激情澎湃。跌倒了，爬起来，再踏征程，簌簌寒风灭不了我们如火苗般的熊熊燃烧的意志。正如武大靖所说：“每一种成功都要以破釜沉舟的姿态拼尽全力。”冬奥精神，体育精神，让我们敬佩；学习它们，发扬它们，更是吾辈之责。

“最先朝气蓬勃地投入新生活的人，他们的命运是令人羡慕的。”（——马克思）姥姥，您之前常和我说，比起您生活的时代，我们这些生于新时代的青年人，是多么幸福。生在国旗下，长在春风里。恰逢体育盛事，我们亦能多时间了解冬奥知识。我们以这样的形式关注冬奥，庆祝冬奥，彰显了"全民体育"的冰雪盛情。

体育中考的政策还让我们更加重视体育运动，并付出更多时间投身于体育运动。您一定想不到，在假期中，我还参加了中小学生冬奥模拟赛的倡议活动。我们上冰上雪，为冬奥助力，更提高了身体素质与自身免疫力，在收获好心情的同时为疫情防控贡献了力量。我和小伙伴们体验了滑冰滑雪的乐趣，身着靓丽的雪服，脚踏帅气的滑雪板，我们的身影翩越冬霜激情澎湃。跌倒了，爬起来，再踏征程，凛凛寒风吹不了我们如火焰般的熊熊燃烧的意志。正如武大靖所说："每一种成功都要以破釜沉舟的姿态deliberately尽全力。"冬奥精神，体育精神，让我们敬佩，学习它们，发扬它们，更是吾辈之责。

"最先朝气蓬勃地投入新生活的人，他们的命运是令人羡慕的。"（——马克思）姥姥，您之前常和我说，比起您生活的时代，我们这些生于新时代的青年人，是多么幸福。生在国旗下，长在春风里。恰逢体育盛事，我们亦能感受到国家对我们青少年

感受到国家对我们青少年所赋予的殷殷厚望。“双减”政策出台、体育考试改革、冬奥的开幕……姥姥，您放心，我们青年一代定会在这汇聚一切美好与机遇的路口，展望未来，去勾勒，去描绘，去创造一幅欣欣向荣的体育强国的盛世图景。

祝

身体健康

北京市第十三中学分校

初二（4）班　白思齐

所赋予的殷殷厚望。"双减"政策出台，体育考试改革，冬奥的开幕……姥姥，您放心，我们青年一代定会在这汇聚一切美好与机遇的路口，展望未来，去勾勒，去描绘，去创造一幅欣欣向荣的体育强国的盛世图景。

祝

身体健康

北京市第十三中学分校

初二(4)班 白思齐

雷锋叔叔，谢谢您留给我们的礼物

陈思宇 / 北京市门头沟区军庄中学初一（1）班

指导老师：贾萌萌

敬爱的雷锋叔叔：

您好！

首先，我想诚挚地对您说声“谢谢”！因为我收到了您给我们留下的那份神奇而珍贵的礼物。

记得我四岁生日那天，妈妈带我去买生日蛋糕，刚走到市场门口，就看见一个老婆婆坐在地上边哭边诉说，左手攥着一张百元大钞，右手不停地捶打着自己的胸口。围观的人你一言我一语。原来老婆婆的儿子不久前出了车祸，家里经济一下拮据起来，今天出门卖点小菜用来补贴家用，可是没想到收了一张假钞……

妈妈沉思了一会儿，拉着我挤了过去，只见妈妈扶起老婆婆，紧接着拉开自己的皮包拿出一叠钱交给老婆婆说：“您别急，现在假钞可以到银行换真钞的，我去帮您换，您先收好我这一百元钱吧！”老婆婆这才转悲为喜，紧紧抓住妈妈的手，激动地说：“你真是个好人，谢谢！”这一天，我的生日大蛋糕变成了一块小蛋糕，但我却知道了您的名字。

敬爱的雷锋叔叔：

您好！

首先，我想诚挚地对您说声“谢谢”！因为我收到了您给我们留下的那份神奇而珍贵的礼物。

记得我四岁生日那天，妈妈带我去买生日蛋糕，刚走到市场门口，就看见一个老婆婆坐在地上边哭边诉说，左手攥着一张百元大钞，右手不停地捶打着自己的胸口。围观的人你一言我一语。原来老婆婆的儿子不久前出了车祸，家里经济一下拮据起来，今天出门卖点小菜用来补贴家用，可是没想到收了一张假钞……

妈妈沉思了一会儿，拉着我挤了过去，只见妈妈扶起老婆婆，紧接着拉开自己的皮包拿出一叠钱交给老婆婆说：“您别急，现在假钞可以到银行换真钞的，我去帮您换，您先收好我这一百元钱吧！”老婆婆这才转悲为喜，紧紧抓住妈妈的手，激动地说：“你真是个好人，谢谢！”这一天，我的生日大蛋糕变成了一块小蛋糕，但我却知道了您的名字。

六岁，我入学了，成为了一名正式的小学生。我第一次学会了书写您的名字，并加入了少年先锋队，我从书本上和电视上更加真切地认识了您。您勤劳、朴实的性格，虚心好学、刻苦钻研的精神，坚强勇敢、乐于助人的高贵品质都深深印入了我的脑海。从此，我会收集易拉罐、矿泉水瓶、写完的本子悄悄送给门口那个捡废品的老伯，见到有困难需要帮助的同学，我会伸出援助之手。做这些的时候，我才发现原来帮助别人可以让自己那么快乐！

您给我们的礼物真是太神奇、太珍贵了。春风一吹，洒遍大江南北，犹如一颗颗种子在我们心底扎根发芽，雨后春笋般破土而出。有了大家的共同努力，雷锋精神一定会焕发出更加夺目的时代光彩！

此致

敬礼

北京市门头沟区军庄中学

初一（1）班　陈思宇

六岁，我入学了，成为了一名正式的小学生，我第一次学会了书写您的名字，并加入了少年先锋队，我从书本上和电视上更加真切地认识了您。您勤劳、朴实的性格，虚心好学、刻苦钻研的精神，坚强勇敢、乐于助人的高贵品质都深深印入了我的脑海。从此，我会收集易拉罐、矿泉水瓶、写完的本子悄悄送给门口那个捡废品的老伯，见到有困难需要帮助的同学，我会伸出援助之手。做这些的时候，我才发现原来帮助别人可以让自己那么快乐！

您给我们的礼物真是太神奇、太珍贵了。春风一吹，洒遍大江南北，犹如一颗颗种子在我们心底扎根发芽，雨后春笋般破土而出。有了大家的共同努力，雷锋精神一定会焕发出更加夺目的时代光彩！

此致

敬礼

北京市门头沟区军庄中学

初一(1)班陈思宇

我希望为京剧艺术的传承做出自己力所能及的贡献

侯斯昱 / 北京四中房山分校八年级（4）班

指导老师：魏赫博

亲爱的李胜素老师：

见字如面，您好！

我从小学“戏曲进校园”活动中了解到京剧艺术，也是从那时起我知道了在中国京剧艺术传承中有您这样一位优秀的人物。自此我也就喜欢上了京剧艺术。演员们的精彩表演和唱腔总能将我带入剧情中，从而深深地感受到京剧的魅力。

偶然一次看到了您的演出视频，是《红鬃烈马》一出戏，我对您和于魁智老师的演出十分喜爱。学戏之路无比艰辛，如今您已成为梅派领军人物，将这门国粹艺术传承下去，将自己的知识和技能教授给学生们，同时您也一直在全国各地演出，将优秀的京剧艺术展现在观众面前。虽然我还没有机会去现场看您的演出，但听其他戏迷朋友们说您特别和蔼亲切，清亮含蓄的嗓音瞬间将观众代入情绪和剧情，这也使到现场去观看您的表演成为我的一个心愿。

亲爱的李胜素老师：

见字如面，您好！

我从小学"戏曲进校园"活动中了解到京剧艺术，也是从那时起我知道了在中国京剧艺术传承中有您这样一位优秀的人物。自此我也就喜欢上了京剧艺术。演员们的精彩表演和唱腔总能将我带入剧情中，从而深深地感受到京剧的魅力。

偶然一次看到了您的演出视频，是《红鬃烈马》一出戏，我对您和于魁智老师的演出十分喜爱。学戏之路无比艰辛，如今您已成为梅派领军人物，将这门国粹艺术传承下去，将自己的知识和技能教授给学生们，同时您也一直在全国各地演出，将优秀的京剧艺术展现在观众面前，虽然我还没有机会去现场看您的演出，但听其他戏迷朋友们说您特别和蔼亲切，清亮含蓄的嗓音瞬间将观众代入情绪和剧情，这也使到现场去观看您的表演成为我的一个心愿。

我现在还是一名中学生，但我希望为京剧艺术的传承做出自己力所能及的贡献。我擅长美术，喜爱戏曲服装的精美造型设计，前几日去国博参观了“薪火相传”的展览，看到了那些新设计的戏曲服装，更加使我对戏曲服饰产生了兴趣，所以我希望通过自己的努力能够学习戏曲服装设计。同时我也会经常与同学们分享京剧艺术，希望能发动更多身边的朋友们关注京剧艺术，关注中华优秀传统文化，使中国艺术在世界发扬光大！也希望李老师您能够继续活跃在舞台上，为我们带来精彩的演出。同时注意休息，愿早日在剧场与您见面，欣赏您的演出！

此致

敬礼

您的戏迷：侯斯昱

我现在还是一名中学生，但我希望为京剧艺术的传承做出自己力所能及的贡献。我擅长美术，喜爱戏曲服装的精美造型设计，前几日去国博参观了“薪火相传”的展览，看到了那些新设计的戏曲服装，更加使我对于戏曲服饰产生了兴趣，所以我希望通过自己的努力能够学习戏曲服装设计。同时我也会经常与同学们分享京剧艺术，希望能发动更多身边的朋友们关注京剧艺术，关注中华优秀传统文化，使中国艺术在世界发扬广大！也希望李老师您能够继续活跃在舞台上，为我们带来精彩的演出。同时注意休息，愿早日在剧场与您见面，欣赏您的演出！

此致

敬礼！

您的戏迷：侯斯昱

妈妈，我不会辜负您的期望

刘兆晨 / 白家庄小学科技园校区六年级（1）班
指导老师：何　莹

亲爱的妈妈：

您好！

感谢您把我养这么大，如果没有您，就没有今天的我，谢谢您！

请您原谅，小学这六年我的成绩并不是很理想，但是我会将成绩使劲儿往上升，不会辜负您的期望。我最近十分调皮，老是不听您的话，惹您生气，为此您也时常唠叨我，偶尔会吼我，但我知道那都是为我好！请您相信，我一定会改过来，不久的将来，您看到的将是一个不一样的我。

妈妈，您所给我的爱，我一辈子也还不清，但是我还是要努力去报答。感谢您十三年前冒着生命危险把我生下，多少个日日夜夜不辞辛苦地把我从小带到大，教我学会了走路，教我学会了说话，教会了我独立做很多事情，也教会我如何做人和如何接人待物。妈妈，您是我第一任老师！感谢的话用千言万语也无法表达，但是我把我这颗真诚的心献给您，感谢上天让我有了您这个好妈妈！您的眼睛一只看到我的未来，另一只看进我的心里；您的耳朵，一只聆听我的心事，另一只记下我的需求。妈妈，谢谢您平时对我的嘘寒问暖，对我各种唠叨和不耐其烦的叮嘱，这些都亲爱的妈妈：

您好！

感谢您把我养这么大，如果没有您，就没有今天的我，谢谢您！

请您原谅，小学这六年我的成绩并不是很理想，但是我会将成绩使劲儿往上升，不会辜负您的期望。我最近十分调皮，老是不听您的话，惹您生气，为此您也时常唠叨我，偶尔会吼我，但我知道那都是为我好！请您相信，我一定会改过来，不久的将来，您看到的将是一个不一样的我。

妈妈，您所给我的爱，我一辈子也还不清，但是我还是要努力去报答。感谢您十三年前冒着生命危险把我生下，多少个日日夜夜不辞辛苦地把我从小带到大，教我学会了走路，教我学会了说话，教会了我独立做很多事情，也教会我如何做人和如何接人待物。妈妈，您是我第一任老师！感谢的话用千言万语也无法表达，但是我把我这颗真诚的心献给您，感谢上天让我有了您这个好妈妈！您的眼睛一只看到我的未来，另一只看进我的心里；您的耳朵，一只聆听我的心事，另一只记下我的需求。妈妈，谢谢您平时对我的嘘寒问暖，对我各种唠叨和不厌其烦的叮嘱，这些都是我向前拼搏和努力成长的动力！

是我向前拼搏和努力成长的动力！

妈妈，您是我一生中最爱的人，我知道您终究会慢慢老去，可是我多么不想您变老呀。我多么希望您永远漂亮，永远年轻，永远陪在我身边呀！

妈妈我爱您！

您的女儿：刘兆晨

2021 年 2 月 22 日

妈妈，您是我一生中最爱的人，我知道您终究会慢慢老去，可是我多么不想您变老呀，我多么希望您永远漂亮，永远年轻，永远陪在我身边呀！

妈妈我爱您！

您的女儿刘兆晨

2021年02月22日。

我最爱的宝贝女儿晨晨：

你好！

已经很久很久没有用这种方式进行交流了！今天鼓起勇气提起笔给你写信，妈妈再次泪流满面，内心中百感交集：感动、欣慰、骄傲……，更有千言万语想对你说！

宝贝，首先要感谢你这11年来带给这个家庭和爸爸妈妈的无限惊喜和快乐！自从你2009年11月10日来到咱们家后，一家人都很开心快乐！

自从你出生以来，妈妈就感受到了一种沉甸甸的责任，妈妈希望你将来能够成为对国家和社会有用的人。为了这个目标，妈妈一直在努力，同时妈妈也希望你从现在开始，更加抓紧学习文化知识，因为只有有了文化，你才迈向了成功的第一步，也有了敲开成功大门的敲门砖。因为只有有了文化，你才有实现自己目标和远大理想的本钱。因为只有有了文化，你长大后才有能自主选择自己喜欢的工作，而不是被迫选择工作！这些道理妈妈相信你是懂的！因为你已经长大了，是大姑娘了！

上学期你的数学期末考试成绩虽说不理想，不过没关系，妈妈相信你这学期通过自己的努力一定会追赶上来的！一定会有突飞猛进的进步的。因为成绩下降，才能暴露出来自己到底是哪里不会，哪里不懂，咱们就有针对性我最爱的宝贝女儿晨晨：

你好！

已经很久很久没有用这种方式进行交流了！今天鼓起勇气提起笔给你写信，妈妈再次泪流满面，内心中百感交集：感动、欣慰、骄傲……，更有千言万语想对你说！

宝贝，首先要感谢你这11年来带给这个家庭和爸爸妈妈的无限惊喜和快乐！自从你2009年11月10日来到咱们家后，一家人都很开心快乐！

自从你出生以来，妈妈就感受到了一种沉甸甸的责任，妈妈希望你将来能够成为对国家和社会有用的人。为了这个目标，妈妈一直在努力，同时妈妈也希望你从现在开始，更加抓紧学习文化知识，因为只有有了文化，你才迈向了成功的第一步，也有了敲开成功大门的敲门砖。因为只有有了文化，你才有实现自己目标和远大理想的本钱。因为只有有了文化，你长大后才有自主选择自己喜欢的工作，而不是被迫选择工作！这些道理妈妈相信你是懂的！因为你已经长大了，是大姑娘了！

上学期你的数学期末考试成绩虽说不理想，不过没关系，妈妈相信你这学期通过自己的努力一定会追赶上来的！一定会有突飞猛进的进步的，因为成绩下降，才能暴露出来自己到底是哪里不会哪里不懂，咱们就有针对性地复习和

地复习和做练习，如果不会就问问老师。但是这里妈妈要很郑重地提醒你一下，如果碰到不会的千万不要依靠手机，一定要寻找正确的方式去解决它！比如数学题一定要先自己去想，一定要动脑子，自己先想办法解决它，实在不会去找你的老师；如果是语文，要先动脑想，查字典，再不会可以去问你的老师，寻求解决这类题目解题的方式方法。任何老师教你的都是方法，而不是仅仅告诉你这道题的正确答案！因为，只有你知道解题的正确方法了，才会举一反三地解决各种问题！千万不要像上学期似的用手机去搜题了！因为这样表面上看你是都会了，老师和家长都不太会去关注你这类做对的题目，只去关注你不会的题目。我知道你这些道理都懂，但是妈妈希望你能够端正自己的学习态度，并对自己的学习认真负责，这样你的成绩自然而然会提升很快的！加油孩子，妈妈一直会作为你的打气筒，给你加油鼓劲儿的！

但是爸爸妈妈提示你的是：只是一时的失利没关系的，通过自己的努力你会有无数次成功的。相信自己一定可以做到的！请你记住，无论以后在生活上或者学习上，遇到什么困难，爸爸妈妈永远是你坚强的后盾！任何时候我们都会与你一起面对它，消灭它！因为我们是最爱你的人！

再有，在爸妈心里一直对你就只有2个要求！第一是做练习，如果不会就问问老师。但是这里妈妈要很郑重的提醒你一下，如果碰到不会的千万不要依靠手机，一定要寻找正确的方式去解决它！比如数学题一定要先自己去想，一定要动脑子，自己先想办法解决它，实在不会去找你的老师；如果是语文，要先动脑想，查字典，再不会可以去问你的老师，寻求解决这类题目解题的方式方法。任何老师教你的都是方法，而不是仅仅告诉你这道题的正确答案！因为，只有你知道解题的正确方法了，才会举一反三地解决各种问题！千万不要像上学期似的用手机去搜题了！因为这样表面上看你是都会了，老师和家长都不太会去关注你这类做对的题目，只去关注你不会的题目。我知道你这些道理都懂，但是妈妈希望你能够端正自己的学习态度，并对自己的学习认真负责，这样你的成绩自然而然会提升很快的！加油孩子，妈妈一直会作为你的打气筒，给你加油鼓劲儿的！

但是爸爸妈妈提示你的是：只是一时的失利没关系的，通过自己的努力你会有无数次成功的。相信自己一定可以做到的！请你记住，无论以后在生活上或者学习上遇到什么困难，爸爸妈妈永远是你坚强的后盾！任何时候我们都会与你一起面对它，消灭它！因为我们是最爱你的人！

再有，在爸妈心里一直对你就有2个要求！第一是身体要健康，每天都过得开开心心的！第二是学习成绩优异，对得起自己的付出和努力就好！学习永远都是自己的事情。你成功了，爸妈为你骄傲，你不成功，爸妈会给你加油鼓劲儿努力地帮助你成功，为你提供无限动力的。我们一起加油努力吧！

宝贝，从小你就是一个可爱听话、积极向上、乐观开朗、运动细胞发达、精力充沛、超级热爱舞蹈和画画的有爱的孩子！也通过自己的努力拿到了很多的证书！爸妈真为你骄傲呀！人生以后的日子还很长很长，爸妈希望你在以后的成长道路上，能对自己有更高的要求！更加开心快乐，健健康康地长大，为实现自己的远大理想而付出更大更多的努力！加油吧宝贝！相信你一定会成功的！

加油！爱你！

永远爱你的爸爸妈妈

身体要健康，每天都过得开开心心的！第二是学习成绩优异，对得起自己的付出和努力就好！学习永远都是自己的事情。你成功了，爸妈为你骄傲，你不成功，爸妈会给你加油鼓劲儿努力地帮助你成功，为你提供无限动力的。我们一起加油努力吧！

宝贝，从小你就是一个可爱听话、积极向上、乐观开朗、运动细胞发达、精力充沛、超级热爱舞蹈和画画的有爱的孩子！也通过自己的努力拿到了很多的证书！爸妈真为你骄傲呀！人生以后的日子还很长很长，爸妈希望你在以后的成长道路上，能对自己有更高的要求！更加开心快乐，健健康康地长大，为实现自己的远大理想而付出更大更多的努力！加油吧宝贝！相信你一定会成功的！

加油！爱你！

永远爱你的爸爸妈妈

我们画不出完美的圆是存在的

鞠成英 / 北京市第八十中学高二（6）班

指导老师：吴　丹

尊敬的罗翔教授，您好：

第一次看到您的视频是在去年寒假，您用生动幽默的语言去讲刑法案件，让我感觉法律也是十分有意思的。

我记住的除了“法外狂徒张三”外，还跟着这股“风”学习且记住了如“犯罪未遂”“犯罪中止”等法学名词。但是让我记忆最为深刻的是您讲的《正义是什么》和您说过的一位让您为其遭遇而十分感动的学生。您说我们画不出那个完美的圆，但它是存在的。它代表了我们前进的方向。这鼓舞了我们向着更美好、更正义而往之。而您在法考视频中所讲的那段“我们登上并非我们所选择的舞台，演出并非我们所选择的剧本……希望大家能够演好自己的剧本”。这一席话使我受到了莫大的震撼与鼓舞。

而在观看这些视频的过程中，我也产生了一些想法和问题，希望得到您的回复与建议。

我在看许知远先生对您的访谈中，对您的思想有了更深入的了解。根据访谈，很想问您三个问题。

第一，我们现在所面对的（或以后所面对的）世界会有很多试探和诱惑、困难与挫折，那我们该如何坚持本心呢？

第二，您在访谈中说到有些是“感觉的”“虚的”，我想问一下，尊敬的罗翔教授，您好：

第一次看到您的视频是在去年寒假，您用生动幽默的语言去讲刑法案件，让我感觉法律也是十分有意思的。

我记住的除了"法外狂徒张三"外，还跟着这股"风"学习且记住了如"犯罪未遂""犯罪中止"等法学名词。但是让我记忆最为深刻的是您讲的《正义是什么》和您说过的一位让您为其遭遇而十分感动的学生。您说我们画不出那个完美的圆，但它是存在的。它代表了我们前进的方向。这鼓舞了我们向着更美好，更正义而往之。而您在法考视频中所讲的那段"我们登上并非我们所选择的舞台，演出并非我们所选择的剧本……希望大家能够演好自己的剧本。"这一席话使我受到了莫大的震撼与鼓舞。

而在观看这些视频的过程中，我也产生了一些想法和问题，希望得到您的回复与建议。

我在看许知远先生对您的访谈中，对您的思想有了更深入的了解。根据访谈，很想问您三个问题。

第一，我们现在所面对的（或以后所面对的）世界会有很多试探和诱惑、困难与挫折，那我们该如何坚持本心呢？

第二，您在访谈中说到有些是"感觉的""虚的"，我想问一下，您是如何在虚与实中进行平衡的呢？或者说如何从虚中判断出实，从而保持那份清醒呢？其实，还想再问一问，如果太过于清醒那又该如何做呢？

您是如何在虚与实中进行平衡的呢？或者说如何从虚中判断出实，从而保持那份清醒呢？其实，还想再问一问，如果太过于清醒那又该如何做呢？

第三，我只是一名中学生，有时会提前害怕一些不好的事情到来，很想问您有过这种情况吗？我们又该如何应对它呢？

以上就是我提问的所有问题了，还是要十分感谢您为传播法律、法治所做出的巨大贡献！其实，除了我以外，还有很多年轻人都非常喜欢您的思想。

最后，愿我们都能拥有美好的良日，一切光明向前！

北京市第八十中学

高二（6）班　鞠成英

第三，我只是一名中学生，有时会提前害怕一些不好的事情到来，很想问您有过这种情况吗？我们又该如何应对它呢？

以上就是我提问的所有问题了，还是要十分感谢您为传播法律、法治所做出的巨大贡献！其实，除了我以外，还有很多年轻人都非常喜欢您的思想。

最后，愿我们都能拥有美好的良日，一切光明向前！

北京市第八十中学
高二(6)班 鞠成英

你们的活力和激情特别感染我

闫思淇 / 北京市延庆区康庄中心小学一年级（1）班
指导老师：李媛媛

敬爱的清华大学上海校友会艺团的爷爷奶奶们：

你们好！

我是一名小学生，看到你们表演的《同一个少年》，你们整齐地挽起袖子演唱，你们的活力和激情特别感染我。我一直问妈妈，这些爷爷奶奶年龄都这么大了，怎么唱歌还这么有活力呢？妈妈告诉我，你们的艺术团是由清华大学毕业生及其家属组成的，平均年龄达到74岁，年龄最大的已经有89岁了。而且你们年轻的时候大部分人扎根祖国边疆，在祖国的各个领域奉献着自己的力量。有“歼教-7”设计者，中国设计的第一架大型喷气式客机“运-10”的总体设计及副总设计师和中国第一颗氢弹参与人员，还有人曾经研制出我国第一台核反应堆控制计算机。你们当年的生活条件那么艰苦，在合唱团成立之初也遇到很多困难，但你们没有轻言放弃，一直坚持，才有了这么精彩的表演。你们每一位都是“中国的脊梁”，是我学习的榜样！

爷爷奶奶，虽然岁月染白了你们的头发，镌刻了你们的脸庞，但你们的爱国之心却犹如熊熊烈火，燃烧并照亮了祖国的每一方土地，每一片天空。

作为当代小学生，虽然我现在还小，但我会以你们为榜样，好好学习，坚持锻炼，争做新一代的好少年！将来长大了做一个对国家有用的人！

敬祝

身体健康，万事如意！

北市延庆区康庄中心小学

一年级1班　闫思淇

敬爱的清华大学上海校友会艺团的爷爷奶奶们：

你们好！

我是一名小学生，我看到你们表演的《同一个少年》，你们整齐地挽起袖子演唱，你们的活力和激情特别感染我。我一直问妈妈，这些爷爷奶奶年龄都这么大了，怎么唱歌还这么有活力呢？妈妈告诉我，你们的艺术团是由清华大学毕业生及其家属组成的，平均年龄达到74岁，年龄最大的已经有89岁了。而且你们年轻的时候大部分人扎根祖国边疆，在祖国的各个领域奉献着自己的力量。有"歼教一1"设计者，中国设计的第一架大型喷气式客机"运－10"的总体设计及副总设计师和参与中国第一颗氢弹参与人员，还有人曾经研制出我国第一台核反应堆控制计算机。你们当年的生活条件那么艰苦，在合唱团成立之初也遇到很多困难，但你们没有轻言放弃，一直坚持，才有了这么精彩的表演。你们每一位都是"中国的脊梁"，是我学习的榜样！

爷爷奶奶，虽然岁月染白了你们的头发，镌刻了你们的脸庞，但你们的爱国之心却犹如熊熊烈火，火焰燃并照亮了祖国的每一方土地，每一片天空。

作为当代小学生，虽然我现在还小，但我会以你们为榜样，好好学习，坚持锻炼，争做新一代的好少年！将来长大了做一个对国家有用的人！

敬祝

身体健康，万事如意！

北京市延庆区康庄中心小学

一年级1班 闫思淇

爷爷奶奶，想和你们一起欢度时光

胡颢严 / 北京中学六年级（6）班

指导老师：曾愉惜

亲爱的爷爷奶奶：

你们的身体都还好吗?

两周前的一个早晨，我欣喜万分地吃到了你们寄过来的香喷喷的牛肉丸。只是闻一闻那香味，我就馋得直流口水。我一连吃了十几个，享受着世间独一无二的美食，感觉幸福极了。但听到奶奶为了给我做那些工艺复杂的牛肉丸，累得连续两天都卧床不起，感动、心疼、愧疚交织在我心里。虽然我们相隔数千公里，但我们的心始终在一起。你们总是惦记着我，经常给我寄好吃的、好玩的，我都铭记在心。亲爱的爷爷奶奶，以后不要再为我那么操劳了，你们的健康是我最大的牵挂。任何东西都不能用健康做交换。

时光流逝，从我们上一次的团聚到现在已经过去整整两年，我非常想念你们。还记得2020年1月，我们大家庭一行九人正在西双版纳快乐地游玩，突如其来的新冠肺炎疫情，使我们不得不中断难得的欢聚时光，各自返回住处。那时候我真舍不得和你们分开，心中满是遗憾。两年后的今天，疫情仍然阻碍着我们的团聚。随着对疫情的了解，我也渐渐明白：就地过年，减少出行，就是我们为抗疫做的最大贡献。等到疫情结束，我们再相聚，那时候每一天都会像过年一样欢喜。

爷爷奶奶，虎年春节快要到了，你们肯定知道，今年的春节不仅是我们中国人的节日，也是全世界欢聚的节日，因为2022年冬季奥运会就要在北京盛大亲爱的爷爷奶奶：

你们的身体都还好吗？

两周前的一个早晨，我欣喜万分地吃到了你们寄过来的香喷喷的牛肉丸。只是闻一闻那香味，我就馋得直流口水。我一连吃了十几个，享受着世间独一无二的美食，感觉幸福极了。但听到奶奶为了给我做那些工艺复杂的牛肉丸，累得连续两天都卧床不起，感动、心疼、愧疚交织在我心里。虽然我们相隔数千公里，但我们的心始终在一起。你们总是惦记着我，经常给我寄好吃的、好玩的，我都铭记在心。亲爱的爷爷奶奶，以后不要再为我那么操劳了，你们的健康是我最大的牵挂。任何东西都不能用健康做交换。

时光流逝，从我们上一次的团聚到现在已经过去整整两年，我非常想念你们。还记得2020年1月，我们大家庭一行九人正在西双版纳快乐地游玩，突如其来的新冠肺炎疫情，使我们不得不中断难得的欢聚时光，各自返回住处。那时候我真舍不得和你们分开，心中满是遗憾。两年后的今天，疫情仍然阻碍着我们的团聚。随着对疫情的了解，我也渐渐明白：就地过年，减少出行，就是我们为抗疫做的最大贡献。等到疫情结束，我们再相聚，那时候每一天都会像过年一样欢喜。

爷爷奶奶，虎年春节快要到了，你们肯定知道，今年的春节不仅是我们中国人的节日，也是全世界欢聚的节日，因为2022年冬季奥运会就要在北京盛大开幕了。继2008年北京奥运会后，传承不息的奥运圣火又一次在中

开幕了。继2008年北京奥运会后，传承不息的奥运圣火又一次在中华大地上点燃，北京也成为了全世界唯一的“双奥之城”。一想到这些，我就激动不已。我坚持体育锻炼，和同学们一起投入到冰雪运动中，这成为我支持北京冬奥会最直接的方式。这个寒假，我参考学校的锻炼建议，制订了详细的体育锻炼计划并执行，每天坚持长跑、跳绳、足球、跆拳道等运动。另外，每周我都会去滑冰场滑冰，感受冰上运动的速度与激情；我还和好朋友们相约去滑雪场，感受脚下生风、雪上飞驰的畅爽，领略冰雪运动的无穷魅力。爷爷奶奶，我知道你们也一直坚持每天早晚锻炼身体，让我们一起为自己加油，为北京冬奥会加油！

亲爱的爷爷奶奶，这场世界体育盛事的到来让我又想起了以前和爷爷并排坐在电视机前看世界杯的日子，我多想和你们一起欣赏这场即将到来的北京奥运会啊。幸运的是，我们的祖国科技进步了。我们可以一边视频通话，一边在电视屏幕前为我们的冬奥健儿们加油，用新的方式欢度时光，共庆盛世。

亲爱的爷爷奶奶，我知道你们还时刻关心着我的学业和成长。爷爷也常和我说要向体育健儿们学习。请你们放心，我一定继承和发扬奥林匹克精神，学习上精深探索，运动上不断突破，拼搏进取，勇往直前，成为更好的自己。

亲爱的爷爷奶奶，也请你们一定要照顾好自己，做好疫情防护，坚持锻炼身体。我坚信，只要我们一家人平安健康，幸福的团圆一定会有很多很多次。

最后，祝爷爷奶奶新年快乐，身体健康，吉祥如意！

永远爱你们的孙儿：颢严

2022年1月25日

华大地上点燃，北京也成为了全世界唯一的"双奥之城"。一想到这些，我就激动不已。我坚持体育锻炼，和同学们一起投入到冰雪运动中，这成为我支持北京冬奥会最直接的方式。这个寒假，我参考学校的锻炼建议，制订了详细的体育锻炼计划并执行，每天坚持长跑、跳绳、足球、跆拳道等运动。另外，每周我都会去滑冰场滑冰，感受冰上运动的速度与激情；我还和好朋友们相约去滑雪场，感受脚下生风，雪上飞驰的畅爽，领略冰雪运动的无穷魅力。爷爷奶奶，我知道你们也一直坚持每天早晚锻炼身体，让我们一起为自己加油，为北京冬奥会加油！

亲爱的爷爷奶奶，这场世界体育盛事的到来让我又想起了以前和爷爷并排坐在电视机前看世界杯的日子，我多想和你们一起欣赏这场即将到来的北京奥运会啊。幸运的是，我们的祖国科技进步了，我们可以一边视频通话，一边在电视屏幕前为我们的冬奥健儿们加油，用新的方式欢度时光，共庆盛世。

亲爱的爷爷奶奶，我知道你们还时刻关心着我的学业和成长。爷爷也常和我说要向体育健儿们学习。请你们放心，我一定继承和发扬奥林匹克精神，学习上精深探索，运动上不断突破，拼搏进取，勇往直前，成为更好的自己。

亲爱的爷爷奶奶，也请你们一定要照顾好自己，做好疫情防护，坚持锻炼身体。我坚信，只要我们一家人平安健康，幸福的团圆一定会有很多很多次。

最后，祝爷爷奶奶新年快乐，身体健康，吉祥如意！

永远爱你们的孙儿 颢严

2022年1月25日

未来的自己

黄彦臻 / 北京市东城区西总布小学六年级（2）班
指导老师：王　媛

未来的我：

你好！

这是一封过去的你写给你的信。或许你会很惊异，或许你会不明所以，但是我有许多话需要对你说。

过去的我，现在是一位即将步入初中生活的小学生。在学校里，日复一日担心着作业和考试，回家也只会抱怨同学与老师的不是。

人们总说时间会处理掉一切，甚至是那些难以入耳的诽言，时间也会淡化掉许多，包括那些年少懵懂与狂妄。未来的你，现在回首往事，你是否发觉有些东西不是说忘就能忘的，比如：青春的梦想，为梦想买单的努力，与亲情、友情相伴一路走来的不易与坚实。

“值得回忆的哀乐人事常是湿的。”此刻的你，读着这封信，是否看到了学生时代的自己，每进入更高阶段的茫然与新奇；站在国旗下以青春的名义为自己许下的誓言；在学校这片智慧的沃土上，你是否从那个天真无邪的男孩，一步步艰难地走向成熟？然而人生中充满许多离别，未来的我：

你好！

这是一封过去的你写给你的信。或许你会很惊异，或许你会不明所以，但是我有许多话需要对你说。

过去的我，现在是一位即将步入初中生活的小学生。在学校里，日复一日担心着作业和考试，回家也只会抱怨同学与老师的不是。

人们总说时间会处理掉一切，甚至是那些难以入耳的诽言，时间也会淡化掉许多，包括那些年少懵懂与狂妄。未来的你，现在回首往事，你是否发觉有些东西不是说忘就能忘的，比如：青春的梦想，为梦想买单的努力，与亲情、友情相伴一路走来的不易与坚实。

"值得回忆的哀乐人事常是湿的。"此刻的你，读着这封信，是否看到了学生时代的自己，每进入更高阶段的茫然与新奇；站在国旗下以青春的名义为自己许下的誓言；在学校这片智慧的沃土上，你是否从那个天真无邪的男孩，一步步艰难地走向成熟？然而人生中充满许多每次离别都伴随着一种痛，而这种痛或许就叫“成长吧”！我相信，学生时代的时光，珍藏在你内心最柔软的角落里，也流淌在血液里，永远无法分割开来。愿你以最美的姿态，度过锦瑟年华。

小时候，看见书上有一段话：人的寿命本来就只有二十年。刚刚出生十多年，就已经要临近死亡。所以灵魂到了地府便怎么也不肯再去投胎，寿命这么短，还来不及体悟时境变迁，就面临死亡。而地府中的动物们也不想要这么多的寿命，于是，他们把自己的寿命送给了人类，人从此有了六十年的寿命。

动物们觉得短暂的人生好，是因为在短时间内充实的人生才是有意义的。六十年的寿命短吗？不，已经够了。比起蜉蝣的朝生暮死，六十年，早就足矣。然而我们却总是不满足，从古时候秦始皇热衷长生不老直到现在，仍然有许多人迷信地以为可以长存于世，然而，没有一个人真的做到过。

离别，每次离别都伴随着一种痛，而这种痛或许就叫"成长吧！"我相信，学生时代的时光，珍藏在你内心最柔软的角落里，也流淌在血液里，永远无法分割开来。愿你以最美的姿态，度过锦瑟年华。

小时候，看见书上有一段话：人的寿命本来就只有二十年。刚刚出生十多年，就已经要临近死亡。所以灵魂到了地府便怎么也不肯再去投胎，寿命这么短，还来不及体悟时境变迁，就面临死亡。而地府中的动物们也不想要这么多的寿命，于是，他们把自己的寿命送给了人类，人从此有了六十年的寿命。

动物们觉得短暂的人生好，是因为在短时间内充实的人生才是有意义的。六十年的寿命短吗？不，已经够了。比起蜉蝣的朝生暮死，六十年，早就足矣。然而我们却总是不满足，从古时候秦始皇热衷长生不老直到现在，仍然有许多人迷信地以为可以长存于世，然而，没有一个人真的做到过。

未来的你，也许已经没有了青春年少的容

未来的你，也许已经没有了青春年少的容颜，多了一道道深藏故事的沟涧；没有了异想天开的天真，见识了社会下的黑暗；没有了太多的时间去沉浸在白日梦里，开始面对残酷的现实。但是，你应该拥有成熟的气质；拥有沉稳的思想；拥有更多的能力去改变自己的人生。

未来的你，还应怀着感恩之心。行走在人生的道路上，感恩家人，给了你奋斗的动力；感恩朋友，给了你许多无法衡量的感动；感恩对手，给了你变强大的决心；感恩磨难，给了你学会坚强的机会，没经历过痛苦，凤凰又谈何重生。

未来的你，是否能像过去的你一样每天微笑，不管生活经历怎样的日新月异，要学会用微笑的力量去化解一切纠纷，纵使生活中充满不如意，也不要去抱怨。因为一路走来的风景，都是属于自己的。

虽然现在的我还小，没有什么本事，但我对未来的你有信心。我相信，在通往未来的道路上，我会梳理被颜，多了一道道深藏故事的沟涧；没有了异想天开的天真，见识了社会下的黑暗；没有了太多的时间去沉浸在白日梦里，开始面对残酷的现实。但是，你应该拥有成熟的气质；拥有沉稳的思想；拥有更多的能力去能够改变自己的人生。

未来的你，还应怀着感恩之心。行走在人生的道路上，感恩家人，给了你奋斗的动力；感恩朋友，给了你许多无法衡量的感动；感恩对手，给了你变强大的决心；感恩磨难，给了你学会坚强的机会，没经历过痛苦，凤凰又谈何重生。

未来的你，是否能像过去的你一样每天微笑，不管生活经历怎样的日新月异，要学会用微笑的力量去化解一切纠纷，纵使生活中充满不如意，也不要去抱怨。因为一路走来的风景，都是属于自己的。

虽然现在的我还小，没有什么本事，但我对未来的你有信心。我相信，在通往未道的道路上，我会梳理被岁月吹乱的发丝，更努力、

岁月吹乱的发丝，更努力、更快乐地微笑着和未来的你相逢！

致未来的自己

黄彦臻　3月4日

更快乐地微笑着和未来的你相逢!

致未来的自己

黄彦臻 3月4日

我一定会为您送上一束二月兰花

王　彤 / 北京市房山区良乡中学高二（8）班

指导老师：马萌萌

致叶海兰姐姐的一封信

亲爱的叶海兰姐姐：

您好！虽然我只是全国茫茫高中生的沧海一粟，但我想如果我有幸能见到您的话，我一定会为您送上一束二月兰花。因为二月兰有很美好的花语——谦逊质朴，无私奉献。

我看了您的演讲视频，看着您带有泪光的双眸，用平凡的语气，演讲着一段不平凡的经历。你说你们不是逆行英雄，只不过在坚守职业，履行职责的普通医护人员。但我想表达的是，您在我心中就是一个英雄，一个伟大的英雄。

说您是英雄，是因为您的勇敢与坚定。在您的演讲中提及，您之所以是以志愿者的身份前往武汉，是因为您在疫情发生前不久刚刚辞去了护理的工作。我想如果这发生在大多数人身上，应该会庆幸。或许会认为自己是"塞翁失马，焉知非福"，正好可以远离这可怕的疫情。但您没有，您知道国家在招募志愿者后毅然决然地报了名，转身投入这场无形的战争中。您虽是孤身一个人去武汉，但您带着满腔的热血。我甚至能够想象得到，您在武汉站下车的背影，定像太阳一样闪耀。在演讲时，您讲述了一次生病的场景。听到这里，我充满了害怕与忐忑。好在福人自有天佑，您只是因为过度劳累和水土不服而生病。但您又能在短短几天调整

致叶海兰姐姐的一封信

亲爱的叶海兰姐姐：

您好！虽然我只是全国茫茫高中生的沧海一粟，但我想如果我有幸能见到您的话，我一定会为您送上一束二月兰花。因为二月兰有很美好的花语——谦逊质朴，无私奉献。

我看了您的演讲视频，看着您带有泪光的双眸，用平凡的语气，演讲着一段不平凡的经历。你说你们不是逆行英雄，只不过在坚守职业，履行职责的普通医护人员。但我想表达的是，您在我心中就是一个英雄，一个伟大的英雄。

说您是英雄，是因为您的勇敢与坚定。在您的演讲中提及，您之所以是以志愿者的身份前往武汉，是因为您在疫情发生前不久刚刚辞去了护理的工作。我想如果这发生在大多数人身上，应该会庆幸。或许会认为自己是"塞翁失马，焉知非福"，正好可以远离这可怕的疫情。但您没有，您知道国家在招募志愿者后毅然决然地报了名，转身投入这场无形的战争中。您虽是孤身一个人去武汉，但您带着满腔的热血。我甚至能够想象得到，您在武汉站下车的背影，定像太阳一样闪耀。在演讲时，您讲述了一次生病的场景。听到这里，我充满了害怕与忐忑。好在福人自有天佑，您只是因为过度劳累和水土不服而生病。但您又能在短短几天调整好身体与心态，继续投入工作当中，令我不得不佩服。您的胆量与坚定不亚于替父从军的木兰。您的精神与胆识应该让更多的人学习，您更担得起"抗疫英雄"这一称号。

好身体与心态，继续投入工作当中，令我不得不佩服。您的胆量与坚定不亚于替父从军的木兰。您的精神与胆识应该让更多的人学习，您更担得起“抗疫英雄”这一称号。

中国是一个人口大国，但在党中央与全国人民的共同努力下，疫情很快被控制住了。取得这样的结果，是因为中国人心中不灭的火，是刻在骨子里的坚韧。不管是多年前的抗日战争，还是去年的疫情，我们都在一遍一遍向世界展示中国的风姿。而正是中国有太多像您这样勇敢坚定的人，才会有中国现在的发展与进步！此生无悔入华夏，来世还做中国人！

叶海兰姐姐，您在演讲的结尾说到您今后会在您所热爱的护理工作中尽自己一份力，守护人民的安全。我也想像您一样，所以我会好好学习，考上自己喜欢的专业，希望以后可以在我喜爱的工作中，尽自己的一份力，服务人民，为祖国发展做出一份贡献！

最后，由衷地祝福您，身体健康，事业顺利！

良乡中学

高二（8）班　王　彤

中国是一个人口大国，但在党中央与全国人民的共同努力下，疫情很快被控制住了。取得这样的结果，是因为中国人心中不灭的火，是刻在骨子里的坚韧。~~取得~~不管是多年前的抗日战争，还是去年的疫情，我们都在一遍一遍向世界展示中国的风姿。而正是中国有太多像您这样勇敢坚定的人，才会有中国现在的发展与进步！此生无悔入华夏，来生还做中国人！

叶海兰姐姐，您在演讲的结尾说到您今后会在您所热爱的护理工作中尽自己一份力，守护人民的安全。我也想像您一样，所以我会好好学习，考上自己喜欢的专业，希望以后可以在我喜爱的工作中，尽自己的一份力，服务人民，为祖国发展做出一份贡献！

最后，由衷地祝福您，身体健康，事业顺利！

良乡中学

高二(8)班 王彤

您托起大山的希望

王冠匀 / 北京一〇一中怀柔校区初二（8）班
指导老师：张　芮

致十八弯山路上的明月——张玉滚：

您好！展信安。

初闻您的名字，是在2019年9月5日第七届全国道德模范名单揭晓时，您荣获“全国敬业奉献模范”。那使我内心敬佩不已。再闻便是那句：“我愿做十八弯山路上的一轮明月，照亮孩子前进的道路。”为这一句诺言，您在地处深山的黑虎庙小学，一干就是十八年。

您从山中走出，又向山里走去。《诗经》有言：“靡不有初，鲜克有终。”初心易有却难长守，有人在功名利禄里沉沦信念，有人在浮沉喧嚣中遗失本色，只有您，在遐方绝域中苦苦坚守，点亮沉静深山的一点光芒，迎万丈艳阳。

学校师资短缺，您便化身“全能型”教师，千方百计上好每一科目，每一节课；乡村道路坎坷，您便用一根扁担，挑起学生一顿顿午饭，也挑起学生冉冉希望。以青春为学生付出，却不图名利，不谋回报。您曾说这些年的艰苦磨炼，练就了您过硬的本领：手执教鞭能上课，拿起勺子能做饭，握起剪刀能裁缝，打开药箱能治病……一息若存，希望不灭，正因为有您，即使我们站在零的起致十八弯山路上的明月——张玉滚：

您好！展信安。

初闻您的名字，是在2019年9月5日第七届全国道德模范名单揭晓时，您荣获“全国敬业奉献模范”。那使我内心敬佩不已。再闻便是那句：“我愿做十八弯山路上的一轮明月，照亮孩子前进的道路。”为这一句诺言，您在地处深山的黑虎庙小学，一干就是十八年。

您从山中走出，又向山里走去。《诗经》有言：“靡不有初，鲜克有终。”初心易有却难长守，有人在功名利禄里抛弃信念，有人在浮沉喧嚣中遗失本色，只有您，在遐方绝域中苦苦坚守，点亮沉静深山的一点光芒，迎万丈艳阳。

学校师资短缺，您便化身“全能型”教师，千方百计上好每一科目，每一节课；乡村道路坎坷，您便用一根扁担，挑起学生一顿顿午饭，也挑起学生冉冉希望。以青春为学生付出，却不图名利，不谋回报。您曾说这些年的艰苦磨炼，练就了您过硬的本领：手执教鞭能上课，拿起勺子能做饭，握起剪刀能裁缝，打开药箱点，也能修起公路，建起食堂；也因为有您，隐入尘烟的小山，于婆娑树影中现出，吸引远方钦佩的双眸。

三尺讲台，两寸粉笔，一双人，万千桃李。您与爱妻在伏牛山，点灯如逆旅，一苇以航行，好在功夫不负有心人：山中走出63名大学生，也酝酿着更多莘莘学子！我们都懵懂彳亍人间，在未开启的旅途中，每个人心中都慢慢屹立起一座巍巍远山，那是心之所向，是素履以往。您心中的山，是兼程并进，带给孩子知识与光明；我心中的山，是同样的一分耕耘一分收获，期望有朝一日能攀山至顶，极目远眺。

“征途漫漫，惟有奋斗”，习近平总书记在新年贺词中如是说。当代年轻人永远在路上，怀抱鹏程万里的远大志向，走在新时代的康庄大道，迎接未来的云程发轫。我们始终相信，山再高，往上攀，总能登顶；路再长，走下去，总会抵达。

您托起大山的希望，我将您视为希望！

此致

敬礼

北京一〇一中怀柔校区

初二（8）班　王冠匀

能治病……一息若存，希望不灭。正因为有您，即使我们站在零的起点，也能修起公路，建起食堂；也因为有您，隐入尘烟的小山，于婆娑树影中现出，吸引远方钦佩的双眸。

三尺讲台，两寸粉笔，一双人，万千桃李。您与爱妻在伏牛山，点灯如逆旅，一苇以航行。好在功夫不负有心人：山中走出63名大学生，也酝酿着更多莘莘学子！我们都懂得了人间，在未开启的旅途中，每个人心中都慢慢屹立起一座巍巍远山，那是心之所向，足素履以往。您心中的山，是兼程并进，带给孩子知识与光明；我心中的山，是同样的一分耕耘一分收获，期望有朝一日能攀山至顶，极目远眺。

“征途漫漫，惟有奋斗”，习近平总书记在新年贺词中如是说。当代年轻人永远在路上，怀抱鹏程万里的远大志向，走在新时代的康庄大道，迎接未来的云程发轫。我们始终相信，山再高，往上攀，总能登顶；路再长，走下去，总会抵达。

您托起大山的希望，我将您视为希望！

此致

敬礼

北京一〇一中怀柔校区

初二（8）班 王冠匀

亲爱的祖国

侯宸杰 / 北京市白家庄小学望京新城校区六年级（2）班

指导老师：张佳祺

亲爱的祖国：

您好！

年少若华，弹指飞沙。随岁月而行，改革开放现已度过四十载春秋，作为实现中华民族复兴的三大里程碑之一，改革开放已经为此做出了巨大的贡献，同时也记录了中国的变化历程。

改革开放是党的一次伟大觉醒，是中华人民和中华民族发展史上一次伟大的革命。四十年春风化雨，改革开放带领我们走出建国初期的贫苦，飞向了繁华的神州大地。高铁引领潮流，电子支付风靡市场……我们正处在一个美好的、富裕的社会主义新时代，我们所能享受的一切物质资料的改变都得益于四十年的实践与坚持。生活在这样的一个国家，无战乱之纷扰，无饥寒之交迫，有的只是幸福的童年，平等的教育，健康的成长，这样的生活，是多少人梦寐以求的啊！生于斯，亦长于斯，这片国土给予我们的恩情是永远无法割舍的。要知道，我们现在所享有的一切都是祖国为我们创造的，不要以为这些都是理所当然。要知道，是祖国为我们撑起一把强有力的保护伞，无论怎样，我们要始终铭记自己是一名中国人，我们要为自己是一名中国人感到自豪。

如今我们正值青春年少，我们有信心为祖国建设做贡献，正如习近平总书记所说的："改革开放只有进行时，没有完成时。"我们要永远保持一颗初心，为祖国各项目标的实现贡献自己的一份力量。

祝

国泰民安 繁荣昌盛

侯宸杰

亲爱的祖国：

您好！

年少芳华，弹指飞沙。随岁月而行，改革开放现已度过四十载春秋，作为实现中华民族复兴的三大里程碑之一，改革开放已经为此做出了巨大的贡献，同时也记录了中国的变化历程。

改革开放是党的一次伟大觉醒，是中华人民和中华民族发展史上一次伟大的革命。四十年春风化雨，改革开放带领我们走出建国初期的贫苦，飞向了繁华的神州大地。高铁引领潮流，电子支付风靡市场……我们正处在一个美好的、富裕的社会主义新时代，我们所能享受的一切物质资料的改变都得益于四十年的实践与坚持。生活在这样的一个国家，无战乱之纷扰，无饥寒之交迫，有的只是幸福的童年，平等的教育，健康的成长，这样的生活，是多少人梦寐以求的啊！生于斯，亦长于斯，这片国土给予我们的恩情是永远无法割舍的。要知道，我们现在所享有的一切都是祖国为我们创造的，不要以为这些都是理所当然。要知道，是祖国为我们撑起一把强有力的保护伞，无论怎样，我们要始终铭记自己是一名中国人，我们要为自己是一名中国人感到自豪。

如今我们正值青春年少，我们有信心为祖国建设做贡献，正如习近平总书记所说的："改革开放只有进行时，没有完成时。"我们要永远保持一颗初心，为祖国各项目标的实现贡献自己的一份力量。

祝

国泰民安　繁荣昌盛

侯晨杰

在我心中，你们就是英雄

杨思佳 / 北京师范大学第三附属中学高一（2）班

指导老师：杜甜甜

亲爱的爸爸：

过年好，见字如面。

今天是2021年大年三十，又到了一年一度阖家欢聚、共度新春佳节的时候，我还是跟小时候一样特别喜欢过年，全家人一起准备年夜饭，一起看春晚，我还可以收到压岁钱。爸爸你要是能回来多好，我有点想你了。

妈妈今天已经放假了，我俩上午全副武装去超市采购了一些年货，你放心我们一到家就马上洗手，所有买回来的东西也全部用酒精喷雾消毒了，虽然今年疫情已经基本控制，但我们还是特别注意防护，这关键时刻我们不能添乱，我们一定积极响应国家号召，尽量不出门少出门，不聚集，戴口罩。

今年情况特殊，妈妈说年夜饭简单些就好了，今年还是我和妈妈两个人在家过年，还是吃不到你做的四喜丸子，我都已经一年没吃你做的四喜丸子了，你做得怎么那么好吃呀？你什么时候才能回家呢？还记得去年春节疫情暴发，一早你接到归队电话，天还没亮就直接赶回了亲爱的爸爸：

过年好，见字如面。

今天是2021年大年三十，又到了一年一度团家欢聚，共度新春佳节的时候，我还是跟小时候一样特别喜欢过年，全家人一起准备年夜饭，一起看春晚，我还可以收到压岁钱，爸爸你要是能回来多好，我有点想你了。

妈妈今天已经放假了，我俩上午全副武装去超市采购了一些年货，你放心我们一到家就马上洗手，所有买回来的东西也全部用酒精喷雾消毒了，虽然今年疫情已经基本控制，但我们还是特别注意防护，这关键时刻我们不能添乱，我们一定积极响应国家号召，尽量不出门，少出门，不聚集，戴口罩。

今年情况特殊，妈妈说年夜饭简单些就好了，今年还是我和妈妈两个人在家过年，还是吃不到你做的四喜丸子，我都已经一年没吃你做的四喜丸子了，你做得怎么那么好吃呀？你什么时候才能回家呢？还记得去年春节疫情暴发，一早你接到归队电话，天还没亮就直接赶单位，一走就是两个多月，每天电视里都是关于抗疫的报道。每次看到医护人员疲惫的身影，口罩下脸上的压痕，我和妈妈都担心极了。为他们担心，更为你担心，好在那个黑暗的冬天已经过去，在全国人民的共同努力下，我们迎来了春天，如果说突如其来的疫情是恶魔，那医护人员和抗疫勇士们就是天使，爸爸，你就是我心中的天使。

本以为今年春节我们一家三口可以过个团圆年了，谁想到石家庄和北京疫情反弹，你又全力投身到抗疫防护的工作状态中，同所有医务工作者一样。

或许，你们的成就赶不上钟南山这样的专家学者，但是在我心中，你们就是战士，就是时代的楷模，是我的骄傲，是我心中的英雄。

爸爸，我想念你，希望你一定注意身体，盼望你早点回家。

此致

敬礼

女儿：杨思佳

回了单位，一走就是两个多月，每天电视里都是关于抗疫的报道每次看到医护人员疲惫的身影，口罩下脸上的压痕，我和妈妈都担心极了，为他们担心，更为你担心，好在那个黑暗的冬天已经过去，在全国人民的共同努力下，我们迎来了春天，如果说突如其来的疫情是恶魔，那医护人员和抗疫勇士们就是天使，爸爸，你就是我心中的天使。

本以为今年春节我们一家三口可以过个团圆年了，谁想到石家庄和北京疫情反弹，你又全力投身到抗疫防护的工作状态中，同所有医务工作者一样。

或许，你们的成就赶不上钟南山这样的专家学者，但是在我心中，你们就是战士，就是时代的楷模，是我的骄傲，是我心中的英雄。

爸爸，我想念你，希望你一定注意身体，盼望你早点回家。

此致

敬礼

女儿 杨丛佳

短短几十年，祖国发生了日新月异的变化

张静涵 / 北京市第八十中学高一（7）班

指导老师：张　燕

敬爱的太姥姥：

您好！我是您的曾外孙女。您我素未谋面，但我从姥姥家挂着的彩色大相片中看到了您，您面容和善慈祥，眉清目秀，头发整齐地梳在后面。一份难以割舍的血缘亲情让我渐渐地从姥姥和妈妈的口中了解了您的人生经历，揭开了照片背后的故事，我的脑海中浮现出一位老太太辛勤劳碌的身影，凝视照片的眼中便多了一份钦佩和敬仰的目光。

生不逢时的您在那个兵荒马乱、飘摇不定的时代，用勤劳的双手支撑起自己的小家，坚强无畏的您带领全家渡过了一次又一次的难关，用一颗果敢之心保全着儿女活下来。感谢上天对您的眷顾，几次大风大浪都没有把您击倒。从苦难中煎熬出来的您也终于看到了曙光，过上了安享的晚年，作为一名世纪老人，您的一生也见证了祖国的发展历程，与祖国共同成长，是不是也是您最大的骄傲？

太姥姥，您想象不到，您身后的世界已经发展成什么样了吧？让我告诉您，短短几十年，祖国发生了日新月异的变化，国家消除了绝对贫困，人人都在小康路上奋斗奔跑，家家户户都用上了高科技产品，人们足不出户就能遍观大千世界，现在的交通十分发达，我们住的房子干净整洁，大家脸上洋溢着幸福的笑容。太姥姥，现在人都不流行写信了，用

敬爱的太姥姥：

您好！我是您的曾外孙女。您我素未谋面，但我从姥姥家挂着的彩色大相片中看到了您，您面容和善慈祥，眉清目秀，头发整齐地梳在后面。一份难以割舍的血缘亲情让我渐渐地从姥姥和妈妈的口中了解了您的人生经历，揭开了照片背后的故事，我的脑海中浮现出一位老太太辛勤劳碌的身影，凝视照片的眼中便多了一份钦佩和敬仰的目光。

生不逢时的您在那个兵荒马乱、飘摇不定的时代，用勤劳的双手支撑起自己的小家，坚强无畏的您带领全家渡过了一次又一次的难关，用一颗果敢之心保全着儿女活下来。感谢上天对您的眷顾，几次大风大浪都没有把您击倒。从苦难中煎熬出来的您也终于看到了曙光，过上了安享的晚年，作为一名世纪老人，您的一生也见证了祖国的发展历程，与祖国共同成长，是不是也是您最大的骄傲？

太姥姥，您想象不到，您身后的世界已经发展成什么样了吧？让我告诉您，短短几十年，祖国发生了日新月异的变化，国家消除了绝对贫困，人人都在小康路上奋斗奔跑，家家户户都用上了高科技产品，人们足不出户就能遍观大千世界，现在的交通十分发达，我们住的房子干净整洁，大家脸上洋溢着幸福的笑容。太网络传递信息成为人们新的习惯，相信您要是看见，也会被这些新鲜事物所吸引。

太姥姥，如今您长眠于地下，我们阴阳两隔，可我并没有觉得您走远。姥姥和妈妈都秉承了您的优良品质，为人善良热情、乐于助人、勤劳做事、生活节俭。您为这个家付出了辛苦，也用自己的言传身教形成了良好的家风，潜移默化地影响着一代又一代人。虽然现在物质条件充足了，但我们继承了您的优良传统，依然保持勤俭节约的生活习惯。太姥姥，在您的身上我感受到了老一辈人始终坚守的中华民族的传统美德。我会从妈妈手中接过接力棒，努力传承下去，让这份宝贵的精神财富在我们大家庭中永远熠熠生辉。

此致

张静涵

姥姥，现在人们都不流行写信了，用网络传递信息成为人们新的习惯，相信您要是看见，也会被这些新鲜事物所吸引。

太姥姥，如今您长眠于地下，我们阴阳两隔，可我并没有觉得您走远。姥姥和妈妈都秉承了您的优良品质，为人善良热情、乐于助人、勤劳做事、生活节俭。您为这个家付出了辛苦，也用自己的言传身教形成了良好的家风，潜移默化地影响着一代又一代人。虽然现在物质条件充足了，但我们继承了您的优良传统，依然保持勤俭节约的生活习惯。太姥姥，在您的身上我感受到了老一辈人始终坚守的中华民族的传统美德。我会从妈妈手中接过接力棒，努力传承下去，让这份宝贵的精神财富在我们大家庭中永远熠熠生辉。

此致

张静涵

您说出了体育比赛应有的精神

年雨桐 / 白家庄小学迎曦分校五年级（4）班

指导老师：张东菲

尊敬的陈滢阿姨：

您好！

我是白家庄小学迎曦分校五年级的一名学生，很荣幸能够给您写信。

我在网上了解到您是中央电视台体育频道的主持人、评论员。曾经主持过中华龙舟大赛，解说、评论过花样（滑冰）、体操、艺术体操等众多大型体育赛事项目。在一次双人花样滑冰的比赛中，中国双人花样滑冰名将庞清、佟健仅获得了第四名，无缘奥运会金牌。但是您为庞清、佟健的比赛进行了一段感人的解说。您说："命运赋予每个人不同的轨迹，不是所有的付出都会如愿得到回报，纵使未获得金牌，他们也身披华彩！他们的脸上洋溢着最美的笑容，因为他们拥有一个不曾熄灭的梦想，并为之奋斗不息。"这段说得非常感人，我想每个听到这段话的观众，心中都会产生共鸣。每一个为了梦想奋斗的运动员，都会感同身受。您说出了运动员的心声，也道出了体育比赛应有的精神。您的文采非常出众，我很佩服您。

我知道您进行过很多次奥运会的比赛报道，我想对于这种国尊敬的陈滢阿姨：

您好！

我是白家庄小学迎曦分校五年级的一名学生，很荣幸能够给给您写信。

我在网上了解到您是中央电视台体育频道的主持人、评论员。曾经主持过中华龙舟大赛，解说、评论过花样、体操、艺术体操等众多大型体育赛事项目。在一次双人花样滑冰的比赛中，中国双人花样滑冰名将庞清、佟健仅获得了第四名，无缘奥运金牌。但是您为庞清、佟健的比赛进行了一段感人的解说。您说："命运赋予每个人不同的轨迹，不是所有的付出都会如愿得到回报，纵使未获得金牌，他们也身披华彩！他们的脸上洋溢着最美的笑容，因为他们拥有一个不曾熄灭的梦想，并为之奋斗不息。"这段说得非常感人，我想每个听到这段话的观众，心中都会产生共鸣。每一个为了梦想奋斗的运动员，都会感同身受。您说出了运动员的心声，也道出了体育比赛应有的精神。您的文采非常出众，我很佩服您。

我知道您进行过很多次奥运会的比赛报道，我想对于这种国际顶级的体育比赛项目，作为主持人、评论员，想必是非常辛苦的，对于主持人、评论员的要求也是极为严格的。在伦敦奥运会上，您和李小鹏共同解说了中国体操男团的奥运会卫冕之战。您在解说过程中表现出来的准确性严谨性和专业性，真的很让人叹服。干一行，爱一行。想必您一定特别热爱自己的际顶级的体育比赛项目，作为主持人、评论员，想必是非常辛苦的，对于主持人、评论员的要求也是极为严格的。在伦敦奥运会上，您和李小鹏共同解说了中国体操男团的奥运会卫冕之战。您在解说过程中表现出来的准确性、严谨性和专业性，真的很让人叹服。干一行，爱一行。想必您一定特别热爱自己的工作。我要向您学习。

作为一名小学生，工作离我还很遥远。我当前的主要任务就是学习，您在工作当中表现出来的优秀品格和素养是值得我们学习和借鉴的。我会努力地积累自己的知识，培养自己的能力。也希望您能给我一些指导，期待您的回信。

祝您

身体健康，工作顺利！

年雨桐

工作。我要向您学习。

作为一名小学生，工作离我还很遥远。我当前的主要任务就是学习，您在工作当中表现出来的优秀品格和素养是值得我们学习和借鉴的。我会努力地积累自己的知识，培养自己的能力。也希望您能给我一些指导，期待您的回信。

祝您

身体健康，工作顺利！

牟雨桐

白家庄小学迎曦分校 五年四班

雨桐同学：

你好。很高兴收到你的来信。通过你的信件，我欣慰地看到对体育运动的热爱已经在你们这一代身上生根发芽。作为体育电视工作者，我由衷地高兴。在此，和你们分享一些成长心得。

首先，作为学生，学习是第一位的。任何人要想获得成功，都需要年复一年、日复一日地不懈努力，勤奋学习，我也一样，博学才能出彩，有扎实的专业知识储备才能做出精彩的解说评论。

在课外，要养成爱阅读的好习惯，阅读是与作者灵魂交流最快捷的方式，也是获取人生智慧最有效的办法。

培养兴趣爱好也非常重要，兴趣是最好的老师，在自己感兴趣的事情上，付出再多的汗水和艰辛，你都不会后悔，甚至会觉得是一种幸福。

多参加体育活动，体育不仅可以锻炼身体，强健体魄，更能培养一个人坚韧不拔的毅力、不服输的品格。

最后，祝你学业有成！新年进步！

CCTV5 陈滢

人民英雄永垂不朽

对话英雄烈士

英雄到底是什么样的人

杨志越 / 北京市右安门外国语学校初一（5）班

指导老师：史瑞东

赵一曼阿姨：

您好！

我是一名来自21世纪的少先队员，也是被您的光芒所照亮的人。

之前，我一直在想，“英雄”到底是指什么样的人？小时候，我一直以为“英雄”就是动画片中那些上天入地、有超能力的人。可现实世界没有魔法，没人能无所不能。所以直到现在，我对这个词的理解，依旧模糊不清。

初次见到您，是通过一张泛黄的老照片，里面装了一位年轻的母亲与其年幼的儿子。母亲的嘴角没有弧度，眼睛专注地盯着镜头，从眉眼看，是位优雅端庄的女士。她端坐在藤椅上，手里抱着其幼子。小孩水灵灵的大眼睛睁得圆圆的，嘴巴微张，不知所措的样子可爱极了。这照片中的人，怎么看都像是一对幸福的母子。那位温柔的母亲，就是您。后来我才知道，您不仅是位母亲，更是一位革命战士。那艘承载了中华民族希望的南湖红船和历经磨难的林海雪原的战场上，也有您的身影。

拍摄完这张照片的第二年，“九一八事变”爆发，您赵一曼阿姨：

您好！

我是一名来自21世纪的少先队员，也是被您的光芒所照亮的人。

之前，我一直在想，"英雄"到底是指什么样的人？小时候，我一直以为"英雄"就是动画片中那些上天入地，有超能力的人。可现实世界没有魔法，没人能无所不能。所以直到现在，我对这个词的理解，依旧模糊不清。

初次见到您，是通过一张泛黄的老照片，里面装了一位年轻的母亲与其年幼的儿子。母亲的嘴角没有弧度，眼睛专注地盯着镜头，从眉眼看，是位优雅端庄的女士。她端坐在藤椅上，手里抱着其幼子。小孩水灵灵的大眼睛睁得圆圆的，嘴巴微张，不知所措的样子可爱极了。这照片中的人，怎么看都像是一对幸福的母子。那位温柔的母亲，就是您。后来我才知道，您不仅是位母亲，更是一位革命战士。那艘承载了中华民族希望的南湖红船和历经磨难的林海雪原的战场上，也有您的身影。

从母亲的身份变为了一名战士。穿上了军装，拿起了枪杆，踏上了东北战场，成了指挥战士们作战的“军师”。

在战场上度过了四个春秋后，您，一位战士，在掩护伤员撤退时不幸被捕，老虎凳、辣椒水……在监狱里受尽酷刑。最终不知过了多少个地狱般的昼夜后，被当众斩首。至此，这位战士从未吐露过半点日军想要的情报，甚至感化了伪军和看护她的护士。

在慷慨就义之时，这位战士，又变回了那位慈爱的母亲，让日军将自己亲手写的家书寄给幼子，留下了对儿子的期盼。而后，在“打倒日本帝国主义！中国共产党万岁！”的呐喊声中结束了31年的短暂生命。正如她信中所说：“希望你不要忘记你的母亲是为国而牺牲的！”她用自身行动为儿子写下了最好的教科书，她用勇气谱写了自己的人生，坚韧是她人生乐章的主旋律。

我突然明白了“英雄”的意义，指的就是像您一样的指摄完这张照片的第二年，"九一八事变"爆发，您从母亲的身份变为了一名战士。穿上了军装，拿起了枪杆，踏上了东北战场，成了指挥战士们作战的"军师"。

在战场上度过了四个春秋后，您，一位战士，在掩护伤员撤退时不幸被捕，老虎凳、辣椒水……在监狱里受尽酷刑。最终不知过了多少个地狱般的昼夜后，当众斩首。至此，这位战士从未吐露过半点日军想要的情报，甚至感化了伪军和看护她的护士。

在慷慨就义之时，这位战士，又变回了那位慈爱的母亲，让日军将自己亲手写的家书寄给幼子，留下了对儿子的期盼。而后，在"打倒日本帝国主义！中国共产党万岁！"的呐喊声中结束了31年的短暂生命。正如她信中所说："希望你不要忘记你的母亲是为国而牺牲的！"她用自身行动为儿子写下了最好的教科书，她用勇气谱写了自己的人生，坚韧是她人生乐章的主旋律。

我突然明白了"英雄"的意义，指的就是

人。是拥有“人生自古谁无死，留取丹心照汗青”“报国之心，死而后已”的爱国精神的人。您不是动画片中的超人，没有超能力，但是您用自己的生命，教会了我们坚定与勇敢。将来我也要成为一名团员、党员，走您走过的路，将您的精神延续下去。

此致

敬礼

北京市右安门外国语学校

初一（5）班杨志越

像您一样的人。是拥有"人生自古谁无死，留取丹心照汗青""报国之心，死而后已"的爱国精神的人。您不是动画片中的超人，没有超能力，但是您用自己的生命，教会了我们坚定与勇敢。将来我也要成为一名团员、党员，走您走过的路，将您的精神延续下去。

此致

敬礼

北京市右安门外国语学校

初一(5)班杨志越

我也想成为一个能照亮别人的人

彭　琰 / 北京市门头沟区新桥路中学初三（2）班

指导老师：艾云霞

写给刘胡兰前辈的一封信

敬爱的刘胡兰前辈：

您好！

每当看到“千门万户曈曈日，总把新桃换旧符”的热闹景象时，心中就会泛起一丝惆怅。如果这一幕您能看到就好了。

小时候父母给我讲您的故事时，我久久不能释怀。15岁，及笄之年在铡刀下结束了短暂的一生。您那句“怕死不当共产党员”影响了年幼的我，那时候我就在想，以后我也要当像您一样了不起的人，我也想当一名像您一样有责任、乐于奉献、忠于信仰的共产党员。我在梦想的路上。如今与您年龄相仿的我，已经提交了入团申请书，我也想成为一个能照亮别人的人。

“江山代有才人出，各领风骚数百年”，纵使是和平

写给刘胡兰前辈的一封信

敬爱的刘胡兰前辈：

您好！

每当看到"千门万户曈曈日，总把新桃换旧符"的热闹景象时，心中就会泛起一丝惆怅。如果这一幕您能看到就好了。

小时候父母给我讲您的故事时，我久久不能释怀。15岁，及笄之年在铡刀下结束了短暂的一生。您那句"怕死不当共产党员"影响了年幼的我，那时候我就在想，以后我也要当像您一样了不起的人，我也想当一名像您一样有责任、乐于奉献、忠于信仰的共产党员。我在梦想的路上。如今与您年龄相仿的我，已经提交了入团申请书，我也想成为一个能照亮别人的人。

"江山代有才人出，各领风骚数百年"，纵使是年代也有如你们一样伟大的人。在病毒入侵时挺身而出的逆行者，加勒万河谷冲突中的边防战士们，他们在守护您曾守护过的山河。“哪有什么岁月静好，只不过有人替你负重前行”，年少的我们也会去准备着分担这份责任。

人终有一死，但您生得伟大，死得光荣。您的姓名永刻山河，“刘胡兰”不单是您的姓名，更是您所代表的精神。这份精神是不朽的，它会随着您的故事影响一代又一代人。

五星红旗为何那样红？那是先辈们的鲜血浸染的。若没有您们的奋斗，又怎会有现在的幸福生活。我珍惜来之不易的和平，享受科技带来的便利，我也从未忘记您和其他先辈洒下的血和泪。

此致

敬礼

北京市门头沟区新桥路中学

初三（2）班　彭　琰

和平年代也有如你们一样伟大的人。在病毒入侵时挺身而出的逆行者，加勒万河谷冲突中的边防战士们，他们在守护您曾守护过的山河。“哪有什么岁月静好，只不过有人替你负重前行”，年少的我们也会去准备着分担这份责任。

人终有一死，但您生得伟大，死得光荣。您的姓名永刻山河，“刘胡兰”不单是您的姓名，更是您所代表的精神。这份精神是不朽的，它会随着您的故事影响一代又一代人。

五星红旗为何那样红？那是先辈们的鲜血浸染的。若没有您们的奋斗，又怎会有现在的幸福生活。我珍惜来之不易的和平，享受科技带来的便利，我也从未忘记您和其他先辈洒下的血和泪。

此致

敬礼

北京市门头沟区新桥路中学
初三(2)班 彭琰

我铭记那段历史

刘紫运 / 北京市密云区西田各庄中学初一（2）班

指导老师：王银华

尊敬的抗日英雄：

您们好！在那一段战火不断的日子里，您们辛苦了！

为了保卫祖国，你们贡献出了自己的生命。你们也有家人，也想与他们相聚。可是为了国家你们放弃了相聚的机会，你们有的年老，有的正值青春，可是到了最后，大多数都战死沙场，所谓："十万青年十万军，一寸山河一寸血。"你们用鲜血和生命书写中华民族抗日战争史上极为悲壮和辉煌的一页。

身为"00后"的我，看不到当年战场上的硝烟，听不到战争中的喊杀声，闻不到浓烈的血腥味，但我铭记那段历史！

狼牙山五壮士绝不做敌人的俘虏，最后跳崖自尽，杨靖宇被日军围困，只能将棉花和着冰雪吞下去充饥，到最后日军剖开他的遗体，发现胃里只有野草和棉絮全都呆住了，而支撑杨靖宇的是对祖国的一腔热爱！

你们的鲜血不会白流，我们的热泪不会白流，你们打尊敬的抗日英雄：

您们好！在那一段战火不断的日子里，您们辛苦了！

为了保卫祖国，你们贡献出了自己的生命。你们也有家人，也想与他们相聚。可是为了国家你们放弃了相聚的机会。你们有的年老，有的正值青春，可是到了最后，大多数都战死沙场，所谓："十万青年十万军，一寸山河一寸血。"你们用鲜血和生命书写中华民族抗日战争史上极为悲壮和辉煌的一页。

身为00后的我，看不到当年战场上的硝烟，听不到战争中的喊杀声，闻不到浓烈的血腥味，但我铭记那段历史！

狼牙山五壮士绝不做敌人的俘虏，最后跳崖自尽。杨靖宇被日军围困，只能将棉花和着冰雪吞下去充饥，到最后日军剖开他的遗体，发现胃里只有野草和棉絮全都呆住了，而支撑杨靖宇的是对祖国的一腔热爱！

你们的鲜血不会白流，我们的热泪不会白流，你们打下来的江山我们来守护！

下来的江山我们来守护！

你们放弃温馨的家，奔赴战争，抛头颅洒热血，许多人一去不归，如果没有你们我们将会是亡国奴。

“少年强则国强”，我也会牢牢记住使命认真学习，让自己以后也能为祖国添砖加瓦，为祖国（做）贡献！

此致

敬礼

北京市密云区西田各庄中学

初一（2）班　刘紫运

你们放弃温馨的家，奔赴战争，抛头颅洒热血，许多人一去不归，如果没有你们我们将会是亡国奴。

“少年强则国强”我也会牢牢记住使命认真学习，让自己以后也能为祖国添砖加瓦，为祖国贡献！

此致

敬礼

北京市密云区西田各庄中学

初一(2)班刘紫运

七十年前，你们义无反顾地来到朝鲜战场

段菁菁 / 北京市第二中学通州校区高三（1）班

指导老师：齐 朗 冯 维

亲爱的抗美援朝英雄们：

已经是抗美援朝七十周年了，忆往昔峥嵘岁月，战争的火焰如瘟疫般不断威胁着边境的安全，你们高唱着“雄赳赳，气昂昂，跨过鸭绿江”义无反顾地来到朝鲜战场，高举“抗美援朝，保家卫国”的正义旗帜浴血奋战。

在上甘岭战役中，你们坚守阵地，并坚持坑道斗争。面对美军密集的炮火，坑道中饥寒交迫的艰苦环境，一个苹果都要轮着吃，一人一口生怕自己多啃一点。苦苦坚守的14天里，歼灭敌人数百人，最终守住了阵地，而无数的战士也在反击战中牺牲。烈士黄继光，临危受命，带领两名战士摧毁敌人火力点。已负伤的黄继光面对敌人狂喷火舌的枪口，挺起胸膛，张开双臂扑了上去，以他年轻的生命为部队开辟了胜利的道路。枪林弹雨，熊熊烈火之中，他的灵魂得到了永生。黎明的曙光照在朝鲜大地上，金达莱花得以盛放，这是无数在松骨峰、长津湖……战役中牺牲的战士们以鲜血浇灌的结果。

亲爱的抗美援朝英雄们：

已经是抗美援朝七十周年了，忆往昔峥嵘岁月，战争的火焰如瘟疫般不断威胁着边境的安全，你们高唱着“雄赳赳，气昂昂，跨过鸭绿江”义无反顾地来到朝鲜战场，高举“抗美援朝，保家卫国”的正义旗帜浴血奋战。

在上甘岭战役中，你们坚守阵地，并坚持坑道斗争。面对美军密集的炮火，坑道中饥寒交迫的艰苦环境，一个苹果都要轮着吃，一人一口生怕自己多啃一点。苦苦坚守的14天里，歼灭敌人数百人，最终守住了阵地，而无数的战士也在反击战中牺牲。烈士黄继光，临危受命，带领两名战士摧毁敌人火力点。已负伤的黄继光面对敌人狂喷火舌的枪口，挺起胸膛，张开双臂扑了上去，以他年轻的生命为部队开辟了胜利的道路。枪林弹雨，熊熊烈火之中，他的灵魂得到了永生。黎明的曙光照在朝鲜大地上，金达莱花得以盛放，这是无数在松骨峰、长津湖……战役中牺牲的战士们以鲜血浇灌的你们的视死如归才使祖国及人民熬过了那冰凉彻骨的寒冬。无数的战士倒下，而生者们承载着对逝者的思念，怀揣锻造而生的抗美援朝精神影响着后世，为我们诉说着那些峥嵘岁月。抗战老兵杨德盛在敌人第五次进攻中，一人力敌三名敌军，被刺刀刺中了下腹，零下三四十度的冰天雪地中，血很快冻住了。进攻间歇，他见到了同为老乡的杨根思连长，而在六点半左右，敌人发起的第九次进攻中，杨根思连长令负伤的战士撤离，他则抱着五公斤的炸药包与敌人同归于尽。这是战友杨德盛一生难以忘记的伤痛。七十年了，晚上睡觉还常常做梦，找不到连长，醒来一身汗。他给自己儿子起名杨根宝，以纪念连长。在烈士墓园，他对着连长说道："我的儿子，就是你的儿子。"这句话深深映在我脑海中，这份舍生忘死，为国捐躯，全员上下一心，共同作战的精神令我动容。

抗战老兵孙庭江曾在采访中说过："我要多活几年，替他们多看看祖国的强盛。"

结果。

你们的视死如归才使祖国及人民熬过了那冰凉彻骨的寒冬。无数的战士倒下，而生者们承载着对逝者的思念，怀揣锻造而生的抗美援朝精神影响着后世，为我们诉说着那些峥嵘岁月。抗战老兵杨德盛在敌人第五次进攻中，一人力敌三名敌军，被刺刀刺中了下腹，零下三四十度的冰天雪地中，血很快冻住了。进攻间歇，他见到了同为老乡的杨根思连长，而在六点半左右，敌人发起的第九次进攻中，杨根思连长令负伤的战士撤离，他则抱着五公斤的炸药包与敌人同归于尽。这是战友杨德盛一生难以忘记的伤痛。七十年了，晚上睡觉还常常做梦，找不到连长，醒来一身汗。他给自己儿子起名杨根宝，以纪念连长。在烈士墓园，他对着连长说道："我的儿子，就是你的儿子。"这句话深深映在我脑海中，这份舍生忘死，为国捐躯，全员上下一心，共同作战的精神令我动容。

抗战老兵孙庭江曾在采访中说过："我要多

先辈们，这盛世如你所愿。山河光复，民族重塑，吾辈定当牢记历史，传承和发扬抗美援朝精神，为天地立心，为生民立命，为往圣继绝学，为万世开太平，面对当下国内外的暗潮涌动，不惧时代的挑战，迎接着巨浪砥砺前行。

此致

敬礼

北京市第二中学通州校区

高三（1）班　段菁菁

活几年，替他们多看看祖国的强盛。”

先辈们，这盛世如你所愿。山河光复，民族重塑，吾辈定当牢记历史，传承和发扬抗美援朝精神，为天地立心，为生民立命，为往圣继绝学，为万世开太平，面对当下国内外的暗潮涌动，不惧时代的挑战，迎接着巨浪砥砺前行。

此致

敬礼

北京市第二中学通州校区

高三（1）班　段菁菁

春风将您的事迹带回了祖国

谭木榕 / 北京市第二十二中学高三（1）班

指导老师：廖　利

写给敬爱的罗盛教同志：

现在的北京已经能够感受到春天的气息了，不知您在异国的大地上过得怎样？去年是志愿军出国作战70周年，而今年正是您奔赴朝鲜后的第七十个年头。我望着离家不远的护城河，又想起了您那令人动容的事迹。记得那是在学习抗美援朝主题团课时，第一次听到了您为救一名落水的朝鲜少年而英勇牺牲的故事。想着那位少年，现在肯定已经是一位年过花甲的老者了，而您的年龄却永远地停在了二十一岁。虽然冰冷的江水将您的生命无情地夺去，但您用宝贵的青春换回了另一个鲜活的生命，为中朝两国人民结下了深厚的友谊。春风将您的事迹带回了祖国，也传遍了朝鲜各地。令人痛心的是，无数像您一样的年轻志愿军战士长眠在异国他乡。

您可能很关心现在祖国的发展。单说说去年吧，我们祖国刚刚完成脱贫攻坚的任务，全国十四亿人口都进入了小康阶段，困扰了我们上千年的贫困问题已经解决！我们比历史上任何一个阶段都更接近中华民族伟大复兴的目标，多么希望您能目睹这盛世啊。就在去年，一种叫新冠肺炎的传染病肆虐全球，我们国家以最快的速度，动用各种人力物力，将疫情迅速控制，保障了绝大多数居民的生命健康。就在我给您写信的同时，国外的疫情依然在肆虐，每天都有无数的人确诊甚至死亡。我是多么庆幸自己长在中国啊，您也值得为祖国感到骄傲和自豪。

正是无数像您一样的先烈的牺牲才换来了祖国今日的繁荣昌盛。我们将永远秉持不怕艰苦、敢于拼搏的精神建设社会主义祖国。

谭木榕

写给敬爱的罗盛教同志：

现在的北京已经能够感受到春天的气息了，不知您在异国的大地上过得怎样？去年是志愿军出国作战70周年，而今年正是您奔赴朝鲜后的第七十个年头。我望着离家不远的护城河，又想起了您那令人动容的事迹。记得那是在学习抗美援朝主题团课时，第一次听到了您为救一名落水的朝鲜少年而英勇牺牲的故事。想着那位少年，现在肯定已经是一位年过花甲的老者了，而您的年龄却永远地停在了二十一岁。虽然冰冷的江水将您的生命无情地夺去，但您用宝贵的青春换回了另一个鲜活的生命，与中朝两国人民结下了深厚的友谊。春风将您的事迹带回了祖国，也传遍了朝鲜各地。令人痛心的是，无数像您一样的年轻志愿军战士长眠在异国他乡。

您可能很关心现在祖国的发展。单说说去年吧，我们祖国刚刚完成脱贫攻坚的任务，全国十四亿人口都进入了小康阶段，困扰了我们上千年的贫困问题已经解决！我们比历史上任何一个阶段都更接近中华民族伟大复兴的目标，多么希望您能目睹这盛世啊。就在去年，一种叫新冠肺炎的传染病肆虐全球，我们国家以最快的速度，动用各种人力物力，将疫情迅速控制，保障了绝大多数居民的生命健康。就在我给您写信的同时，国外的疫情依然在肆虐，每天都有无数的人确诊甚至死亡。我是多么庆幸自己生长在中国啊，您也值得为祖国感到骄傲和自豪。

正是无数像您一样的先烈的牺牲才换来了祖国今日的繁荣昌盛。我们将永远秉持不怕艰苦、敢于拼搏的精神建设社会主义祖国。

谭木榕

你说你们就是祖国的界碑

王　艺 / 北京市第八十中学望京校区高一（7）班

指导老师：张　燕

中印加勒万河谷边境的战士们：

展信安。

加勒万河谷的冰雪还未融化，喀喇昆仑高原的朝阳还未遍洒。我仿佛看到你们，披夜而行，拖着颤颤巍巍的身体，拼命坚守背后的那条界线。你说你们就是祖国的界碑，你说“清澈的爱，只为中国”，你说“不能把祖国的领土守小”……你是这样说的，也是这样做的。你甚至把青春和生命永远留在那高原上。

你们守护的不只是那条细长的线，更是九百六十万平方公里的祖国。我相信同我一样，大部分被你们守护的中国人都为你们的事迹所动容。剑拔弩张又何妨，泱泱中华何曾惧豺狼！我也许无法亲身体会边境的寒风彻骨，骄阳酷暑，但你们的鲜血和日复一日的坚守，让我真正感受到中国边疆战士的铁血铁魂！你们的执着与坚守，让我真正体会到你们对祖国无限的爱！

作为一名高中生，也许边境距离我很遥远。我们平静地生活着，不受一丝威胁。可你们让我们知道，所谓岁月静好，不过是有人替你负重前行！我坚信，你们虽在遥远的边疆，但是人民不会遗忘你们，祖国不会遗忘你们，时代也不会遗忘你们！

何为青春？你们告诉我，青春是不可以寸尺与人的坚毅，青春是以芳华献中华的热血。是你们教会了我“中国”二字！是啊，只有当一个人的命运和祖国的命运相结合，才能迸发出生命的华章和时代的壮歌！我也许不能像你们那样镇守边关，但是我作为学生，可以以笔为马，向梦想奋斗，争取为祖国增添荣光！

愿你们一切安好，也愿我也可以像你们一样坚守初心，砥砺奋斗。

此致

敬礼

北京市第八十中学望京校区

高一（7）班　王　艺

中印加勒万河谷边境的战士们：

展信安。

加勒万河谷的冰雪还未融化，喀喇昆仑高原的朝阳还未遍洒。我仿佛看到你们，披衣而行，拖着颤颤巍巍的身体，拼命坚守背后的那条界线。你说，"你们就是祖国的界碑"，你说"清澈的爱，只为中国"，你说"不能把祖国的领土守小"……你是这样说的，也是这样做的。你甚至把青春和生命永远留在那高原上。

你们守护的不只是那条细长的线，更是九百六十万平方公里的祖国。我相信同我一样，大部分被你们守护的中国人都为你们的事迹所动容。剑拔弩张又何妨，泱泱中华何曾惧豺狼！我也许无法亲身体会边境的寒风彻骨，骄阳酷暑，但你们的鲜血和日复一日的坚守，让我真正感受到中国边疆战士的铁血铁魂！你们的执着与坚守，让我真正体会到你们对祖国无限的爱！

作为一名高中生，也许边境距离我很遥远。我们平静地生活着，不受一丝威胁。可你们让我们知道，所谓岁月静好，不过是有人替你负重前行！我坚信，你们虽在遥远的边疆，但是人民不会遗忘你们，祖国不会遗忘你们，时代也不会遗忘你们！

何为青春？你们告诉我，青春是不可以扶与人的坚毅，青春是以华芳华献中华的热血。是你们教会了我"中国"二字！是啊，只有当一个人的命运和祖国的命运相结合，才能迸发出生命的华章和时代的壮歌！我也许不能像你们那样镇守边关，但是我作为学生，可以以笔为马，向梦想奋斗，争取为祖国增添荣光！

愿你们一切安好，也愿我也可以像你们一样坚守初心，砥砺奋斗。

此致

敬礼

北京市第八十中学 望京校区

高一(7)班 王艺

您用生命守护着祖国的大好河山

赵楚涵 / 北京市密云区第三中学初三（11）班

指导老师：王秀珍

敬爱的祁发宝团长：

您好！

2021年2月19日是值得我们永远铭记的一天。这一天，中国第一次披露了加勒万河谷冲突的细节。冲突中，您受到了重伤，还有四名官兵牺牲。我会永远记住这一天！希望战友们都一切安好！

“犯我中华者，虽远必诛。”从您身上体现了这一点。

当越线的大量印度士兵前来时，身为团长的您站在最前面的河水中，伸出双臂，拦住了他们，身前是重围，身后是祖国。您用生命守护着祖国的大好河山！

而通过视频资料，我也能看出，站在水中拦住印军的您赤手空拳，什么都没带，冲在最前面的印度士兵，甚至还伸手推搡了您，而印度士兵们则都带着长枪，有的还带着盾牌随后围住了您，而您却没有慌乱，英勇抗敌，身先士卒，身负重伤，您在我们看不到的地方守护着我们的万家灯火，守护每一寸土地，我向您致敬！

敬爱的祁发宝团长：

您好！

2021年2月19日是值得我们永远铭记的一天。这一天，中国第一次披露了加勒万河谷冲突的细节。冲突中，您受到了重伤，还有四名官兵牺牲。我会永远记住这一天！希望战友们都一切安好！

"犯我中华者，虽远必诛"从您身上体现了这一点。

当越线的大量印度士兵前来时，身为团长的您站在最前面的河水中，伸出双臂，拦住了他们，身前是重围，身后是祖国。您用生命守护着祖国的大好河山！

而通过视频资料，我也能看出，站在水中拦住印军的您赤手空拳，什么都没带，冲在最前面的印度士兵，甚至还伸手推搡了您，而印度士兵们则都带着长枪，有的还带着盾牌随后围住了您。而您却没有慌乱，英勇抗敌，身先士卒，身负重伤，您在我们看不到的地方守护着我们的万家灯火，守护每一寸土地，我向您您所驻守的阿里高原平均海拔4500米，空气中含氧量不足平原一半，紫外线强度更是平原的4倍，风力常在七八级以上，在这样艰苦的环境，您一待就是二十多年，我十分敬佩您顽强的毅力！基辛格在《论中国》中也曾写道："中国总是被他们勇敢的人保护得很好。"我们的国家能有您这样的英雄，是民族之幸，国家之幸！我为此自豪！

作为一名中学生，我应仰望星空，脚踏实地，为自己的目标而奋斗，为祖国建设贡献自己绵薄之力，在能力所及范围内帮助他人提升自身素养、锐意进取，"酿得百花成蜜后，为谁辛苦为谁甜"？也许我不及您那份坚持与毅力，但我愿尽最大努力，使中国不断强大。

虽然我们生在和平的年代，身在和平的环境，但这世界并非和平，是你们张开双臂抵挡危难，用生命捍卫守护，每思祖国金汤固，便忆英雄铁甲寒，感谢你们以血肉之躯守护祖国寸土山河！

祖国山河终无恙，守边护边志更坚。

此致

敬礼

北京市密云区第三中学初三（11）班　赵楚涵

致敬：

您所驻守的河里尚原平均海拔4500米，空气中含氧量不足平原一半，紫外线强度更是平原的4倍，风力常在七，八级以上，在这样艰苦的环境，您一待就是二十多年，我十分敬佩您顽强的毅力！基辛格在“论中国”中也曾写道：“中国总是被他们勇敢的人保护得很好。”我们的国家能有您这样的英雄，是民族之幸，国家之幸！我为此自豪！

作为一名中学生，我应仰望星空，脚踏实地，为自己的目标而奋斗，为祖国建设贡献自己绵薄之力，在能力所及范围内帮助他人提升自身素养、锐意进取，“願得百花成蜜后，为谁辛苦为谁甜”？也许我不及您那份坚持与毅力，但我愿尽最大努力，使中国不断强大。

虽然我们生在和平的年代，身在和平的环境，但这世界并非和平，是您们张开双臂拼挡危难，用生命捍卫守护，每用祖国金瓯固，便凭英雄铁甲寒，感谢您们以血肉之躯守护祖国寸土山河！

祖国山河终无恙，守边护边志更坚。

此致 敬礼

北京市密云区第三中学

初三（11）班 赵楚涵

你们是时代的榜样

张楚琦 / 北京市顺义牛栏山第一中学高一（11）班

指导老师：韦有兰

勇士祁发宝：

您好！

作为一名中学生，我想通过这封书信，表达对您的敬意！

我知道，也明了，您身为团长，是整个团队的精神支柱，是战士们坚强的后盾。所以在危难之际，您义无反顾地以自己的身躯与印军抗衡。我想，您一定会有所畏惧吧？畏惧对方的来者不善，畏惧远在千里家人的担忧。但您仍然踏进了江水，询问敌军此行的目的。对方不以为然的语气，让您明白了此行确是来者不善！敌军的脚步踏乱了雅鲁藏布江的江水，也踏乱了您极力想保持平静的心，他们将您层层困住，您清楚救援部队还没有来，还有四个比您小了十二岁的年轻战士，他们还有一段段未知的将来……您与印军近身相搏，虽然敌我实力悬殊，但您仍咬紧牙关，拼命守护着边境线！混乱中，您看到小战士一个个倒下，您的眼中不禁噙满了泪水，但仍奋不顾身狠下心来继续战斗！腹部经受一次次的打击，肋骨也不堪重负，勇士祁发宝：

您好！

作为一名中学生，我想通过这封书信，表达对您的敬意！

我知道，也明了，您身为团长，是整个团队的精神支柱，是战士们坚强的后盾。所以在危难之际，您义无反顾地以自己的身躯与印军抗衡。我想，您一定会有所畏惧吧？畏惧对方的来者不善，畏惧远在千里家人的担忧。但您仍然踏进了江水，询问敌军此行的目的。对方不以为然的语气，让您明白了此行确是来者不善！敌军的脚步踏乱了雅鲁藏布江的江水，也踏乱了您极力想保持平静的心，他们将您层层围住，您清楚救援部队还没有来，还有四个比您小了十二岁的年轻战士，他们还有一段段未知的将来……您与印军近身相搏，虽然敌我实力悬殊，但您仍咬紧牙关，拼命守护着边境线！混乱中，您看到小战士一个个倒下，您的眼中不禁噙满了泪水，但仍奋不顾身狠下心来继续战斗！腹部经受一次次的打击，肋骨也不堪不知断了几根。是谁的一拳成了压倒您的最后一根稻草。您倒在了雅鲁藏布江的江水中，血水染红了滔滔江水。

勇士啊，您的沉稳，处事不惊，和与印军殊死搏斗的坚定信念，像过滤器般，将当代年轻人身上的浮躁一层又一层地滤去！

你们是时代的榜样，人民的英雄。岁月静好，是你们在负重前行；山河无恙，只因有你们的铁肩担当。你们的青春热血将感染一批又一批的中国青年，也为祖国的未来蓝图贡献力量！

拿起纸笔，见字如晤，愿您可以早日从医院醒来，早些看到祖国的青山不改，绿水长流！您便会在人民的赞美中，看到祖国的青年正沿着你们前进的道路，将伟大中国建设得更加繁荣、美好！

此致

敬礼

北京市顺义牛栏山第一中学

高一十一班　张楚琦

重负，不知断了几根。是谁的一拳成了压倒您的最后一根稻草。您倒在了雅鲁藏布江的江水中，血水染红了滔滔江水。

勇士啊，您的沉稳，处事不惊，和与印军殊死搏斗的坚定信念，像过滤器般，将当代年轻人身上的浮躁一层又一层地滤去！

你们是时代的榜样，人民的英雄。岁月静好，是你们在负重前行；山河无恙，是只因有你们的铁肩担当。你们的青春热血将感染一批又一批的中国青年，也为祖国的未来蓝图贡献力量！

拿起纸笔，见字如晤，愿您可以早日从医院醒来，早些看到祖国的青山不改，绿水长流！您便会在人民的赞美中，看到祖国的青年正沿着你们前进的道路，将伟大中国建设得更加繁荣、美好！

此致

敬礼

北京市顺义牛栏山第一中学

高一十一班 张楚琦

你的精神引领我前行

黄敏姿 / 北京中学初二（2）班

指导老师：熊　伟

陈祥榕哥哥：

第一眼见到你的照片，就被你清澈的眼睛所吸引，在脑海中消散不去。我不愿相信热血青春的你永远定格在加勒万河谷的冰雪里。你眼神中还夹杂着些许顽皮和天真，你的嘴角还挂着恬静的笑容，你对美好生活有着无限憧憬吧。是呀，你才19岁，只比我大5岁，我还在学校上学，你已经把青春和热血挥洒在祖国土地上。你的事迹让我感动，也让我明白所有岁月静好都是因为有像你一样的战士为我们负重前行。你高大的形象活在我脑海里，成为我成长路上的指明灯。

陈祥榕哥哥，我为你的牺牲而悲伤，真希望英雄不死，英魂不散。如果时光倒流，你还会冲锋陷阵，营救战友，用血肉之躯抵抗外敌骚扰吗？我想了很久，我觉得你会的，因为从选择当一位战士起，你就已经把自己的生死置之度外了。在战友问你“要上一线了，你怕不怕”时，你激动万分地回答：“使命所系，义不容辞。”短短八个字，像誓言一样有力，像界碑一样坚挺。你是有责任担当、有理想抱负的好青年，你教会了我成长之路必须学会敢挑陈祥榕哥哥：

第一眼见到你的照片，就被你清澈的眼睛所吸引，在脑海中消散不去。我不愿相信热血青春的你永远定格在加勒万河谷的冰雪里。你眼神中还夹杂着些许顽皮和天真，你的嘴角还挂着恬静的笑容，你对美好生活有着无限憧憬吧。是呀，你才19岁，只比我大5岁，我还在学校上学，你已经把青春和热血挥洒在祖国土地上。你的事迹让我感动，也让我明白所有岁月静好都是因为有像你一样的战士为我们负重前行。你高大的形象活在我脑海里，成为我成长路上的指明灯。

陈祥榕哥哥，我为你的牺牲而悲伤，真希望英雄不死，英魂不散。如果时光倒流，你还会冲锋陷阵，营救战友，用血肉之躯抵抗外敌骚扰吗？我想了很久，我觉得你会的，因为从选择当一位战士起，你就已经把自己的生死置之度外了。在战友问你"要上一线了，你怕不怕"时，你激动万分地回答"使命所系，义不容辞"。短短八个字，像誓言一样有力，像界碑一样坚重任，勇于担当。

陈祥榕哥哥，你用生命守护战友令我感动。在双方交战时，你听见有人喊“营长连长被围攻了！”你冲向对手，用身躯和被砸坏的盾牌护住战友。陈祥榕哥哥，你小小的心脏里装的是对祖国深沉的情谊。你在日记中说：“清澈的爱，只为祖国。”你是战斗在长期缺氧、满目荒漠冰川的昆仑山脉，风与雪的洗礼、生与死的考验就像一个过滤器，滤去心中所有的浮华，最后只剩下对这片土地清澈的爱。

我想去你战斗的地方看一看，我想对着你挥洒热血的地方高喊：“你好，陈祥榕！”你在天堂应该能听到吧。我要以你为榜样，克服学习上的重重困难，顶住各种考试压力，掌握每一个知识点，就像你守护国土，一寸不让。我的考场就是战场，我要像你一样有不怕困难的勇气，拿起书本，紧握手中的笔，向难题进军。我要专注学习，用纯净清澈的态度守护着我的学习知识，用另一种形式报挺。你是有责任担当、有理想抱负的好青年，你教会了我成长之路必须学会敢挑重任，勇于担当。

陈祥榕哥哥，你用生命守护战友令我感动。在双方交战时，你听见有人喊"营长连长被围攻了！"你冲向对手，用身躯和被砸坏的盾牌护住战友。陈祥榕哥哥，你小小的心脏里装的是对祖国深沉的情谊。你在日记中说："清澈的爱，只为祖国。"你是战斗在长期缺氧、满目荒凉冰川的昆仑山脉，风与雪的洗礼、生与死的考验就像一个过滤器，滤去心中所有的浮华，最后只剩下对这片土地清澈的爱。

我想去你战斗的地方看一看，我想对着你挥洒热血的地方高喊："你好，陈祥榕！"你在天堂应该能听到吧。我要以你为榜样，克服学习上的重重困难，顶住各种考试压力，掌握每一个知识点，就像你守护国土，一寸不让。我的考场就是战场，我要像你一样有不怕困难的勇气，拿起书本，紧握手中的笔，向难题进军。我要专注学习，用纯净清澈的态度守护着我的效国家，不辜负你们用生命换来的和平生活。

你从不曾离开，你的精神引领我前行，伴我成长，用清澈的眼睛见证祖国美好的未来！一个有希望的民族不能没有英雄，一个有前途的国家不能没有先锋。天下兴亡，匹夫有责。我也要像你一样，志存高远，担责于肩。

吾有所爱，名曰中华；吾有所念，名曰祖国。

此致

北京中学

初二（2）班　黄敏姿

学习知识，用另一种形式报效国家，不辜负你们用生命换来的和平生活。

你从不曾离开，你的精神引领我前行，伴我成长，用清澈的眼睛见证祖国美好的未来！一个有希望的民族不能没有英雄，一个有前途的国家不能没有先锋。天下兴亡，匹夫有责。我也要像你一样，志存高远，担责于肩。

吾有所念，念日中华；吾有所念，念日祖国。

此致

北京中学

初二（2）班 姜乾姿

以身许国，寸土不让

宋佳音 / 北京市平谷区刘家河中学九年级（1）班
指导老师：李凌飞

戍边的战士们：

你们好！首先我要向你们致敬，您们用青春，您们用生命，您们用自己的一生来守护我们共同的祖国、共同的疆土。您们辛苦了！

我们看到，在巍峨的雪山，在寂静的沙漠，在祖国的蓝天，在沉睡的大地，在辽阔的海洋，在边陲的哨卡，您们踏着英勇的步伐，保卫着祖国，保卫着人民。您们用自己的双手去温暖别人，您们将自己的感情化为忠诚，您们将自己的一生贡献祖国。您们每天望着巍峨的雪山守护着寸寸的土地，保卫着现在幸福的我们。虽然祖国疆土辽阔，但也比不过你们守护祖国疆土的一片心，在祖国边防的大地上，每一寸土都有一群忠诚的守护者。在边防守卫着祖国的你们，初心不改，军魂永驻，你们用青春，你们用生命，您们用自己的一生来守护我们共同的祖国、共同的疆土。

戍边的战士们，我会把您们铭记在心中。我为我是中国人而骄傲，我为我是中国人而自豪，我们背后的祖戍边的战士们：

你们好！首先我要向你们致敬，您们用青春，您们用生命，您们用自己的一生来守护我们共同的祖国，共同的疆土。您们辛苦了！

我们看到，在巍峨的雪山，在寂静的沙漠，在祖国的蓝天，在沉睡的大地，在辽阔的海洋，在边陲的哨卡，您们踏着英勇的步伐，保卫着祖国，保卫着人民。您们用自己的双手去温暖别人，您们将自己的感情化为忠诚，您们将自己的一生贡献祖国。您们每天望着巍峨的雪山守护着寸寸的土地，保卫着现在幸福的我们。虽然祖国疆土辽阔，但也比不过您们守护祖国疆土的一片心。在祖国边防的大地上，每一块寸土都有一群忠诚的守护者，在边防守卫着祖国的您们，初心不改，军魂永驻，您们用青春，您们用生命，您们用自己的一生来守护我们共同的祖国，共同的疆土。

戍边的战士们，我会把您们一生铭记在心中，我为我是中国人而骄傲，我为我是中国人而自豪，我们背后的祖国，有着千千万万的军

国，有着千千万万的军人用自己的生命去守护着，使得现在的我们幸福平安。再次向您们致敬。

“以身许国，寸土不让”！

北京市平谷区刘家河中学

九年级（1）班　宋佳音

人用自己的生命去守护着，使得现在的我们幸福、平安。再次向您们致敬。

“以身许国，寸土不让”！

北京市平谷区刘家河中学

九年级1班 宋佳音

你们用血肉和生命保家卫国

许家一 / 北京市第八十中学白家庄校区初一（4）班

指导老师：王伊人

亲爱的解放军叔叔：

一天，当我在新闻中看到你们为守护祖国边境而无畏来犯之敌、以血肉之躯抵挡外军的身影令我为之一震，我当即决定给可敬可爱的解放军叔叔们写信。

面对敌众我寡的情形，解放军叔叔们没有丝毫犹豫，冲上前去用身躯挡住外军，张开双臂组成守护祖国领土不被侵犯的人墙。可最后还是由于人数的过分悬殊，有四名解放军叔叔牺牲了，献出了自己年轻的生命。看到这里，我的心跳不由得加速，满眼尽是你们坚毅的目光和高大的背影。牺牲的叔叔有的只有十几岁，比我仅大了几岁，而在祖国的尊严和自己宝贵的生命之间你们毫不犹豫地选择了前者！

这些天，我每每想到这些，敬佩之情便油然而生，眼眶也会不自觉湿润起来。在我们享受父母和老师的温暖关怀之时，张开的双臂是怀抱，是温暖；在我们与亲朋欢聚新春佳节的时刻，你们为祖国、为人民冲锋在前，甚至献出自己的生命，张开的双臂是给敌人的震慑。写到这，我不禁心生惭愧，升入初中后，我曾为早出晚归喊累叫苦，面对一下子提升的学习压力我会想要退缩，而与你们相比这些又算什么呢？

解放军叔叔，请接受我最崇高的敬礼，你们用血肉和生命保家卫国，祖国不会忘记；你们用中国军人的底气和霸气回应来犯之敌，人民不会亲爱的解放军叔叔：

一天，当我在新闻中看到你们为守护祖国边境而无畏来犯之敌、以血肉之躯抵挡外军的身影令我为之一震，我当即决定给可敬可爱的解放军叔叔们写信。

面对敌众我寡的情形，解放军叔叔们没有丝毫犹豫，冲上前去用身躯挡住外军，张开双臂组成守护祖国领土不被侵犯的人墙。可最后还是由于人数的过分悬殊，有四名解放军叔叔牺牲了，献出了自己年轻的生命。看到这里，我的心跳不由得加速，满眼尽是你们坚毅的目光和高大的背影。牺牲的叔叔有的只有十几岁，比我仅大了几岁，而在祖国的尊严和自己宝贵的生命之间你们毫不犹豫地选择了前者！

这些天，我每每想到这些，敬佩之情便油然而生，眼眶也会不自觉湿润起来。在我们享受父母和老师的温暖关怀之时，张开的双臂是怀抱，是温暖；在我们与亲朋欢聚新春佳节的时刻，你们为祖国、为人民冲锋在前，甚至献出自己的生命，张开的双臂是给敌人的震慑。写到这，我不禁心生惭愧，升入初中后，我曾为早出晚归喊累叫苦，面对一下子提升的学习压力我会想要退缩，而与你们相比这些又算什么呢？

解放军叔叔，请接受我最崇高的敬礼，你们用血肉和生命保家卫国，祖国不会忘记；你们用中国军人的底气和霸气回应来犯之敌，人民不会忘记。祖国的繁荣昌盛，人民的幸福安康，是你们用生命守护的。

我从小生长在军人家庭，姥姥和姥爷都是军医，因此我对忘记。祖国的繁荣昌盛，人民的幸福安康，是你们用生命守护的。

我从小生长在军人家庭，姥姥和姥爷都是军医，因此我对“军人”这个称呼有更浓厚的亲切感。姥姥姥爷更是一直教导我要热爱祖国热爱党，只有好好学习长大后才能成为祖国之栋梁。此刻，我想我对这些教诲有了更深刻的理解。

“家是最小国，国是千万家”。你们舍小家为大家的精神是我们每一个新时代的少年儿童应该铭记和学习的。有你们如灯塔般的指引，相信未来千千万万的中国少年一定会接过你们的接力棒！祖国未来有我们！

此致

敬礼

北京市第八十中学白家庄校区

初一（4）班　许家一

"军人"这个称呼有更浓厚的亲切感。姥姥姥爷更是一直教导我要热爱祖国热爱党，只有好好学习长大后才能成为祖国之栋梁。此刻，我想我对这些教诲有了更深刻的理解。

"家是最小国，国是千万家"。你们舍小家为大家的精神是我们每一个新时代的少年儿童应该铭记和学习的。有你们如灯塔般的指引，相信未来千千万万的中国少年一定会接过你们的接力棒！祖国未来有我们！

此致

敬礼

北京市第八十中学白家庄校区

初一（4）班　许家一

您的故事值得我们永远铭记

安晓政 / 北京市第二十二中学高一（5）班
指导老师：郝立鹏

尊敬的杜富国叔叔：

您好！

我是一名高中生，前几年在网络上看到了您排雷的英雄事迹，使我倍受感动并激励我永远向前！您在雷区为了保护战友，便下了“你退后，让我来！”的命令，自己用血肉之躯为战友筑起钢铁屏障。雷炸了，您失去了双手与双眼，但换来了战友和人民的安全。受伤后您没有灰心丧气，而是积极治疗，继续坚强地生活，通过自己的努力成为了《南陆之声》的播音员，继续为绿色军营奉献自己的青春！您是真正的硬汉子！您展现了新时代四有军人的优秀品质，您的事迹像永动机一样，为我们增加前进的动力。

作为新时代青年学生，我们要谨记习总书记说过的：“青年一代有理想、有本领、有担当，国家就有前途，民族就有希望。”我从小就有参军报国的梦想，我梦想着像您一样，成为一名光荣的解放军战士！在学习上，我遇到过不少挫折与困难，我曾想过放弃……但是，每当这种想法出现，我立刻就会想到您，您为成为播音员而奋斗的那段路上，虽然失去了光明但创造了奇迹！所以眼下的困难又算得了什么？前进！前进就对了！您的事迹告诉我一个重要的道理：“绝对不要放弃奋斗！那只会落入深渊！”

您的故事值得我们永远铭记！等到我的梦想实现的那一天，我也像您一样，穿着帅气的军装，争做新时代四有军人！接过前辈们手中的钢枪，用自己的生命捍卫我们伟大的祖国！

向您致以最高的敬意！祝您永远快乐！

此致

敬礼

安晓政

2021 年 2 月 10 日

尊敬的杜富国叔叔：

您好！

我是一名高中生，前几年在网络上看到了您排雷的英雄事迹，使我倍受感动并激励我永远向前！您在雷区为了保护战友，便下了"你退后，让我来！"的命令，自己用血肉之躯为战友筑起钢铁屏障。雷炸了，您失去了双手和双眼，但换来了战友和人民的安全。受伤后您没有灰心丧气，而是积极治疗，继续坚强地生活，通过自己的努力成为了《南陆之声》的播音员，继续为绿色军营奉献自己的青春！您是真正的硬汉子！您展现了新时代四有军人的优秀品质，您的事迹像永动机一样，为我们增加前进的动力。

作为新时代青年学生，我们要谨记习总书记说过的："青年一代有理想、有本领、有担当，国家就有前途，民族就有希望。"我从小就有参军报国的梦想，我梦想着像您一样，成为一名光荣的解放军战士！在学习上，我遇到过不少挫折与困难，我曾想过放弃……但是，每当这种想法出现，我立刻就会想到您，您为成为播音员而奋斗的那段路上，虽然失去了光明但创造了奇迹！所以眼下的困难又算得了什么？前进！前进就对了！您的事迹告诉我一个重要的道理："绝对不要放弃奋斗！那只会落入深渊！"

您的故事值得我们永远铭记！等到我的梦想实现的那一天，我也像您一样，穿着帅气的军装，争做新时代四有军人！接过前辈们手中的钢枪，用自己的生命捍卫我们伟大的祖国！

向您致以最高的敬意！祝您永远快乐！

此致

敬礼

安晓政

2021年2月10日

抉择与坚守

付从峰 / 北京铁路实验小学五年级（3）班

指导老师：孙 燕

写给黄文秀阿姨的一封信

敬爱的黄文秀阿姨

您好！

当我提笔写这封信的时候，您已经离开这个世界一年八个月了。您的离开对百坭村来说是一个沉重的打击。从此扶贫路上少了一位坚强的“战士”。您的生命永远定格在了2019年6月16日的那个雨夜，可是您那无私奉献、扎根基层的精神，却激励着我们面对困难不退缩。

是您告诉了我，什么是抉择。毕业于北京师范大学的您并没有选择在北京当一名教师，而是选择远赴广西山区做了一名驻村干部。用您的话说：“我是从广西贫困山区出来的，我想回去建设家乡，把希望带给更多父老乡亲。”在2019年6月16日的那个雨夜，您本可以不赶回村子，可是您为了了解村内受灾情况，不顾天气恶劣，毅然决定当夜驱车回去。即使是在回去的路上您还要打电话询问村内情况。您始终践行着“只有扎根泥土，才能懂得人民”的理念，直至生命的最后一刻。

是您告诉我什么是坚守。在百坭村，您住在一间只有10平方米的小屋里。屋里只有一张床、一个书架、一台

写给黄文秀阿姨的一封信

敬爱的黄文秀阿姨

您好！

当我提笔写这封信的时候，您已经离开这个世界一年八个月了。您的离开对百坭村来说是一个沉重的打击。从此扶贫路上少了一位坚强的"战士"。您的生命永远定格在了2019年6月16日的那个雨夜，可是您那无私奉献、扎根基层的精神，却激励着我们面对困难不退缩。

是您告诉了我，什么是抉择。毕业于北京师范大学的您并没有选择在北京当一名教师，而是选择远赴广西山区做了一名驻村干部。用您的话说："我是从广西的贫困山区出来的，我想回去建设家乡，把希望带给更多父老乡亲。"在2019年6月16日的那个雨夜，您本可以不赶回村子，可是您为了了解村内受灾情况，不顾天气恶劣，毅然决定当夜驱车回去。即使是在回去的路上您还要打电话询问村内情况。您始终践行着"只有扎根泥土，才能懂得人民。"的理念，直至生命的最后一刻。

电脑桌和两个笔记本。

简朴得不能再简朴了！可您把这里当成了家。为了尽快融入当地百姓的生活，您学会了当地的方言。更不辞辛苦地挨家挨户上门了解贫困户的情况，并亲自绘制出了贫苦户的分布图。在您驻村的一年里，您的汽车仪表上的里程数增加了2500公里。您把扶贫工作当作“新长征”并用长征精神激励着自己。在您的带领下百坭村的贫困发生率由2.88%下降到2.71%，创造了扶贫工作的奇迹。

黄文秀阿姨，是您用实际行动，诠释了什么是对人民的真诚之心，您一直无愧于自己的选择，在您奉献的这片土地上一定会开放出更加绚丽的花朵，一定会结出更加甘甜的果实。

此致

敬礼

付从峰

2021年2月13日

是您告诉我什么是坚守。在百坭村，您住在一间只有10平方米的小屋里。屋里只有一张床、一个书架、一台电脑桌和两个笔记本。

简朴得不能再简朴了！可您把这里当成了家。为了尽快融入当地百姓的生活，您学会了当地的方言。更不辞辛苦地挨家挨户上门了解贫困户的情况，并亲自绘制出了贫困户的分布图。在您驻村的一年里，您的汽车仪表上的里程数增加了2500公里。您把扶贫工作当作"新长征"并用长征精神激励着自己。在您的带领下百坭村的贫困发生率由2.88%下降到2.71%，创造了扶贫工作的奇迹。

黄文秀阿姨，是您用实际行动，诠释了什么是对人民的真诚之心，您一直无愧于您的选择，在您奉献的这片土地上一定会开放出更加绚丽的花朵，一定会结出更加甘甜的果实。

此致

敬礼

付从峰

2021年2月13日

缉毒警是抵挡毒品流入的坚强屏障

刘　璐／北京市通州区私立树人学校九年级（1）班

指导老师：刘　丹

尊敬的缉毒英雄们：

你们好！

曾经，我以为毒品离我们生活很遥远，对缉毒警这个身份也并不了解。在观看了电影《湄公河行动》之后，我又查阅了很多资料，才真正认识到毒品的危害，了解到你们的艰辛。

缉毒警，是公安队伍中负伤、牺牲最多的警种之一。你们在媒体上出镜时，总被打上马赛克，我想，这是保护你们的必要方式吧。缉毒警，注定是幕后的英雄。你们总是默默地奉献着，让那些恐怖、邪恶的毒品不能侵入我们的生活。

电影《湄公河行动》讲述的是一个真实的事件：2011年10月5日上午“华平号”和“玉兴8号”两艘商船在湄公河金三角水域遭遇袭击，13名船员全部遇难，在船上发现大量毒品。这是一宗将矛头指向中国的血腥冤案。为了还遇难同胞清白，中国派出缉毒精英，成立“10·5”专案组，七个月后，终于在老挝抓住了主犯——大毒枭糯康。人们可知，缉毒警是怎样的勇敢、坚韧、不易？为了搜集证据，他们不分昼夜地在丛林中潜伏、拍摄、记录，时间久了，皮肤裸露处被蚊虫叮咬而溃烂，脸被晒得脱皮……每一次缉毒任务，都可能是一场生死较量。缉毒警，你们有着钢铁般的意志啊！

老师讲过一件事，对我的触动很大。在云南省公安局的警史馆中有这样一个展柜：里面有一本红皮《持枪证》，内页上写着“陈建军烈士”。1987年12月尊敬的缉毒英雄们：

你们好！

曾经，我以为毒品离我们生活很遥远，对缉毒警这个身份也并不了解。在观看了电影《湄公河行动》之后，我又查阅了很多资料，才真正认识到毒品的危害，了解到你们的艰辛。

缉毒警，是公安队伍中负伤、牺牲最多的警种之一。你们在媒体上出镜时，总被打上马赛克，我想，这是保护你们的必要方式吧。缉毒警，注定是幕后的英雄。你们总是默默地奉献着，让那些恐怖、邪恶的毒品不能侵入我们的生活。

电影《湄公河行动》讲述的是一个真实的事件：2011年10月5日上午，"华平号"和"玉兴8号"两艘商船在湄公河金三角水域遭遇袭击，13名船员全部遇难，在船上发现大量毒品。这是一宗将矛头指向中国的血腥冤案。为了还遇难同胞清白，中国派出缉毒精英，成立"10·5"专案组，七个月后，终于在老挝抓住了主犯——大毒枭糯康。人们可知，缉毒警是怎样的勇敢、坚韧、不屈？为了搜集证据，他们不分昼夜地在丛林中潜伏，拍摄，记录，时间久了，皮肤裸露处被蚊虫叮咬而溃烂，脸被晒得脱皮……每一次缉毒任务，都可能是一场生死较量。缉毒警，你们有着钢铁般的意志啊！

老师讲过一件事，对我的触动很大。在云南省公安厅的警史馆中有这样一个展柜：里面有一本红皮《持枪证》，内页上写着"陈建军烈士"。1987年12月13日，在执行缉毒侦察任务时，27岁的陈建军扮成"老板"携带大量现金与贩毒分子接头。狡猾的犯罪分子临时改变交易地点，陈建军来不及通知战友。15日，他只身进入"虎穴"与六名贩毒犯罪分子周旋。他英勇搏斗，终因寡不敌众，被木棒击中头部，壮烈牺牲。他的战友回忆称，陈建军右手一直保持着握枪的姿势。他那不畏艰险，

13日，在执行缉毒侦察任务时，25岁的陈建军扮成“老板”携带大量现金与贩毒分子接头。狡猾的犯罪分子临时改变交易地点，陈建军来不及通知战友。15日，他只身进入“虎穴”与六名贩毒犯罪分子周旋。他英勇搏斗，终因寡不敌众，被木棒击中头部，壮烈牺牲。他的战友回忆称，陈建军右手一直保持着握枪的姿势。他那不畏艰险、敢与邪恶作斗争的精神一直激励着我。

毒品对国家、社会危害极大，缉毒警就是抵挡毒品流入的坚强屏障。我们中学生认真学习有关毒品的知识，了解毒品的危害，也越来越敬佩缉毒英雄。央视新闻中说过一句话：“花在毒品上的每一分钱，都是打在缉毒警察身上的子弹！”每次看到缉毒一类的新闻，我总是心潮起伏，义愤填膺，伤感之余升起崇高的敬意。

感谢缉毒警察，因为有你们，生活美好安宁。我以你们为荣，为榜样，为前进的动力！我一定努力学习，强健体魄，为我们伟大的祖国贡献自己的力量。最后，再次向无私无畏的缉毒英雄们致敬！

此致

敬礼

北京市通州区私立树人学校

九（1）班　刘璐

敢与邪恶作斗争的精神一直激励着我。

毒品对国家，社会危害极大，缉毒警就是抵挡毒品流入的坚强屏障。我们中学生认真学习有关毒品的知识，了解毒品的危害，也越来越敬佩缉毒英雄。央视新闻中说过一句话："花在毒品上的每一分钱，都是打在缉毒警察身上的子弹！"每次看到缉毒一类的新闻，我总是心潮起伏、义愤填膺，伤感之余升起崇高的敬意。

感谢缉毒警察，因为有你们，生活美好安宁。我以你们为荣，为榜样，为前进的动力！我一定努力学习，强健体魄，为我们伟大的祖国贡献自己的力量。最后，再次向无私无畏的缉毒英雄们致敬！

此致

敬礼

北京市通州区永乐店中学校

九(1)班　刘璐

我从小就很崇拜解放军

刘杉杉 / 北京市密云区新农村中学高三（6）班

指导老师：崔逢日

解放军叔叔：

你们好！

最近训练辛苦吗？身体健康吗？心情好吗？我想借这次写信的机会跟您聊聊天！

解放军叔叔，我从小就很崇拜解放军，每次在电视上看到你们矫健的风姿，我就打心眼里崇拜您和尊敬您。

解放军叔叔，你们离开自己温暖的家乡和亲爱的家人们，到祖国各地保家卫国，时刻守护我们的安全。哪里有危险，哪里有困难，哪里就能看见你们高大、威武的身影。不管春夏秋冬、严寒酷暑，你们都顶着狂风，冒着冰雪的坚持站岗放哨，你们不怕艰苦，以苦为乐，守卫着祖国边疆，用自己美好的青春和有限的生命保卫着祖国。在此，我向您表示我最衷心的感谢。

记得在2008年的5月12日下午14时，四川省汶川县不幸发生了一场大地震。当时大地剧烈震动，房屋纷纷倒塌，众多百姓被这场无情的灾难夺去了宝贵的生命，有一部分人被压在了坚硬的房屋底下，困在废墟中出不来。那解放军叔叔：

你们好！

最近训练辛苦吗？身体健康吗？心情好吗？我想借这次写信的机会跟您聊聊天！

解放军叔叔，我从小就很崇拜解放军人，每次在电视上看到你们矫健的风姿，我就打心眼里崇拜您和尊敬您。

解放军叔叔，你们离开自己温暖的家乡和亲爱的家人们，到祖国各地保家卫国，时刻守护我们的安全。哪里有危险，哪里有困难，哪里就能看见你们高大、威武的身影。不管春夏秋冬、严寒酷暑，你们都顶着狂风，冒着冰雪的坚持站岗放哨，你们不怕艰苦，以苦为乐，守卫着祖国边疆，用自己美好的青春和有限的生命保卫着祖国。在此，我向您表示我最衷心的感谢。

记得在2008年的5月12日下午14时，四川省汶川县不幸发生了一场大地震。当时大地剧烈震动，房屋纷纷倒塌，众多百姓被这场无情的灾难夺去了宝贵的生命，有一部分人被压在了时的天空好像被覆上了一块绝情的乌云，到处都是人们撕心裂肺的哭喊声和人们在废墟底下向别人发出的求救声，这些声音听起来是那么揪心。那一刹，原本充满欢声笑语的汶川变成了一片荒凉的废墟……就在这时，英勇的解放军叔叔们冲了出来，迎接灾难，挑战困难。你们为了能尽快救出每一个生命，不顾安危冲上前线；你们不顾一切地奋力挖掘，搞得满身泥土，双眼布满红血丝，衣服也变得破烂不堪……你们没有轻易放弃，一直坚持不懈地努力，你们为了受难的群众，付出了众多让常人难以想象的东西！

我们一定会向你们学习不畏艰难、挑战困难、坚持不懈的精神！

此致

敬礼

北京市密云区新农村中学

高三（6）班 刘杉杉

坚硬的房屋底下，困在废墟中出不来。那时的天空好像被覆上了一块绝情的乌云，到处都是人们撕心裂肺的哭喊声和人们在废墟底下向别人发出的求救声，这些声音听起来是那么揪心。那一刹，原本充满欢声笑语的汶川变成了一片荒凉的废墟……就在这时，英勇的解放军叔叔们冲了出来，迎接灾难，挑战困难。你们为了能尽快救出每一个生命，不顾安危冲上前线；你们不顾一切地奋力挖掘，搞得满身泥土，双眼布满红血丝，衣服也变得破烂不堪……你们没有轻易放弃，一直坚持不懈地努力，你们为了受难的群众，付出了众多让常人难以想象的东西！

我们一定会向你们学习不畏艰难、挑战困难、坚持不懈的精神！

此致

敬礼

北京市密云区新农村中学

高三(6)班刘杉杉

哪怕是以自己的血肉之躯顶上

郑美伊 / 北京市第五十中学初二（4）班

指导老师：曹 燕

尊敬的救火英雄们：

你们好！

在一次“讲英雄故事，育家国情怀”的班会中，我被你们的事迹深深感动。你们在海拔3700多米的环境下与森林大火展开“搏斗”。明火被扑灭后，消防员在向山谷两个烟点迂回接近时，遭遇林火爆燃，27名森林消防指战员和4名当地扑火人员全部牺牲。

你们时时刻刻都把救火大事放在最前。你们就像一道坚固的屏障，将黑暗挡在了我们身前，哪怕是以自己的血肉之躯顶上。救火烈士在出发前点了外卖，您喜欢吃鸡腿，专门点了一个鸡腿，但刚拿到外卖，还没拆开盒子，警铃就响了，马上换衣服出发了，外卖还没来得及拆开，鸡腿也没来得及啃。中队长张浩才刚结婚不久，结婚照上金色夕阳下的身影满满洋溢着幸福。遗憾的是，您的妻子再也没有等到您啊。英雄杨瑞伦，您在出发前正在和您的父亲视频聊天，收到任务后，没有片刻犹豫，匆忙与家人告别。

英雄永在，浩气长存！青山忠诚的卫士，投身一场大火，长眠于木里河两岸，你们没有走远，看那凉山上的秋叶，分外惹眼！

尊敬的救火英雄们：

你们好！

在一次"讲英雄故事，育家国情怀"的讲会中，我被你们的事迹深深感动。你们在海拔3700多米的环境下与森林大火展开"搏斗"。明火被扑灭后，消防员在向山谷两个烟点迂回接近时，遭遇林火爆燃，27名森林消防指战员和4名当地扑火人员全部牺牲。

你们时时刻刻都把救火大事放在最前。你们就像一道坚固的屏障，将黑暗挡在了我们身前，哪怕是以自己的血肉之躯顶上。救火烈士在出发前点了外卖，您喜欢吃鸡腿，专门点了一个鸡腿，但刚拿到外卖，还没拆开盒子，警铃就响了，马上换衣服出发了，外卖还没来得及拆开，鸡腿也没来得及啃。中队长张浩才刚结婚不久，结婚照上金色夕阳下的身影满满洋溢着幸福。遗憾的是，您的妻子再也没有等到您啊。英雄杨瑞伦，您在出发前正在和您的父亲视频聊天，收到任务后，没有片刻犹豫，匆忙与家人告别。

英雄永在，浩气长存！青山忠诚的卫士，投身一场大火，长眠于木里河两岸，你们没有走远，看那凉山上的你们为民族、为国家献出了全部，你们是巨龙的跟随者，更是不可缺少的引领者！感谢你们的付出，我们以您们为榜样，向你们学习舍己为人、不屈不挠的精神，做更好的自己！

此致

敬礼

北京市第五十中学

初二（14）班　郑美伊

秋叶，分外耀眼！

你们为民族、为国家献出了全部，你们是巨龙的跟随者，更是不可缺少的引领者！感谢你们的付出，我们以您们为榜样，向你们学习舍己为人、不屈不挠的精神，做更好的自己！

此致

敬礼

北京市第五十中学

初二(4)班 郑美伊

堪称“史诗级的备降”

郭宏宇 / 北京市昌平区第五学校初二（8）班

指导老师：张冬梅

尊敬的刘传健叔叔：

您好！

我是通过电影《中国机长》了解您的事迹的，起初我并不知道这部电影是由真实事件改编而成，后来听班里的同学说那是个真人真事，我不禁有些难以置信，又看了一遍后内心再次受到震撼，对您的尊敬就此深深烙印在我心中。

2018年5月14日，您驾驶的川航3U8633重庆至拉萨航班执行航班任务时，在万米高空突然发生危机状况，在所有人的生死关头，您果断带领机组成员，凭借过硬的飞行技术、严谨的飞行作风和坚定的毅力沉着应对，确保了飞机上数百名乘客的生命安全，完成了堪称“史诗级的备降”。

您在27年的职业生涯中，坚守安全的第一职责，把安全飞行的规章制度踏踏实实地落实到每一次任务中。我记得您说过这样一段话：“没想到做了一件职责范围内的事情，获得这么高的荣誉。在今后的工作中，我会对自己有更严格的要求，提高业务素质水平。”

您在那天空中“努力飞翔”时，即使仪表失灵但是依然清醒；在所有乘客的心高高悬挂时，您却依然从容地承担着不可尊敬的刘传健叔叔：

您好！

我是通过电影《中国机长》了解您的事迹的，起出我并不知道这部电影是由真实事件改编而成，后来听班里的同学说那是个真人真事，我不禁有些难以置信，又看了一遍后内心再次受到震撼，对您的尊敬就此深深烙印在我心中。

2018年5月14日，您驾驶的川航3U8633重庆至拉萨航班执行航班任务时，在万米高空突然发生危机状况，在所有人的生死关头，您果断带领机组成员，凭借过硬的飞行技术、严谨的飞行作风和坚定的毅力沉着应对，确保了飞机上数百名乘客的生命安全，完成了堪称“史诗级的备降”。

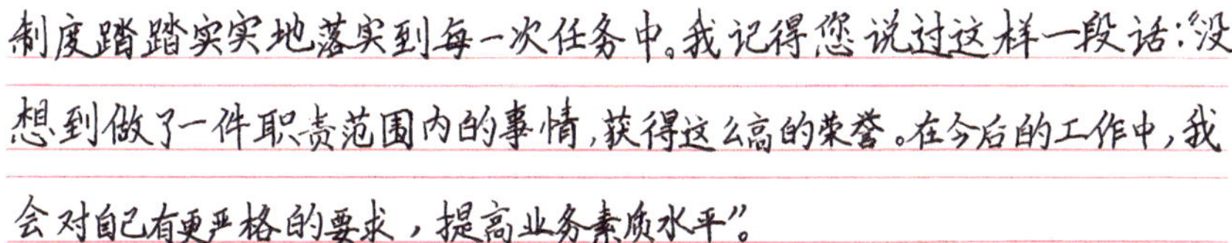

您在27年的职业生涯中，坚守安全的第一职责，把安全飞行的规章制度踏踏实实地落实到每一次任务中。我记得您说过这样一段话：“没想到做了一件职责范围内的事情，获得这么高的荣誉。在今后的工作中，我会对自己有更严格的要求，提高业务素质水平”。

您在那天空中“努力飞翔”时，即使仪表失灵但是依然清醒；在所有乘客的心高高悬挂时，您却依然从容地承担着不可估量的责任。正是您的坚

估量的责任。正是您的坚持和执着的精神创造了这个伟大的奇迹。我向您致敬！

作为青年的我们，要努力学习，积极探索，勇作走在时代前列的学习者和奉献者，以丰富的知识和过硬的本领担当起时代所赋予的使命！

此致

敬礼

初二学生：郭宏宇

持和执着的精神创造了这个伟大的奇迹。我向您致敬！

作为青年的我们，要努力学习，积极探索，勇作走在时代前列的学习者和奉献者，以丰富的知识和过硬的本领担当起时代所赋予的使命！

此致

敬礼

初二学生：郭宏宇

您带领全机人员穿越云雾

王乐融 / 北京第八十中学初二（12）班
指导老师：刘瑞盈

尊敬的刘传健机长：

您好！

我的父亲也是一名“民航人”，我身边也有许多“飞机发烧友”，他们对航空技术都十分痴迷。我虽然不像他们那样了解航空，但是看完以您的英勇事迹改编的电影《中国机长》后，我想说，您就是我心目中最崇拜、最敬佩的英雄。

2018年5月14日，您驾驶川航3U8633航班从重庆飞往拉萨，在万米高空飞行时，驾驶舱右座前风挡玻璃突然爆裂脱落了，这是国际民航史上史无前例的安全事件。在这次事故之前，人们以为这样的情景只会出现在电影中。

在这个生死攸关的时刻，可以说，机组人员和全体乘客的生命都在您的手上。在高空严寒、缺氧的极端条件下，您临危不惧，沉着应对，驾驶飞机紧急下降。您带领全机人员穿越云雾，飞跃山巅，最后成功降落在成都双流机场。您用行动证明了您是一个值得信赖的人，是一个担得起责任的英雄，您被授予中国民航英雄机长的称号当之无愧。

尊敬的刘传健机长：

您好！

我的父亲也是一名"民航人"，我身边也有许多"飞机发烧友"，他们对航空技术都十分痴迷。我虽然不像他们那样了解航空，但是看完以您的英勇事迹改编的电影《中国机长》后，我想说，您就是我心目中最崇拜、最敬佩的英雄。

2018年5月14日，您驾驶川航3U8633航班从重庆飞往拉萨在万米高空飞行时，驾驶舱右座前风挡玻璃突然爆裂脱落了，这是国际民航史上史无前例的安全事件。在这次事故之前，人们以为这样的情景只会出现在电影中。

在这个生死攸关的时刻，可以说，机组人员和全体乘客的生命都在您的手上。在高空严寒、缺氧的极端条件下，您临危不惧，沉着应对，驾驶飞机紧急下降。您带领全机人员穿越云雾，飞跃天山巅，最后成功降落在成都双流机场。您用行动证明了您是一个值得信赖的人，是一个担得起责任的英雄，您被授予中国民航英雄机长的称号当之无愧。

看完电影后，我设想过无数次：如果自己身处当时您的位置，我能不能像您一样冷静处置。我想我可能成不了您那样的英雄，但我可以向您学习，学习您对生命的高度敬畏，对规章的严格遵守，学习您危急关头的沉着和冷静。

刘传健机长，您在危急关头能力挽狂澜，做出绝对完美的决策和行动，您是值得我崇拜的英雄。

祝您工作顺利，身体健康，家庭幸福。

王乐融

2021 年 2 月 25 日

看完电影后，我设想过无数次：如果自己身处当时您的位置，我能不能像您一样冷静处置。我想我可能成不了您那样的英雄，但我可以向您学习，学习您对生命的高度敬畏，对规章的严格遵守，学习您危急关头的沉着和冷静。

刘传健机长，您在危急关头能力挽狂澜，作出绝对完美的决策和行动，您是值得我崇拜的英雄。

祝您工作顺利，身体健康，家庭幸福。

王乐融

2021年2月25日

王乐融同学好：

看了你的来信，非常感动！感谢你的祝福，同时也为你积极的想法感到高兴。做一名小小的男子汉，如果选定了学习的目标，就要为之努力。在学习的过程中会有很多的困惑和不适应，要敢于尝试，不能轻易放弃。

其实能成功处置“5·14”事件，并不是我一个人能做到的。有无数民航人长期的坚守和付出（这其中也包括你的父亲）。民航建设是一个长期的任务。也希望你喜欢民航事业，长大后参加到民航建设中来，并以“民航子女”身份为荣。希望也期待自信的你，面对生活学习，有自己的思考和判断，在人生的道路上更加自如。

刘传健

2021.02.26 于成都

王乐涵同学好：

看了你的来信，非常感动！感谢你的祝福，同时也为你积极的想法感到高兴。做一名小小的男子汉，如果选定了学习的目标，就要为之努力。在学习的过程中会有很多的困惑和不适应，要勇于尝试，不能轻易放弃。

其实能成功处置5.14事件，并不是我一个人能做到的，有无数民航人长期的坚守和付出（这其中也包括你的父亲）。民航建设是一个长期的任务，也希望你喜欢民航事业，长大后参加到民航建设中来，并以"民航子女"身份为荣。希望也期待自信的你，面对生活、学习，有自己的思考和判断，在人生的道路上更加自如。

刘传健

2021.02.26 于成都

给英雄司机杨勇叔叔的一封信

董铭睿 / 北京景山学校四年级（4）班

指导老师：张硕

杨勇叔叔：

您好！

我是北京景山学校的一名小学生。我非常喜欢火车，曾想过要当一名火车司机。在学习铁道知识的同时，我也会了解那些杰出铁路工作者的故事。

时间回到2022年6月4日。那是一个平常的上午，您驾驶着D2809次列车赴往广州南站。您在发现异样后镇定自若，毫不犹豫地把列车制动杆扳到了底。在那决定生死的五秒钟后，车停了，所有人都安全了。可您呢？您却撂下了那最后一把闸，将自己的生命永远定格在了46岁。

翻开那本还沾着泥土的行车手帐，那些有力的字迹毫不褪色。“没有错停，只有盲行，停车免责，盲行重惩”是您作为铁路人一直恪守的责任；“最后一道关，荣辱一把闸”是您作为退役军人的一份坚守。

您或许没有那些为解放全中国牺牲在战场上的英雄们出名，也有人不了解您的事迹。但还有更多人歌颂您、

给英雄司机杨勇叔叔的一封信

杨勇叔叔：

您好！

我是北京景山学校的一名小学生。我非常喜欢火车，曾想过要当一名火车司机。在学习铁道知识的同时，我也会了解那些杰出铁路工作者的故事。

时间回到2022年6月4日。那是一个平常的上午，您驾驶着D2809次列车赴往广州南站。您在发现异样后镇定自若，毫不犹豫地把列车制动杆拔到了底。在那决定生死的五秒钟后，车停了，所有人都安全了。可您呢？您却撂下了那最后一把闸，将自己的生命永远定格在了46岁。

翻开那本还沾着泥土的行车手帐，那些有力的字迹毫不褪色。"没有错停，只有盲行，停车免责，盲行重惩"是您作为铁路人一直恪守的责任；"最后一道崇拜您。因为您用自己的牺牲换来了车上一百多名乘客的平安。您就是真英雄！

每次坐火车，我都会有意无意地想起您和那些保障铁路正常运转的铁路人们。每一条铁路的建成通车，每一列火车的成功下线，每一班列车的安全行驶，背后都是无数铁路人的坚守。有您们在，我每次坐火车都觉得真放心，真踏实！

董铭睿

2023 年 8 月 23 日

关，荣辱一把闸"是您作为退役军人的一份坚守。

您或许没有那些为解放全中国牺牲在战场上的英雄们出名，也有人不了解您的事迹。但还有更多人歌颂您、崇拜您。因为您用自己的牺牲换来了车上一百多名乘客的平安。您就是真英雄！

每次坐火车，我都会有意无意地想起您和那些保障铁路正常运转的铁路人们。每一条铁路的建成通车，每一列火车的成功下线，每一班列车的安全行驶，背后都是无数铁路人的坚守。有您们在，我每次坐火车都觉得真放心，真踏实！

董铭睿

2023年8月23日

即使赢不了，英雄也会站出来

高小桐 / 北京市第 55 中学高二（4）班

指导老师：张一樵

尊敬的时代英雄们：

你们好！

我是北京的一名普通中学生，是站在各位英雄身后众人中的一员。这次，我谁都代表不了，只能代表我自己写这一封信给你。

平时里写惯了真假参半的考场作文，这次我想真情实感地写。没有华丽葳蕤的辞藻，可能连通顺的逻辑都没有，就是我纯粹的情感表达和我想说的话。

我小时候认为英雄就是那种伟大的、强大的、以一敌百的人。后来看了很多书，在书里看到一句话："倘若天下安乐，我等愿渔樵耕读，江湖浪迹。倘若盛世将倾，我辈当万死以赴。"当时便觉得，英雄就是能在最危难的关头挺身而出的人。再后来，我们经历了疫情，武汉被封城的时候，我记得很清楚，我们全家都坐在客厅里，相顾无言，大家都在等新消息。第二天妈妈带我去超市买消毒用品，发现口罩和消毒用品都被抢购一空。我看到超市里急匆匆抢购的人们，我才意识到灾难来了，是真的灾难来了。

我恨不得赶紧买完东西，然后回到家躲起来。我害怕，那种慌乱和害怕是发自内心的，又有谁会不害怕呢？当死亡发生在你身边的时候，人对死亡都有着最本能的恐惧，总有些东西是我们难以割舍的。之后，尊敬的时代英雄们：

你们好！

我是北京的一名普通中学生，是站在各位英雄身后众人中的一员。这次，我谁都代表不了，只能代表我自己写这一封信给你。

平时里写惯了真假参半的考场作文，这次我想真情实感地写。没有华丽藻饰的辞藻，可能连通顺的逻辑都没有，就是我纯粹的情感表达和我想说的话。

我小时候认为英雄就是那种伟大的、强大的、以一敌百的人。后来看了很多书，在书里看到一句话"倘若天下安乐，我等愿泡糕耕读，江湖浪迹。倘若盛世将倾，我辈当万死以赴。"当时便觉得，英雄就是能在最危难的关头挺身而出的人。再后来，我们经历了疫情，武汉被封城的时候，我记得很清楚，我们全家都坐在客厅里，相顾无言，大家都在等新消息。第二天妈妈带我去超市买消毒用品，发现口罩和消毒用品都被抢购一空。我看到超市里急匆匆抢购的人们，我才意识到灾难来了，是真的灾难来了。

我恨不得赶紧买完东西，然后回到家躲起来。我害怕，那种慌乱和害怕是发自内心的，又有谁会不害怕呢？当死亡发生在你身边的时候，人对死亡都有着最本能的恐惧，总有些东西是我们难以割舍的。之后，疫情愈发严重，一批又一批的逆行者们赶往武汉。我坐在家里电视机前，看着电视里播放着用照相机记录下来的逆行者们，看他们面带笑容地登上了前往武汉的车，我心里止不住地感慨。到那时我才真切地知道，所谓英雄，其实就是一群普通人而已。他们手中哪有什么玄铁宝剑，心里也没有什么滔天谋略，他们更没有书里那样的主角光环……他们其实就是普通人而已。

疫情愈发严重，一批又一批的逆行者们赶往武汉。我坐在家里电视机前，看着电视里播放着用照相机记录下来的逆行者们，看他们面带笑容地登上了前往武汉的车，我心里止不住地感慨。到那时我才真切地知道，所谓英雄，其实就是一帮普通人而已。他们手中哪有什么玄铁虎符，心里也没有什么滔天谋略，他们更没有书里那样的主角光环……他们其实就是普通人而已。

我在看书的时候知道书的结局，我知道王爷最后会成为皇帝，将军能解甲归田，仗能打赢，一系列变法会带来一个新时代……到最后，山河依旧，四海清平。但那是小说，现实中真的能得偿所愿吗？我不知道。我们不知道这次疫情、这场灾难到底什么时候才能结束，逆行者们也不知道自己什么时候才能回家，不知道家里人是否安好，更不知道自己是否能像临走时家人们嘱托的那样平安归来……但他们不光要在黑暗中逆流而上，还要为我们点灯，明知道前路是一片黑暗，却还要冲入黑暗之中，这到底是怎样的心境呢？我不得而知。

疫情期间，我们在家学习，语文老师给我们布置了一个朗诵作业，记得我当时读了一位支援武汉的护士写给她父母的一封信。那个护士在信中写道，自己一开始因为顾及家中父母，其实是不想去的。但后来她看到迅速增长的人数和慌忙的人们，她觉得很不忍心。她回家哭着跟父母道歉，第二天坐上了支援武汉的大巴车。她说：“这些人也有父母，也有家庭。他们需要我。”

我以第一人称的口吻读完了那封信，第一人称很容易产生共情，关掉麦克风的那一刻，我也无法自抑地哭了起来。

直到读完信的那一刻，我才明白，这些英雄危难时刻挺身而出的原因，并不是因为对赢有多少把握。而是因为“需要”两个字，即使赢不了，他们也是会站出来的。

我在看书的时候知道书的结局，我知道王爷最后会成为皇帝，将军能解甲归田，仗能打赢，一系列变法会带来一个新时代……到最后，山河依旧，四海清平。但那是小说，现实中真的能得偿所愿吗？我不知道。我们不知道这次疫情、这场灾难到底什么时候才能结束，逆行者们也不知道自己什么时候才能回家，不知道家里人是否安好，更不知道自己是否能像临走时家人们嘱托的那样平安归来……但他们不光要在黑暗中逆流而上，还要为我们点灯。明知道前路是一片黑暗，却还要冲入黑暗之中，这到底是怎样的心境呢？我不得而知。

疫情期间我们在家学习。语文老师给我们布置了一个朗诵作业，记得我当时读了一位支援武汉的护士写给她父母的一封信。那个护士在信中写道，自己一开始因为顾及家中父母，其实是不想去的。但后来她看到迅速增长的人数和慌忙的人们，她觉得很不忍心。她回家哭着跟父母道歉，第二天坐上了支援武汉的大巴车。她说："这些人也有父母，也有家庭，他们需要我。"

我以第一人称的口吻读完了那封信，第一人称很容易产生共情，关掉麦克风的那一刻，我也无法自抑地哭了起来。

直到读完信的那一刻，我才明白，这些英雄危难时刻挺身而出的原因，并不是因为对赢有多少把握。而是因为"需要"两个字。即使赢不了，他们也是会站出来的。

"明知身死，却义无反顾。"他们虽然都是现实生活中的普通人，但他们和出神入化的小说人物一样都有着不平凡的心。这颗心远远强过了三头六臂，不世神功。

如果我可以的话，我也想去当一次英雄。但我也希望从此往后，现

“明知身死，却义无反顾。”他们虽然都是现实生活中的普通人，但他们和出神入化的小说人物一样都有着不平凡的心。这颗心远远强过了三头六臂、不世神功。

如果我可以的话，我也想去当一次英雄。但我也希望从此往后，现实真的能如书中所写的结局一般，河清海晏，没有需要被保护的人，也没有机会让谁去当一次英雄。

我是一个二十一世纪的普通学生，梦想是以后做个配音演员。我可能没有那么伟大，以后应该也成不了英雄。但希望有一天我也能在戏里不作红装，而是扮作英雄相，因为我想知道，那些被称为英雄的普通人们，到底是怀着一颗怎样不平凡的心。

说起来很惭愧，其实这是一封我不知道具体要写给谁的信。材料上说我的信是要写给一个群体——“时代英雄”。但是我依然不知道，收信人具体是谁呢？

这封信，我是写信人，我写了这封信给时代英雄们，但有些收信人已经收不到我的信了。我知道他们不是离去了，他们还会活在世人们心中，天上的星星还是和之前一样多，可我还是忍不住难受，虽然他们的精神和信念是永存的，但我们写给他们的信，他们的确是收不到了。

愿

山河无恙，四海皆平

高小桐

实真的能如书中所写的结局一般，河清海晏。没有需要被保护的人，也没有机会让谁去当一次英雄。

我是一个二十一世纪的普通学生，梦想是以后做个配音演员。我可能没有那么伟大，以后应该也成不了英雄。但希望有一天我也能在戏里不作红装，而是扮作英雄相。因为我想知道，那些被称为英雄的普通人们，到底是怀着一颗怎样不平凡的心。

说起来很惭愧，其实这是一封我不知道具体要写给谁的信。材料上说我的信是要写给一个群体——"时代英雄"。但是我依然不知道，收信人具体是谁呢！

这封信，我是写信人，我写了这封信给时代英雄们，但有些收信人已经收不到我的信了。我知道他们不是离去了，他们还会活在世人们心中，天上的星星还是和之前一样多，可我还是忍不住难受，虽然他们的精神和信念是永存的，但我们写给他们的信，他们的确是收不到了。

愿

山河无恙，四海皆平

高小桐.

写给当代的英雄们

李泽兵 / 北京市顺义牛栏山第一中学高一（8）班
指导老师：申英健

亲爱的英雄们：

你们好！

回忆往昔，你们在过往的岁月中用鲜血和生命带领人民冲破一道道枷锁；在不安的岁月中成为中华的脊梁；我们在现世中感受着曾经的烽火峥嵘，在史书中体验硝烟四起，但我们在享受平安喜乐的同时却不敢忘怀过往。

70年前，一批批青年战士“雄赳赳，气昂昂，跨过鸭绿江”，在抗美援朝的战争中，无数志愿军战士勇往直前，浴血奋战。从松骨峰到长津湖，从上甘岭到汉城，涌现出杨根思、黄继光、邱少云等众多战斗英雄，用生命与气魄同敌人的刀枪火炮抗衡，你们就是中华英雄的代表，是中国的风骨与脊梁！何谓英雄？英雄是基奠，是让我们不断前行的动力，更有为国为民的坚定信仰，舍生忘死的精神品格。你们是星火，照亮了中华民族的精神殿堂，转化为激励我们前进的强大力量！

2020年，新冠肺炎疫情爆发，令人们惶恐不安。但

写给当代的英雄们

亲爱的英雄们：

你们好！

回忆往昔，你们在过往的岁月中用鲜血和生命带领人民冲破一道道枷锁；在不安的岁月中成为中华的脊梁；我们在未来的现世中感受着曾经的烽火峥嵘，在史书中体验硝烟四起，但我们在享受平安喜乐的同时却不敢忘怀过往。

70年前，一批批青年战士“雄赳赳，气昂昂，跨过鸭绿江”在抗美援朝的战争中，无数志愿军战士勇往直前，浴血奋战。从松骨峰到长津湖，从上甘岭到汉城，涌现出杨根思，黄继光，邱少云等众多战斗英雄，用生命与气魄同敌人的刀枪火炮抗衡，你们就是中华英雄的代表，是中国的风骨与脊梁！何谓英雄？英雄是基奠，是让我们不断前行的动力，更有为国为民的坚定信仰，舍生忘死的精神品格。你们是星火，照亮了中华民族的精神殿堂，转化为激励我们前进的强大力量！

2020年，新冠肺炎疫情爆发，令人们惶恐不英雄于暗夜中生长，于国难时奋起担当，你们与大家一起凝团结之力，燃奉献之火。144400分钟，3000多名工人，1400余名医护人员，不分昼夜、不知疲倦，书写着雷火“二神山”的奇迹。众志成城，共克时艰，孤灯千座可破晓。数万名同胞紧紧拥挽在一起，凝众力，聚情魄，便可如海浪澎湃，冲破苦难。无数拼搏在一线的医生护士、人民大众，你们都是英雄，是时代的标志。“灾难当头，为之奔赴，挑灯夜行，韧行高山，山河有恙，我便护其安然无恙！”这便是你们英雄的誓言。

2020年6月，团长祁发宝身先士卒；营长陈红军、战士陈祥榕突入重围，奋力反击，英勇牺牲；战士肖思远，义无反顾营救战友，战斗至最后一刻；战士王焯冉，为救助冲散的战友脱险，自己淹没在洪水之中……英雄虽已长辞于世，但精神不朽，他们把生命和青春永远留在了高原。“清澈的爱，只为中国。”每一位英雄烈士都值得怀念，向英雄们致以崇高的敬意。

时代呼唤英雄，英雄照亮前路。尽管你我不曾相见，安。但英雄于暗夜中生长，于困难时奋起担当，你们与大家一起凝团结之力，燃奉献之火。144400分钟，3000多名工人，1400余名医护人员，不分昼夜，不知疲倦，书写着雷火"二神山"的奇迹。众志成城，共克时艰，孤灯千座可破晓。数万名同胞紧紧拥抱在一起，凝众力，聚精魄，便可如海浪澎湃，冲破苦难。无数拼搏在一线的医生护士，人民大众，你们都是英雄，是时代的标志。"灾难当头，为之奔赴，挑灯夜行，韧行高山，山河有恙，我便护其安然无恙！"这便是你们英雄的誓言。

2020年6月，团长祁发宝身先士卒；营长陈红军，战士陈祥榕突入重围，奋力反击，英勇牺牲；战士肖思远，义无反顾营救战友，战斗至最后一刻；战士王焯冉，为救助冲散的战友脱险，自己淹没在洪水之中……英雄虽已长辞于世，但精神不朽，他们把生命和青春永远留在了高原。"清澈的爱，只为中国。"每一位英雄烈士都值得怀念，向英雄们致以崇高的敬意。

时代呼唤英雄，英雄照亮前路。尽管你我

但希望见字如面。

神州大地，光华闪耀，从前你们带领我们前行，如今我们成为你们，带领下一代走着你们走过的路，高扬奋斗风帆，英雄不消，薪火相传，书写新时代的英雄史诗！

此致

敬礼

北京市顺义牛栏山第一中学

高一（8）班　李泽兵

不曾相见，但希望见字如面。

神州大地，光华闪耀，从前你们带领我们前行，如今我们成为你们，带领下一代走着你们走过的路，高扬奋斗风帆，英雄不消，薪火相传，书写新时代的英雄史诗！

此致

敬礼

北京市顺义牛栏山第一中学

高一8班：李泽昊

薪火相传的铁人精神在初冬的校园澎湃荡漾

周子露 / 北京一零一中石油分校初一（3）班

指导老师：崔　超

敬爱的王进喜爷爷：

您好！

去年秋初，我踏入了中学校园，第一次见到您的塑像。虽然这尊塑像并不十分雄壮，但您坚毅的面庞、凛凛的身姿却一下子印刻在了我的心中。“石油工人一声吼，地球也要抖三抖”“有条件要上，没有条件创造条件也要上”“要为油田负责一辈子”……作为石油学子，看过您的纪录片之后，那些曾响彻在大庆的豪言壮语，更是常常回荡在我的耳边。

铁人爷爷，您知道吗？咱们的国家如今已经走上了富强的道路，我们都过着衣食无忧的生活。然而，我现在还是一个十二三岁的初一学生，偶尔袭来的懒惰因子，和那些东奔西撞的成长烦恼，让我在青春里跌跌撞撞。我想这些所谓的烦恼在您看来都是不值一提的吧，您不要笑话我呀，因为每当我迷茫摔跤的时候，我也是很希望有人能够安慰我、鼓励我的，我正在一点一点向您靠拢。

铁人爷爷，我告诉您一个小秘密，您一定无数次地在校园里见到很多同学在考试前对着您的雕像行礼，把您当孔子了，很有趣吧？虽然我常常对他们这种做法嗤之以鼻，偷偷嘲笑，但其实我自己考试失利心情低落，或因为做事失误正在自责时，我也会不知不觉地来到您的面前，小声地嘟囔几句。那时，我仿佛听到您对我说着：“孩子，别伤心，没有什敬爱的王进喜爷爷：

您好！

去年秋初，我踏入了中学校园，第一次见到您的塑像。虽然这尊塑像并不十分雄壮，但您坚毅的面庞、凛凛的身姿却一下子印刻在了我的心中。"石油工人一声吼，地球也要抖三抖""有条件要上，没有条件创造条件也要上""要为油田负责一辈子"……作为石油学子，看过您的纪录片之后，那些曾响彻在大庆的豪言壮语，更是常常回荡在我的耳边。

铁人爷爷，您知道吗？咱们的国家如今已经走上了富强的道路，我们都过着衣食无忧的生活。然而，我现在还是一个十二三岁的初一学生，偶尔袭来的懒惰因子，和那些东奔西撞的成长烦恼，让我在青春里跌跌撞撞。我想这些所谓的烦恼在您看来都是不值一提的吧，您不要笑话我呀，因为每当我迷茫摔跤的时候，我也是很希望有人能够安慰我，鼓励我的，我正在一点一点向您靠拢。

铁人爷爷，我告诉您一个小秘密，您一定无数次地在校园里见到很多同学在考试前对着您的雕像行礼，把您当孔子了，很有趣吧？虽然我常常对他们这种做法嗤之以鼻，偷偷嘲笑，但其实我自己考试失利心情低落，或因为做事失误正在自责时，我也会不知不觉地来到您的面前，小声地嘟囔几句，那时，我仿佛听到您对我说着："孩子，别伤心，没有什么困难是解决不了的！"有时候，还没等我开口，您就会给我讲过去的故事，"想么困难是解决不了的！”有时候，还没等我开口，您就会给我讲过去的故事，“想想我们大庆的过去，吃住在涝洼地里，天当房地当床，野菜包子黄花汤，一杯盐水分外香，为革命吃苦心里也是欢畅的。你们如今都过上了富裕的日子，但是咱们这强国的路还要走下去，咱们这顽强的意志、冲天的干劲儿还要传下去！不然这太平盛世能过，困难来临怎么过呀？”

质朴的话语，最令人动容；最走心的鼓励，让我满血复活。铁人爷爷，我明白了，“铁人精神”永远是激励我们不畏艰难勇往直前的宝贵财富。您放心吧，我会重新树立信心，坚持下去。

有一种力量，叫奋斗；有一种情怀，叫家国；有一种传承，叫永恒。您的塑像依然如丰碑一样矗立在学校主楼铁人广场上，薪火传承的铁人精神在初冬的校园澎湃激荡！

此致

敬礼

北京一零一中石油分校
初一（3）班　周子露

想我们大庆的过去，吃住在满洼地里，天当房地当床，野菜包子黄花汤，一杯盐水分外香，为革命吃苦心里也是欢畅的。你们如今都过上了富裕的日子，但是咱们这强国的路还要走下去，咱们这顽强的意志、冲天的干劲儿还要传下去！不然这太平盛世能过，困难来临怎么过呀？”

质朴的话语，最令人动容；最走心的鼓励，让我满血复活。铁人爷爷，我明白了，“铁人精神”永远是激励我们不畏艰难勇往直前的宝贵财富。您放心吧，我会重新树立信心，坚持下去。

有一种力量，叫奋斗；有一种情怀，叫家国；有一种传承，叫永恒。您的塑像依然如丰碑一样矗立在学校主楼铁人广场上，薪火传承的铁人精神在初冬的校园澎湃激荡！

此致

敬礼

北京一零一中石油分校

初一(3)班周子露

你们就是英雄

郭佳慧 / 北京市第八中学京西校区高一（3）班
指导老师：张梓叶 药芝蓉

消防战士们：

你们好！见字如面，我是一名来自北京的高中生。

经常听到有人说，出走时是少年，归来时是英雄，我想这句话形容的就是你们！正值青春年华，你们却选择负重前行，选择成为愿意豁出生命去捍卫祖国、保卫人民的消防员们。

犹记得，在2019年四川省凉山火灾中，正是你们这样一批逆行者前往火灾现场英勇救火。那一夜，没有漫天繁星的璀璨，没有万家灯火的辉煌，有的是无尽的忐忑和等待英雄回家的心。而身在一线的你们，面临的却是满山无尽的汹烟。我不知道你们是如何度过那艰难的一夜，只看到第二日一个个疲惫的橙色身影。

后来知道，你们终于回家了，你们的家人们满心期待地等待英雄的回归，可有些家人等来的却是不幸的消息。菊花摆满了街，道路两旁多的是自愿来送英雄的群众。人群之中，满是哭泣的声音，这声音仿佛千斤般重，打在每个人的心上。网络发达的时代，我看着正值青春年华与我年龄相仿的你们，如果没有这场大火，你们本应该与家人团聚在一起，而现在年幼的孩子早早失去了父亲，年轻的妻子早早失去了丈夫，父母失去辛苦养大的儿子！想到你们是为了国家，为了人民早早牺牲，心中的悲痛便更是无法言语，但比起这些更多的是无尽的崇敬，你们用生命消防战士们：

你们好！见字如面，我是一名来自北京的高中生。

经常听到有人说，出走时是少年，归来时是英雄，我想这句话形容的就是你们！正值青春年华，你们却选择负重前行，选择成为愿意用生命去捍卫祖国、保卫人民的消防员们。

犹记得，在2019年四川省凉山火灾中，正是你们这样一批逆行者前往火灾现场英勇救火。那一夜，没有漫天繁星的璀璨，没有万家灯火的辉煌，有的是无尽的忐忑和等待英雄回家的心。而身在一线的你们，面临的却是满山无尽的浓烟，我不知道你们是如何度过那艰难的一夜，只看到第二日一个个疲惫的橙色身影。

后来知道，你们终于回家了，你们的家人们满心期待地等待英雄的回归，可有些家人等来的却是不幸的消息。菊花摆满了街，道路两旁的是自愿来送英雄的群众。人群之中，满是哭泣的声音，这声音仿佛千斤般重，打在每个人的心上。网络发达的时代，我看着正值青春年华与我年龄相仿的你们，如果没有这场大火，你们本应该与家人团聚在一起，而现在年幼的孩子早早失去了父亲，年轻的妻子早早失去了丈夫，父母失去辛苦养大的儿子！想到你们是为了国家，为了人民早早牺牲，心中的悲痛便更是无法言语，但比起这些更多的是无尽的崇敬，你们用生命上演着最

上演着最美逆行，诠释军人本色。你们解民于困顿水火，在千难万险中架起生命的天梯，更是对“责任”与“担当”的诠释。

我看见，你们穿梭在各个城市的大街小巷，甚至崇山峻岭，哪里有危险哪里就会出现橙色的身影。你们克服每一次大雾、沙尘或狂风暴雨，却不知道前面等待的是什么，是滔天大火，还是待救的小猫小狗，警情就是命令，服从命令听指挥是你们的天职。

你们也许不曾有英雄的姓名，但却拥有英雄的生命，穿过匆忙人群，你逆火而行。是啊，哪有什么岁月静好，只不过是有你们负重前行。

在我心中，英雄不分职业，更不分年龄，为国家为人民的你们就是我心中的真正英雄，在你们的身上值得学习与传递的品质与精神还有很多，在当代与您对话，见字如面，多的是心中无限的崇拜与致敬！

北京市第八中学京西校区

高一(3)班　郭佳慧

美逆行，诠释军人本色。你们翱翔于困顿水火，在千难万险中架起生命的天梯，更是"责任"与"担当"的诠释。

我看见，你们穿梭在各个城市的大街小巷，甚至深山峻岭，哪里有危险哪里就会出现橙色的身影。你们克服每一次大雾、沙尘或狂风暴雨，却不知道前面等待的是什么，是滔天大火，还是待救的小猫小狗，警情就是命令，服从命令听指挥是你们的天职。

你们也许不曾有英雄的姓名，但却拥有英雄的生命，穿过匆忙人群，你逆火前行。是啊，哪有什么岁月静好，只不过是有你们负重前行。

在我心中，英雄不分职业，更不分年龄，为国为人民的你们就是我心中的真正英雄，在你们的身上值得学习与传递的品质与精神还有很多，在当代与您对话，见字如面，多的是心中无限的崇拜与致敬！

北京市第八中学京西校区

高一（3）班 郭佳慧

所有人都捧出胸中小小的星火

门程宇 / 北京市昌平区第一中学高一（3）班

指导老师：肖艳丽

尊敬的共和国英雄们：

你们好！

余秋雨先生在《寻觅中华》中说："人世间的小灾难天天都有，而大灾难却不可等闲视之，一定包含着某种大警告、大终结，或大开端。可惜，很少有人能够领悟。"而你们，就是可以领悟其中大义的英雄人物。历史的车轮在泥泞中艰难前行，你们的身躯化作无数微光，给黑暗中的人们若干光亮；你们用自己的智慧与行动，让国人看到了信仰的力量。

中华漫漫五千年历史，秀丽得好如一幅精美绝伦的唐卡，为了呈现出最好的壮美山河，一针一线、一笔一画都不可或缺。你们为共和国的发展不眠不休的每一个日夜，都是织成锦绣的每一针、每一线。

你们在全国各地奔波，所有人都捧出自己胸中小小的星火，才点亮了祖国的每一寸土地。简单的星火渐成燎原之势，汇成一幅闪着中国红的地图，屹立于世界东方。你们为"河清海晏"而付出，是我们这个时代的英雄，更是中华民族永远不折的脊梁。你们可能从未留下过惊天动地的话语，但你们用自己的行动换来了一个民族的未来。你们用双手拨开荆棘沉疴，护着共和国的航船驶向更远。

天地自有天地的恢宏手笔，一撇一捺皆让万丈战栗。可纵使前路漫漫，你们也从不畏惧，只用信仰筑成新的长城、用精神谱写华彩乐章。

尊敬的共和国英雄们：

你们好！

余秋雨先生在《寻觅中华》中说："人世间的小灾难天天都有，而大灾难却不可等闲视之，一定包含着某种大警告、大终结，或大开端。可惜，很少有人能够领悟。"而你们，就是可以领悟其中大义的英雄人物。历史的车轮在泥泞中艰难前行，你们的身躯化作无数微光，给黑暗中的人们带来光亮；你们用自己的智慧与行动，让国人看到了信仰的力量。

中华漫漫五千年历史，秀丽得好如一幅精美绝伦的唐卡，为了呈现出最好的壮美山河，一针一线、一笔一画都不可或缺。你们为共和国的发展不眠不休的每一个日夜，都是织成锦绣的每一针、每一线。

你们在全国各地奔波，所有人都捧出自己胸中小小的星火，点亮了祖国的每一寸土地。简单的星火渐成燎原之势，汇成一幅闪着中国红的地图，屹立于世界东方。你们为"河清海晏"而付出，是我们这个时代的英雄，更是中华民族永远不折的脊梁。你们可能从未留下过惊天动地的话语，但你们用自己的行动换来了一个民族的未来。你们用双手拨开荆棘泥泞，护着共和国的航船驶向远方。

天地自有天地的恢宏手笔，一撇一捺尽让万丈战栗。可纵使前路漫漫，你们也从不畏惧，只用信仰筑成新的长城、用精神谱写华彩乐章。

2020年伊始，新冠疫情爆发，让人们猝不及防。共和国的英雄们，是你们让我们坚信，相信国家相信党、乌云过后有蓝天。在病房中拼死与死神赛跑的医护人员有一天将会离去，永远不会离去的是那医者仁心的精神；把疫情拍成纪录片的媒体人们终有一天会消逝于人潮之中，永远不会消逝的是那鼓舞人心的影片；昙花一现的肉体风骨终将与世长辞，永远不会腐朽的是那用生命推历史齿轮的不屈精神。共和国英雄们！你们的功绩永远不会被人遗忘，你们的人格将百世流芳

追不到的太阳永在前方，扑不灭的信仰永在心中，走不完的征途永在脚下。你们的精神永不消逝，像那永远不会熄灭的火焰，

2020年伊始，新冠疫情爆发，让人们猝不及防。共和国的英雄们，是你们让我们坚信，相信国家相信党、乌云过后有蓝天。在病房中拼死与死神赛跑的医护人员有一天将会离去，永远不会离去的是那医者仁心的精神；把疫情拍成纪录片的媒体人们终有一天会消逝于人潮之中，永远不会消逝的是那鼓舞人心的影片；昙花一现的肉体凡胎终将与世长辞，永远不会腐朽的是那用生命推历史齿轮的不屈精神。共和国英雄们！你们的功绩永远不会被人遗忘，你们的人格将百世流芳！

追不到的太阳永在前方，扑不灭的信仰永在心中，走不完的征途永在脚下。你们的精神永不消逝，像那永远不会熄灭的火炬，指引着我们奔向中华民族伟大复兴的下一场灿烂！共和国英雄们，请你们放心，祖国有我，辉煌永在！

此致

敬礼

后生：门程宇

指引着我们奔向中华民族伟大复兴的下一场灿烂！共和国英雄们，请你们放心，祖国有我，辉煌永在！

此致

敬礼

后生：门程宇

你们的事迹就是对“硬骨头”的诠释

肖熙涵 / 北京市昊天外国语学校八年级（7）班

指导老师：任艳花

“硬骨头六连”的军人哥哥们：

您们好！

仔细回顾着您们的骁勇事迹，作为后辈的我从心底感到无比钦佩、感激与自豪，也令我在难免松懈的舒适假期中倍受鼓舞。

你们知道吗？“硬骨头六连”的名字不但吸引着我，更指引了我前进的方向。初次听闻“硬骨头”，我先是一愣，觉得这个名字可真特别呀，随即想到的是中国军队那如磐石般强硬的身躯、如钢铁般坚硬的意志、如高山般刚硬的气势——是啊，多么真切的“硬”。但随着了解越发深入，我才发现——从抗日战争开始，“硬骨头六连”就兵来将挡，水来土掩，在这161次战斗中，这一代代传承中体现出的不但有艰苦的训练、过硬的实力、坚毅的精神，更是你们对党和国家的耿耿忠心。你们是当之无愧的“硬骨头”，是值得我学习的英雄榜样！

您们的事迹就是（对）“硬骨头”的诠释，更激励着我不断前行。小时候的我希望自己强大到无论何地都能拔得头筹，长大后明白了人外有人，天外有天，因此似乎少了些少年应有的激情。当看到比武后，你们在采访中说：“就是拼死拼全力，也要把第一拿下来。”结果一路收割无数金牌第一。不知怎的，我突然想起小时候的自己。所谓“有志者事竟成”，耳边又响起林康哥哥上台所说的那句：“六连肯定是拿第一的，就看怎么

“硬骨头六连”的军人哥哥们：

您们好！

仔细回顾着您们的骁勇事迹，作为后辈的我从心底感到无比钦佩、感激与自豪，也令我在难免松懈的舒适假期中倍受鼓舞。

你们知道吗？“硬骨头六连”的名字不但吸引着我，更指引了我前进的方向。初次听闻“硬骨头”，我先是一愣，觉得这个名字可真特别呀，随即想到的是中国军队那如磐石般强硬的身躯、如钢铁般坚硬的意志、如高山般刚硬的气势——是啊，多么真切的“硬”。但随着了解越发深入，我才发现——从抗日战争开始，“硬骨头六连”就兵来将挡，水来土掩，在这161次战斗中，这一代代传承中体现出的不但有艰苦的训练、过硬的实力、坚毅的精神，更是你们对党和国家的耿耿忠心。你们是当之无愧的“硬骨头”，是值得我学习的英雄榜样！

您们的事迹就是“硬骨头”的诠释，更激励着我不断前行。小时候的我希望自己强大到无论何地都能拔得头筹，长大后明白了人外有人，天外有天，因此似乎少了些少年应有的激情。当看到比武后，你们在采访中说：“就是拼死拼全力，也要把第一拿下来。”结果一路收割无数金牌第一。不知怎的，我突然想起小时候的自己。

赢。”我不由得热血沸腾，重拾起这个天方夜谭的愿景。你们同样告诉我：想要无往而不胜，先要让自己底气足，而底气，不就是平时的一点一滴积累起来的吗?

和你们说实话，我实在算不得一个坚韧的人，很多事情都是图个新鲜，常常遇到困难就放弃。可知道了你们的故事，听到你们说：“要紧随英雄步伐，争做英雄，争创属于我们这一代人的辉煌。”无不点醒了身为少年的我。我意识到，我应该告别那个胆怯的自己，成为“硬骨头精神”的接班人。

感谢你们，亲爱的军人哥哥们。愿“硬骨头精神”永垂不朽！愿您们能身体健康，平安顺遂！

此致

敬礼

昊天外国语学校

八年级（7）班　肖熙涵

所谓“有志者事竟成”，耳边又响起林康哥哥上台所说的那句：“六连肯定是拿第一的，就看怎么赢。”我不由得热血沸腾，重拾起这个天方夜谭的愿景。你们同样告诉我：想要无往而不胜，先要让自己底气足，而底气，不就是平时的一点一滴积累起来的吗？

和你们说实话，我实在算不得一个坚韧的人，很多事情都是图个新鲜，常常遇到困难就放弃。可知道了你们的故事、听到你们说：“要紧随英雄步伐，争做英雄，争创属于我们这一代人的辉煌。”无不点醒了身为少年的我。我意识到，我应该告别那个胆怯的自己，成为“硬骨头精神”的接班人。

感谢你们，亲爱的军人哥哥们。愿“硬骨头精神”永垂不朽！愿您们能身体健康，平安顺遂！

此致

敬礼

昊天外国语学校

八年级（7）班 肖熙涵

我学到了你们的战斗精神

徐　尚 / 北京市昌平区城北中心东关小学一年级（2）班

指导老师：王　伟

亲爱的硬骨头六连的大哥哥们：

你们好！

我是一名步入校园半年的小学生，在时代楷模的学习中，看到了你们的飒爽英姿，知道了“硬骨头六连”是一个传承红军血脉、敢打硬仗恶仗的英雄连队，也是全军基层建设的旗帜和标杆。那一张张锦旗，一枚枚勋章，都代表了你们的赫赫战功，在这荣誉满载的背后，你们始终践行着时刻敢于亮剑的硬骨头血性。

大哥哥们不知道吧，我可是也喜欢舞刀弄枪呢！在我家里，大大小小的玩具枪有十多支，闲暇时候，我和哥哥各拿上一把，便开始了“嗒嗒嗒……”“砰～砰～”的对战。有时候也会想，以后有没有机会去体验一下部队的生活呢？但是，不管怎样，我已经学习到了你们身上那种敢战、能战、苦练打赢本领、坚持到底、从不言败的战斗精神。我要把这精神牢记于心并付诸于行。

祝：

军旅生涯筑青春，荣誉勋章挂满身！

北京市昌平区城北中心东关小学

一年级（2）班　徐尚

亲爱的硬骨头六连的大哥哥们：

你们好！

我是一名步入校园半年的小学生，在时代楷模的学习中，看到了你们的飒爽英姿，知道了“硬骨头六连”是一个传承红军血脉、敢打硬仗恶仗的英雄连队，也是全军基层建设的旗帜和标杆。那一张张锦旗，一枚枚勋章，都代表了你们的赫赫战功，在这荣誉满载的背后，你们始终践行着时刻敢于亮剑的硬骨血性。

大哥哥们不知道吧，我可是也喜欢舞刀弄枪呢！在我家里，大大小小的玩具枪有十多支，闲暇时候，我和哥哥各拿上一把，便开始了“嗒嗒嗒……”“砰~砰~”的对战。有时候也会想，以后有没有机会去体验一下部队的生活呢？但是，不管怎样，我已经学习到了你们身上那种敢战、能战、苦练打赢本领、坚持到底、从不言败的战斗精神。我要把这精神牢记于心并付诸于行。

祝：

军旅生涯铸青春，荣誉勋章挂满身！

北京市昌平区城北中心东关小学

一年级(2)班 徐尚

我们要向革命英雄学习

张子禾 / 北京市朝阳区白家庄小学迎曦分校五年级（6）班
指导老师：张　然

敬爱的魏爷爷：

您好！

我叫张子禾，是北京朝阳区白家庄小学迎曦分校的一名小学生，非常高兴有机会给您写信！

2019年10月1日，庆祝新中国成立70周年大会在天安门隆重举行。我们自信地向世界各国展示了中国现代军人的雄姿、中国的先进军事装备和中国的强大军事实力。看完大阅兵，相信所有人都有一个共同的感受，那就是：中国人有自信，有决心重振中华雄风，成为世界强国！

在这场举世瞩目的大阅兵中，来自北京怀柔的九位1949年前入伍立过功的老军人在向老兵致敬方队的花车上接受了党和人民的检阅！您就是其中的一员！

1948年，八路军区独立二师和延庆、怀柔、四海三个县大队在四海南湾村南山“乔爷顶”一带与国民党华北“剿总”编第三军十二师及十二个大乡的“返乡团”展开了激烈的战斗，历时一天一夜，最终将其全部歼灭，共歼敌1500余人，从而扭转了当时延庆地区敌强我弱的局面。这就是“四海战役”。虽然已经过去了70多年，但我们却永远不能忘记你们大无畏的英勇事迹，我们要倍加珍惜革命先烈们用生命换来的今天的美好生活。

敬爱的魏爷爷：

您好！

我叫张子禾，是北京市朝阳区白家庄小学迎曦分校的一名小学生，非常高兴有机会给您写信！

2019年10月1日，庆祝新中国成立70周年大会在天安门隆重举行。我们自信地向世界各国展示了中国现代军人的雄姿、中国的先进军事装备和中国的强大军事实力。看完大阅兵，相信所有人都有一个共同的感受，那就是：中国人有自信，有决心重振中华雄风，成为世界强国！

在这场举世瞩目的大阅兵中，来自北京怀柔的九位1949年前入伍立过功的老军人在向老兵致敬方队的花车上接受了党和人民的检阅！您就是其中的一员！

1949年，八路军区独立二师和延庆、怀柔、四海三个县大队在四海南湾村南山"乔爷顶"一带与国民党华北"剿总"编第三军十二师及十二个大乡的"返乡团"展开了激烈的战斗，历时一天一夜，最终将其全部歼灭，共歼敌1500余人，从而扭转了当时延庆地区敌强我弱的局面。这就是"四海战役"。虽然已经过去了70多年，但我们却永远不能忘记你们大无畏的英勇事迹，我们要倍加珍惜革命先烈们用生命换来的今天的美好生活。

我，一个普通的小学生，虽不能改变昨天，但我可以决定今天；虽不能预知明天，但我可以珍惜今天。我们要向革命英雄学习，珍

我，一个普通的小学生，虽不能改变昨天，但我可以决定今天；虽不能预知明天，但我可以珍惜今天。我们要向革命英雄学习，珍惜今天的幸福生活，认真学习，学好本领，长大后把我们的国家建设得更加美好！

祝：

身体健康 健康长寿！

你们的接班人：张子禾

惜今天的幸福生活，认真学习，学好本领，长大后把我们的国家建设得更加美好！

祝：

身体健康　健康长寿！

你们的接班人：张子禾

张子禾同学：

你好！

你的来信已收到，作为曾参加过“四海战役”的一位老战士，看到我们的付出不曾被忘记，我很欣慰。

中华民族的伟大复兴要依靠每一代人的努力。祖国的未来还是要靠你们。希望你们珍惜今天来之不易的和平与富足。锻炼好自己的身体、努力学习，在家孝敬父母，在校尊敬师长，团结同学，充分继承中华民族的优良传统，让我们的祖国更加富强。

最后，也祝愿你们学校的每一位小朋友都能够快快乐乐、平平安安，请代我转达祝愿。

魏明礼